KNAUR

Von Carrie Price ist bereits folgender Titel erschienen:
Make it count – Gefühlsbeben

Über die Autorin:
Adriana Popescu alias Carrie Price, 1980 in München geboren, arbeitete als Drehbuchautorin, bevor sie als eine der ersten deutschen Self-Publishing-Autorinnen mit »Versehentlich verliebt« einen Riesenerfolg hatte. Weitere Romane der Autorin sind mittlerweile ebenfalls erschienen.

CARRIE PRICE

Make it count

SOMMER STURM

Roman

KNAUR

Besuchen Sie uns im Internet:
www.knaur.de

FSC
www.fsc.org
MIX
Papier aus verantwortungsvollen Quellen
FSC® C083411

Originalausgabe April 2016
Knaur Taschenbuch

Ein Imprint der Verlagsgruppe
Droemer Knaur GmbH & Co. KG, München

Redaktion: Ilse Wagner
Umschlaggestaltung: ZERO Werbeagentur, München
Umschlagabbildung: FinePic®, München
Satz: Wilhelm Vornehm, München
Druck und Bindung: CPI books GmbH, Leck
ISBN 978-3-426-51814-4

2 4 5 3 1

Für Mr. Castle

Jen

Der Wind lässt meine langen, braunen Haare tanzen. Die Luft schmeckt nach Meer.
Die Sonne streichelt zart über meine gebräunte Haut, während die Wasseroberfläche um das Boot herum wie tausend Diamanten neben dem Boot funkelt.

Wenn es eine Jahreszeit gibt, die ich gern für immer festhalten will, dann ist es der Sommer. Weil im Sommer alles nicht so schlimm ist. Die Tage erscheinen uns länger, aber wir füllen sie mit wunderschönen Erinnerungen, die wir an den verregneten Herbsttagen wie eine Diashow durch unseren Kopf jagen. Im Sommer tun auch die hässlichen Erinnerungen weniger weh.

Hier, auf dem Meer, könnte ich fast glauben, dass mein Leben perfekt ist. Vor mir in der Ferne liegt der Hafen von Oceanside mit den vielen kleinen Booten, die wie Perlen einer Halskette aufgereiht sind. Der Pier mit den zahlreichen Menschen, die jetzt so weit weg sind und deren Geschnattere mich nicht erreicht, weil der Wind die Geräusche der Natur zu mir trägt. Das Kreischen der Möwen ist ein sicheres Zeichen, dass wir schon auf dem Rückweg sind.

Das Boot schaukelt ein bisschen hin und her, während das große Segel vom Wind gebläht wird und so weiß aussieht wie ein frisch gewaschenes Leintuch am Himmel. Meine Sonnenbrille schiebe ich mir in die Haare und beobachte, wie das Wasser vom Boot durchschnitten wird, wie die kleinen Wellen sich kräuseln. Ich liebe das Meer. Ich liebe den Sommer. Ich schließe die Augen und konzentriere mich auf diesen kurzen Moment, der nur mir gehört. Diesen Moment, den ich ins Einmachglas der Erinnerungen stecken werde, das ich dann in einigen Monaten wieder öffne, um mir die Geräusche, den Duft und das Gefühl des Sommers wieder zu schenken. Nur so überlebt man die dunklen Monate, in denen man nicht hier sein kann. Die Monate, in denen man nicht frei ist …

»So eine verdammte Scheiße!«

Seine Stimme rüttelt zuerst nur leicht an meinem perfekten Moment, so wie ein Kind an dem Rock der Mutter zupft, wenn es Aufmerksamkeit will.

»Fuck!«

Doch dann stößt er mit seinen Flüchen die Tür zu meinem geheimen Ort auf. Ich öffne die Augen, bin zurück im Hier und Jetzt – und sehe den kleinen Yachthafen bedrohlich schnell näher kommen.

»Fuck, wie funktioniert dieser Scheiß denn?«

Da steht er in seinem strahlenden, hellblauen Poloshirt, dessen Kragen er hochgeklappt hat, weil es cool wirken soll. Dabei sieht alles schlichtweg nur dämlich aus: seine dunkelblauen, kurzen Cargohosen mit Bügelfalte, auch die schicken Segelschuhe, die darauf hinweisen sollen, dass er gern segelt. Die letzten zwei Stunden haben mich erfolgreich vom Gegenteil überzeugt. Kevin Bennett, der blonde Surferboy mit dem strahlenden Lächeln und den klaren Augen, mag aussehen wie ein perfekt gestylter, junger Mann, dessen größtes Hobby Segelboote sind. Aber die Realität ist leider eine andere. Nur meine gute Erziehung verbietet es mir, ihm zu sagen, für wie unfähig ich ihn halte. Also stehe ich lächelnd auf und nehme ihm die verschiedenen Seile aus der Hand.

»Das ist ganz einfach …«

Ich ziehe an einem Seil, und das Segel über unseren Köpfen bewegt sich, das Boot folgt dieser Anweisung und verliert an Geschwindigkeit. Ich greife nach dem Ruder und lenke es sanft an einer ziemlich teuer aussehenden Segelyacht vorbei. Sie liegt im Hafen, glänzt frisch poliert, als würde sie jeden Tag von einem ganzen Reinigungstrupp gewartet. Als würde sie nur auf den großen Einsatz für eine Regatta oder eine Weltumsegelung warten. *Annie* steht in geschwungener Schrift am Bug. Für einen kurzen Augenblick bleibt alles in mir und um mich herum stehen – und ich verliere diesen Moment.

Mit einem lauten Krachen prallt unser Boot gegen den Steg. Kevin hält sich an der kleinen Reling fest und wirft mir einen genervten Blick zu.

»Ganz toll, Jenny! Wolltest du uns umbringen?«

Wollte ich das? Ich weiß, es ist eine rhetorische Frage, aber manchmal würde ich sie gern beantworten. Bedeutet Leben nicht auch Sterben? Sterben wir nicht alle langsam, während wir leben?

»Fuck! Mein Dad bringt mich um, wenn er das sieht!«

Wieder ist es Kevins Stimme, die mich zurück in die Realität holt, als er sich über die Reling beugt und das ganze Ausmaß des Zusammenpralls begutachtet. Ich habe in meinem Leben einige Segelunfälle miterlebt. Die Sache hier ist maximal ein kleiner Kratzer, ganz sicher nicht mehr …

»Ganz toll gemacht, Jenny. Wie soll ich das denn jetzt erklären?«

Versuch es mal mit der Wahrheit! Dass du keine Ahnung vom Segeln hast und ich dich da draußen vor geschätzten zwanzig Anfängerfehlern bewahren musste!

»Es tut mir leid, Kevin. Ich war unaufmerksam.«

Erneut spiele ich eine Rolle, die ich in den letzten Jahren immer wieder gespielt habe. Die ich beherrsche wie keine zweite Person und die mir an manchen Tagen gar nicht mehr wie eine Rolle, sondern wie mein wahres Ich vorkommt.

»Mit ein bisschen Politur ist das verschwunden. Und, wenn ich das erwähnen darf, ich würde sagen, die junge Dame hat dir da draußen den Arsch gerettet. Oder wolltest du eine Eskimorolle mit dem Boot hinlegen?«

Ich höre die rauhe, tiefe Stimme, bevor ich das Gesicht dazu sehen kann. Kevin dreht sich, ebenso überrascht wie ich, zu dem Mann am Steg um. Er trägt dunkelblaue Jeans, die schon mal bessere Tage gesehen haben, dazu ein weißes Unterhemd, das sich über seinen muskulösen Oberkörper spannt. Seine kurzen, braunen Haare scheinen dem bekannten Out-of-Bed-Look zu folgen, und seine warmen, braunen Augen funkeln Kevin herausfordernd an. Er scheint viel Zeit an der frischen Luft zu verbringen, denn seine Haut ist von der Sonne gebräunt. Schnell greift er nach dem Seil am Bug des Bootes und bindet es an einer in der Nähe des Steges schwimmenden Boje fest. Kevin starrt ihn noch immer fassungslos an, bevor er seine Stimme wiederfindet.

»Sie hat das Boot von meinem Vater fast geschrottet!«

Der junge Mann an Land schüttelt leicht lächelnd den Kopf.

»Sie hat dir nur gezeigt, wie man segelt, Kumpel.«

Die Art und Weise, wie er das Wort »Kumpel« betont, lässt keinen Zweifel daran, dass die beiden genau *das* nicht sind.

»Und diese Schramme …?«

Er ignoriert Kevin und sieht stattdessen zu mir. Seine Augen mustern mich kurz, und ich spüre an den Stellen ein Kribbeln, wo sein Blick mich berührt. Meine Haut fühlt sich mit einem Mal ungewohnt heiß an.

»Die ist morgen nicht mehr zu sehen. Darum kümmere ich mich.«

Erst jetzt fallen mir die Ölspuren an seinen Händen auf. Er scheint hier zu arbeiten. Im Yachtclub. Das würde zumindest seinen Aufzug an diesem herrlichen Sommertag erklären. Kevin nickt langsam, als auch er versteht, dass es sich um einen Angestellten des Clubs handeln muss.

»Ich zahle dafür keinen Cent.«

Der junge Mann verschränkt genervt die Arme vor der Brust, und ich kann sehen, wie seine Muskeln hervortreten. Nur eine kleine Geste, nicht mal besonders provozierend, aber Kevin wirkt eingeschüchtert. Ich hingegen bin fasziniert. Seine hellen, braunen Augen werden dunkler, als er Kevin anstarrt, und ich glaube zu bemerken, dass sich sein Körper anspannt.

»Das habe ich von jemandem wie dir auch nicht erwartet.«

Kevin würdigt mich keines Blickes, als er vom Boot steigt. Dabei verheddert er sich auch noch fast in einem der Seile und bleibt nur mit Mühe auf den Beinen. Er lässt mich und den anderen Mann einfach stehen.

»Ich muss mich für sein Verhalten entschuldigen, er ist …«

Mir will keine passende Formulierung einfallen, kein Wort, das beschreibt, was ich von Kevin halte.

»… ein arrogantes Arschloch?«

Dabei schenkt mir der junge Mann ein Lächeln und streckt mir die Hand entgegen, um mir den Abstieg vom Boot zu erleichtern. Sein Blick, der eben noch Kevin gegolten und fast gefährlich gewirkt hat, ist mit einem Mal sanft, warm und unverschämt sexy. Seine Mundwinkel sind zu einem leichten Lächeln verzogen, seine Augen – das kann ich sehen – scannen meinen Körper völlig unverhohlen. Ich fühle mich nackt unter diesem Blick aus seinen braunen Augen. Ich trage Jeansshorts und ein helles Top, durch welches man das farbige Oberteil meines Bikinis sehen kann. Als ich seine Hand endlich ergreife, passiert etwas … als würde mich eine Welle mitreißen. Eine Woge, die einen nicht nach unten drückt, sondern sanft mit der Brandung nach Hause trägt. Sein Blick, den er die ganze Zeit nicht abwendet, begleitet mich. Für mein Empfinden stehe ich auf dem Steg vielleicht etwas zu nah neben ihm, aber ich mache keine Anstalten, das zu ändern. Ich kenne zu viele Männer wie Kevin. Sie sind überall, sie sind wie der sprichwörtliche Sand am Meer. Etwas an diesem Mann hier ist anders. Ich kann nur noch nicht so genau sagen, was es ist. Da er meine Hand noch immer in seiner hält, entscheide ich mich dafür, das als Ausrede zu benutzen, um seinen Namen in Erfahrung zu bringen. Ich fange also an, seine Hand zu schütteln.

»Jennifer Main.«

Wieder dieses Lächeln, wenn auch nur ganz kurz.

»Patrick Steel.«

Patrick Steel … Nur ein Name, den ich sicher nicht vergessen werde. Sein Blick lässt mich für einen kurzen Moment erröten. So sehen Männer mich für gewöhnlich nicht an. Ich will wegsehen, aber es fällt mir schwer, mich von dem Anblick seines markanten Gesichts zu lösen. Er trägt einen Dreitagebart, an dem wohl schon eher vier oder fünf Tage keine Rasierklinge mehr zum Einsatz gekommen ist. Eigentlich reagiert mein Körper nicht so auf die Nähe eines Mannes – aber alles, was ich kenne, scheint gerade ziemlich aus den Fugen zu geraten. Nicht nur mein Herz hämmert wie verrückt, auch meine Wangen fühlen sich ungewohnt heiß an. Dabei schütteln wir einander nur die Hände.

»Miss Main, ich werde mich um die Schramme kümmern.«

Seine Stimme, tief und vibrierend, schlägt diese eine Saite in meinem Inneren an, die auch dann noch schwingt, als er meine Hand loslässt und wieder den Abstand zwischen unsere Körper bringt, der vom Anstand gefordert wird.

»Vielen Dank, Mr. Steel.«

Er kann nur ein paar Jahre älter sein als ich. Obwohl er mit seinem Outfit hier, im schicken Bereich des Yachthafens, eine große Ausnahme bildet, fühle ich mich auf magische Weise zu ihm hingezogen. Er zwinkert kurz und wendet sich dann einem älteren Herrn zu, der offenbar seine Aufmerksamkeit und seinen Rat braucht. Wie schade! Ich hätte plötzlich noch 327 362 Fragen an ihn, alles Vorwände, um mehr Zeit mit ihm verbringen zu dürfen. Aber mein Vater erwartet mich pünktlich und mit guten Nachrichten zurück. Ich werfe noch einen letzten Blick zu Patrick, der bereits in das Gespräch mit dem Älteren vertieft ist, und spüre das Lächeln auf meinen Lippen. Ein ehrliches Lächeln. Eines, das ich viel zu lang nicht mehr gezeigt habe. Und schuld an diesem Lächeln ist er: *Patrick Steel.*

♡

Mein Dad erwartet mich im Restaurant des Yachtclubs mit einem liebevollen Lächeln, das über seine Augenringe hinwegtäuschen soll. Vermutlich gelingt es ihm bei den anderen Gästen, die ihm ehrfürchtig die Hand schütteln, aber mich kann er nicht täuschen. Manchmal habe ich das Gefühl, mein Vater spielt für alle eine Rolle – so wie ich. Er ist der erfolgreiche Geschäftsmann, der es von der Provinz bis ins wunderschöne Oceanside geschafft hat. Yachtclubs an der ganzen Ostküste tragen unseren Namen. *Seinen* Namen. Die Liebe meiner Mutter zum Meer hat ihn schließlich für immer nach Oceanside gebracht, und diesen Sommer, das habe ich ihm versprochen, werde ich mit ihm hier verbringen.

»Du siehst aus, als hättest du eine tolle Zeit gehabt.«

Er drückt mich an sich, und wie immer würde ich in seinen Umarmungen gern die Zeit anhalten. Nur hier darf ich wieder Daddys kleines Mädchen sein, das fest daran geglaubt hat, dass ihr Vater alles aufhalten, verändern und verbessern kann.

»Es war ein toller Tag bisher.«

Das Lächeln auf meinem Gesicht überrascht mich noch immer, weil es wieder mal schön war, draußen auf dem Boot – aber nicht so schön, um dieses Lächeln zu rechtfertigen. Nachdem wir Platz genommen haben, sieht mich mein Vater, James Main, gespannt an. Er hat das Date mit Kevin für mich arrangiert. Weil er denkt, er müsse das für mich tun, schließlich war ich nach meinem Ex-Freund Carl nicht mehr so richtig glücklich. Nun, zumindest denkt *er* das. Ich würde ihm so gern sagen, dass ich keinen Mann an meiner Seite brauche, um einen schönen Sommer in Oceanside zu verbringen. Und das, was ich mir wünsche, damit ich wieder richtig lachen kann, das kann er mir nicht geben. Nicht mein Vater, nicht Carl – und ganz sicher nicht Kevin!

»Das freut mich. Kevin ist sehr angetan von dir.«

Er zwinkert mir verschwörerisch zu, reicht mir die Karte und winkt einen der Kellner zu uns an den Tisch.

»Hank, was immer meine Tochter will, sie bekommt es.«

Hank, der junge Kellner, nickt und schenkt mir ein Lächeln. Es ist eines dieser »Oceanside-Lächeln«. So nenne ich sie. Seitdem ich hier bin, habe ich von allen Angestellten meines Vaters, von den Gästen, den Söhnen der Gäste und allen anderen, die wissen, wer ich bin, genau dieses Lächeln bekommen. Mit einer Ausnahme … Unauffällig schaue ich von der Terrasse, auf der wir sitzen, zum Hafen hinunter. Irgendwo dort kümmert sich Patrick Steel um die Schramme, die ich Kevins Boot verpasst habe. Patrick, dessen Lächeln anders war. Es wirkte nicht aufgesetzt, er wusste zu dem Zeitpunkt nicht, wer ich bin. Mir geht seine Berührung nicht mehr aus dem Kopf. Wie seine Haut sich angefühlt hat. Rauh, aber nicht zu rauh. Weich, aber nicht zu weich. Sein Blick, der erahnen lässt, dass er nicht aus Oceanside kommt. Das Funkeln in seinen Augen, während er Kevin angesehen hat, als würde er Streit suchen – und dann sofort wieder die Sanftheit, als er mir vom Boot geholfen hat. Allein der Gedanke an diese überraschende Nähe lässt mein Herz kurz anschwellen.

»Jen, ich habe dich schon lang nicht mehr so lächeln sehen …«

Ich wende mich schnell wieder meinem Vater zu und zucke die Schultern, tue so, als wäre die Sonne oder der Ort schuld daran, während gleichzeitig das schlechte Gewissen meine Wirbelsäule nach oben kriecht. Ich will ihm nicht weh tun.

»Ich war nur wirklich gern mal wieder draußen.«

Er nickt und greift nach der Serviette, weil er meinem Blick nicht standhalten kann. Aber diesen Sommer möchte ich es auf einen weiteren Versuch ankommen lassen.

»Daddy, vielleicht fahren wir beide auch mal wieder raus. Was meinst du?«

Meine Stimme ist nicht viel mehr als ein Flüstern, weil ich weiß, wie schwer es ihm fällt. Es bricht mir das Herz, ihn so zu sehen. Seit so vielen Jahren schon. Er starrt auf die Serviette in seiner Hand, die kurz verdächtig zittert, dann schüttelt er langsam den Kopf.

»Ich habe zu viel zu tun. Ich treffe mich nachher noch mit Bill und …«

»Daddy … nur ein kleiner Törn?«

Ich will nicht betteln wie damals, als ich noch ein Kind war und er sich von mir zu jeder Schandtat hat überreden lassen. Ein Blick aus meinen Rehaugen hat früher gereicht. Mein Dad hat dann alles stehen- und liegenlassen, um mir am Hafen alles über Boote beizubringen, was er wusste. Damals … Es liegt nur ein paar Jahre zurück, fühlt sich aber wie ein anderes Leben an. Sind wir noch die gleichen Menschen?

»Jen … ich habe keine Zeit für so was. Aber frag doch Kevin! Ich bin mir sicher, dass ihm jede Ausrede recht ist, um mit dir Zeit zu verbringen.«

Da ist es wieder: das Lächeln, das ihn zum Erfolgsmenschen hat werden lassen. Keiner seiner Angestellten hat jemals schlecht über meinen Vater gesprochen. Nie kamen Beschwerden über ihn – den Chef, der sich alle Namen merken kann, der immer höflich ist und dabei auf diese bestimmte Art lächelt. Aber ich kenne meinen Vater, der nicht zugeben kann, wie kaputt er innerlich ist. Ich bin ihm verdammt ähnlich.

»Okay. Ich frage Kevin.«

Nicht, weil ich will – sondern, weil ich hoffe, durch mein Verhalten eines Tages wieder ein ehrliches Lächeln auf das Gesicht meines Vaters zaubern zu können.

Patrick

Oceanside hat gerade eine Attraktion mehr bekommen. Von meinem Platz am Hafen kann ich sie da oben sitzen sehen. Als sie mir ihren Namen verraten hat, hielt ich es zuerst für einen Zufall. *Main*. Nicht gerade ein seltener Name. Aber hier, unter diesen Umständen … Jetzt sitzt sie mit all den anderen reichen Bonzen auf der Terrasse und hält sich vermutlich für etwas Besseres. Den Mann an ihrer Seite kenne ich, auch wenn er bestimmt vergessen hat, wer ich bin. Warum sollte er sich auch meinen Namen oder mein Gesicht merken? Schließlich arbeite ich lediglich für ihn. Und das auch nur in diesem Sommer. Und das auch nur, weil mein Kumpel Jackson mir den Job besorgt hat. Klar, das Geld ist super, die Trinkgelder sind höher als in der Stadt. Ich bin dankbar, während der Hochsaison diese Arbeit bekommen zu haben. Aber viel wichtiger als die Kohle ist der Stellplatz im Bootshaus hinter mir. Dort könnte ich mein Auto parken, den Pick-up, mit dem ich zum Bewerbungsgespräch gefahren bin. Keine drei Stunden später habe ich ihn allerdings schon verkauft. Ein kurzer Blick auf die Schramme am Boot von diesem Lackaffen Bennett – und ich weiß genau, wie ich das Problem beheben kann. Er hat vorhin so getan, als wäre es ein Totalschaden. Idiot! Dabei hat Jennifer das alles ziemlich gut im Griff gehabt. Zumindest die meiste Zeit. Dann war sie einen Moment abgelenkt und hat zu spät reagiert. Trotzdem keine große Sache. Ich will mir gar nicht ausmalen, wie das Boot aussehen würde, wenn Bennett es in den Hafen gelenkt hätte.

Ich werfe noch einen Blick nach oben zur Terrasse und verfluche mich selbst dafür. Sie ist die Tochter vom Chef, die Freundin von Kevin Bennett. Was, um alles in der Welt, will ich von ihr? Die ist doch wie alle anderen hier auch. Sie spielt einen perfekten Sommer lang die perfekte Tochter aus reichem Hause, die nett ist zu armen Kerlen wie mir. Weil man das so macht. Dann gibt sie mir zu viel Trinkgeld und glaubt, damit eine gute Tat getan zu haben. Ich scheiße auf ihre Kohle! Sobald ich hier fertig bin, sieht mich dieses Kaff sowieso nie wieder.

Ich sehe Jackson, der in seiner Resort-Uniform zu mir an den Hafen joggt. Er sieht aus wie alle, die für das *Hamilton-Main-Resort* arbeiten, mit seiner kurzen Hose und dem weißen Polohemd mit eingesticktem Namen. Das sollte ich eigentlich auch tragen, aber ich mache mich ungern zum Affen. Kein Bedarf.

»Pat, ich brauche deine Hilfe!«

Jackson Reed. Der einzige Mensch weit und breit, dem ich auch nur ein bisschen vertrauen würde. Er weiß mehr über mich als die meisten anderen – und trotzdem weiß er bei weitem noch nicht alles.

»Was kann ich für dich tun?«

»Lewis fällt für heute Abend aus. Ich springe ein bei den Kellnern.«

Jackson, der eigentlich hier als Animateur sein Geld verdient, damit er sich nach dem Sommer endlich seinen Traum von der Schauspielschule erfüllen kann. Die Großstadt ruft seinen Namen. Ich habe Jackson immer nur arbeiten sehen.

Jeden Job nimmt er an, jeden Cent spart er. Er hat sein Ziel fest im Blick, ähnlich wie ich meines.

»Und wie kann ich da helfen?«

»Du springst für mich ein.«

Jackson zwängt sich Tag für Tag in ein Piratenkostüm und bespaßt Kinder am Strand, während sich die Eltern nachmittags mit Gin für den Abend einstimmen. Oder er springt in einem Hot-Dog-Kostüm durch die Stadt und verteilt kleine Flyer. Und so gern ich ihn habe, für mich würde das zu weit gehen. Schnell hebe ich abwehrend die Hände.

»Vergiss es! Auf keinen Fall!«

»Du weißt doch gar nicht, was ich meine.«

»Die Antwort ist: Nein!«

Damit drehe ich mich um und stapfe genervt zurück zu dem kleinen Holzhaus am Steg. Jackson wäre nicht Jackson, wenn er sich so leicht abschütteln ließe.

»Du kriegst einen Smoking!«

Ich bin schon fast an der Tür, als ich kurz stehen bleibe. Einen Smoking? Das klingt nicht nach einem Abend mit Kindern, die alle an meinen Armen und Beinen zerren.

»Und das Essen soll super sein. Alles, was du tun musst, ist, ab und zu mit einer von den Frauen zu tanzen.«

Ich will die Tür öffnen, aber Jackson ist schneller und schiebt sie wieder zu, bevor er sich mit dem Rücken dagegenlehnt und mich mit einem breiten Lächeln ansieht.

»Komm schon …«

Wenn Jackson einmal aufhören würde, dieser Vicky hinterherzurennen, dann würde er mit diesem Lächeln jede Frau kriegen. Nur bin ich eben keine Frau, bei mir funktioniert der Trick nicht.

»Nein.«

»Du schuldest mir was …«

Oha, er zieht die Schuld-Karte. Verdammt!

»Jackson! Tu mir das nicht an.«

»Was tue ich dir an? Einen schicken Anzug, gutes Essen, hübsche Frauen … Du hättest es schlimmer erwischen können.«

Jetzt wird das Lächeln zu einem breiten Grinsen, und ich erkenne den Typen wieder, der mich in Boston in einer Kneipe aufgegabelt hat, als ich vom Barhocker gefallen bin, im wahrsten Sinne des Wortes sturzbetrunken. Nun, es wäre ja nur ein Abend. Und ich könnte ihm diesen Gefallen tun.

»Wer wird denn alles da sein?«

»Alle! Der Chef ruft, und alle tanzen an. Du kannst doch tanzen, oder?«

»Für die alten Schachteln wird es genügen.«

»Spitze! Komm um fünf einfach zu meiner Unterkunft, okay?«

Er klopft mir dankbar auf die Schulter und will dann schon wieder gehen. Ich könnte mich rausreden und ihm sagen, dass ich nicht tanzen kann. Den einen Sommer, den ich als Tanzlehrer in einer Kleinstadt in Vermont verbracht habe, könnte ich verschweigen. Zusammen mit den Erinnerungen an alles, was damals passiert ist. Und den Grund dafür, dass ich den Sommerjob verloren habe … Ehrlich gesagt, ich bin nicht der Typ für große Events. Ich bin lieber für mich allein und verbringe meine freie Zeit mit einem Buch, einem Reiseführer und meinen Gedanken. Während ich im Kopf schnell die Tänze durchgehe, die ich noch beherrsche, zuckt ein Frauengesicht vor meinem inneren Auge auf. Schnell drehe ich mich um.

»Jackson!?«

Er bleibt auf dem Steg stehen und schaut zu mir zurück.

»Hm?«

»Es kommen alle, sagtest du?«

»Alle.«

Mein Blick wandert zur Terrasse des Restaurants, aber sie ist nicht mehr da. So ist das mit Menschen, die einfach auftauchen und einfach wieder verschwinden. Wir treffen so viele von ihnen, und die meisten werfen dir nicht mal einen Blick zu. Aber *sie* hat mir diesen Blick zugeworfen. Diesen einen Blick, den man nur dann hat, wenn da etwas ist, das man sehen will. Ungewohnt, dass solche Blicke mir gelten. Bisher haben die Menschen immer versucht, mich nicht zu sehen. Das ist wie ein Fehler auf einem Foto. Klar, die Technik bietet inzwischen unendliche Möglichkeiten, einen ungewollten Farbfleck zu entfernen. Man wird sehr schnell unsichtbar und verschwindet, obwohl man da ist. Blicke, die durch einen hindurchgehen, sind so schmerzhaft, als würde man körperlich aufgespießt. Das kann vielleicht nur jemand verstehen, der selbst einmal unsichtbar war.

Unsichtbar …

Es gibt kein schlimmeres Gefühl. Wenn es danach geht, habe ich eine stattliche Sammlung von unangenehmen Gefühlen in mir. Ich weiß, wie es sich anfühlt, wenn eine Nase bricht. Ich kenne das Geräusch, wenn Knochen zersplittern, den Schmerz, der wie eine Explosion das ganze Gesicht lähmt. Ich weiß, wie es sich anfühlt, wenn die grimmige Kälte einen umschlingt wie eine grausame Umarmung, aus der man sich nicht mehr lösen kann – egal, wie viel Kraft man aufbringt. Es ist zwecklos, weil man niemals genug Feuer in sich hat, wenn *diese* Kälte kommt. Das ist ein emotionales Gesetz, gegen das man sich nicht wehren kann. Allein der Gedanke jagt mir eine Gänsehaut über den Körper, versetzt mich zurück in eine Zeit, weit weg von hier. Weit weg von Oceanside. Die Sonne strahlt heute von einem wolkenlosen Himmel. Die meisten Gäste am Strand tragen leichte Kleidung, schlendern barfuß durch den feinen Kies am Strand und sonnen sich auf den blauen Liegestühlen, zu denen die Kellner, gekleidet in makellose, weiße Hemden, die Cocktails bringen. Und obwohl ich weiß, dass es Sommer ist, fühlt es sich plötzlich wie eine eiskalte Nacht in Chicago an. Wenn mich diese Erinnerungen überfallen, dann muss ich für einen kurzen Moment die Augen schließen. Es sind nur Erinnerungen. Im Moment können sie mir nichts anhaben. Aber diese Nachwirkungen sind heimtückisch. Weil sie Erinnerungen an die Zukunft sind. Wenn der Winter kommt, wird auch die Kälte wiederkommen. Sie wird mich suchen und umarmen, ob ich das will oder nicht. Deswegen bin ich hier. Weil es meine letzte Chance ist, ebendieser Angst zu entkommen.

Jennifer Mains Gesicht flackert vor meinem inneren Auge auf. Nur kurz und unscharf, aber ihr Lächeln wärmt den Teil in meinem Inneren, der immer als Erstes vor Kälte erstarrt. Das ist verrückt und albern, weil wir nur einige Minuten miteinander gesprochen haben, weil es nur ein Blick und eine kurze Berührung war. Und trotzdem. Dieses Lächeln …

Ich öffne die Augen, und es ist wieder Sommer.

Jen

Die Musik ist viel zu fröhlich, der perfekte Soundtrack für diesen Tanz, eine Hymne an das Leben und die Freude. Dazu die bunten Lichter, die lachenden Gesichter, die perfekten Frisuren und das Lächeln, das all diese Menschen gemeinsam zu haben scheinen. Inklusive mir. Ich stehe am Rand der Tanzfläche, breit lächelnd und mit Tränen in den Augen. Niemand wird es bemerken oder vielleicht falsch verstehen. Alle würden denken, es wären Tränen der Rührung, weil ich voller Stolz meinen Vater beobachte, wie die Bürgermeisterin dieser Stadt, Ally Price, in seinen Armen tanzt. Die beiden ziehen die Blicke aller Gäste auf sich. Es ist nur ein Tanz. Vielleicht hatte ich gehofft, dass er ihn mit mir tanzt. Als die Musik vor wenigen Augenblicken einsetzte, schlug mein Herz für einen kurzen Moment wie das eines aufgeregten Kindes: zu schnell und zu laut. Ich war mir sicher, mein Vater konnte es hören. Es ist nicht mein Lieblingslied, nur mein Lieblingstanz. Der Tanz, den ich auf Wunsch meines Dads in der Tanzschule gelernt habe, damit ich mich in Situationen wie diesen nie blamiere. Wir wussten beide, eines Tages würde es meine Aufgabe sein: Ich müsste mit ihm solche offiziellen Abende wie diesen hier eröffnen. Allein der Gedanke daran schnürt mir die Kehle zu. Ich bin nichts weiter als eine Kopie. Ich fülle eine Lücke, die viel zu groß ist und in der ich mich immer klein und unbedeutend fühle. Nur mit einem großen Lächeln und einer souveränen Haltung kann ich die Leute täuschen. Ich versuche, sie und mich davon zu überzeugen, dass diese Lücke niemandem auffällt. Und dass sie nicht den größten Teil des Herzens meines Vaters ausmacht. Plötzlich kostet mich das falsche Lächeln viel mehr Kraft als sonst. Ich beherrsche es aus dem Effeff und habe es perfektioniert. Es ist eine Fassade aus Freundlichkeit mit einer großen Portion Zuversicht. Nein, mir geht es nie schlecht. Ich bin immer positiv gestimmt, und ganz sicher bin ich niemals *undankbar*.

Mein Vater wiegt Ally Price im Takt der Musik, lächelt und täuscht die Menschen im Raum ebenso wie ich. Ob er weiß, dass ich es durchschaue?

Mein Lächeln bleibt unverändert, nur meine Augen könnten dem aufmerksamen Beobachter verraten, wie ich mich wirklich fühle. Wie verletzt ich bin – und wie traurig. Inzwischen tanzen fast alle. Nur die alte Dame mit dem Rollator und das kleine, vierjährige Mädchen, das auf dem Stuhl in der Ecke schläft, haben ebenfalls keinen Tanzpartner abgekriegt. Das ist nicht weiter schlimm. Davon geht die Welt nicht unter. Das ist nur ein Tanz. Nur ein weiterer Tanz …

Eine Hand greift unerwartet nach meiner, und ich zucke erschrocken zusammen. Ein junger Mann taucht neben mir auf, und seine braunen Augen treffen mich ebenso unerwartet wie seine Berührung. Sein Lächeln ist charmant und unaufdringlich, fast verschwörerisch. Als würden wir uns bereits aus einem anderen Leben kennen, so blind vertraue ich ihm, als seine Augen mich zum Tanz auffordern und er mich auf die Fläche führt – was ich zulasse, gänzlich ohne Gegenwehr. Wie in Trance nehme ich seine Berührung wahr, die mich in eine andere Zeit entführt und ein Feuerwerk in meiner Magengegend entzündet. Er ist fast zwei Köpfe größer als ich und trägt einen schwarzen Smoking wie beinah alle Männer hier heute Abend. Fast hätte ich ihn nicht wiedererkannt.

Patrick Steel!

Mit einer eleganten Bewegung, die ich als ungeheuer sexy wahrnehme, dreht er mich in seine Arme, und mein Herz passt sich dem Rhythmus des Songs an. Seine Hand legt sich auf meinen Rücken, knapp über meinen Po, als wäre es das Selbstverständlichste auf der Welt. Durch den dünnen Stoff meines dunkelblauen Kleides spüre ich die Wärme seiner Berührung. Das löst ein unerwartetes Kribbeln in mir aus. Es fühlt sich an wie blitzende und springende Protonen auf meiner Haut, als er mich sanft näher an sich heranzieht – so nah, wie es der Tanz verlangt. Bilder unseres ersten Treffens am Pier heute Mittag schießen durch meine Erinnerung. Meine Brust berührt seine, und ich starre auf die Fliege, die perfekt um seinen Hals gebunden ist. Mein Blick gleitet über seinen Hals, sein unrasiertes, markantes Kinn und weiter nach oben zu seinen vollen Lippen, die zu einem charmanten Lächeln geformt sind. Ich kann nur hoffen, dass er das Zittern meines Körpers nicht spürt, was aber bei der Nähe, die zwischen uns entsteht, schwer zu vermeiden sein wird. Er lässt mich keine Sekunde aus den Augen, die Musik verschwimmt mit den anderen Hintergrundgeräuschen, während ich mich in seinen Armen sicher und gut aufgehoben fühle. Die Sicherheit, die er ausstrahlt, lässt meine Knie kurz weich werden, nur um ihnen im nächsten Moment sofort wieder Halt zu geben.

Fast schwerelos bewegen wir uns zur Musik, die uns einhüllt, verschluckt und uns diesen flüchtigen, wunderschönen Moment schenkt. Auch wenn mein letzter Tanzkurs schon eine kleine Weile zurückliegt, treffe ich die Schritte so sicher, als hätte ich nie etwas anderes getan. Patrick, der mich mit einer vertrauten Selbstverständlichkeit in seinen Armen hält, weiß zu genau, was er tut. Seine Schritte erfolgen so beiläufig, als wären sie nicht in endlosen Stunden antrainiert, sondern ein dringendes Verlangen. Als müsse er diesem Begehren nachgeben und sich bewegen. Ich spüre seinen Körper so verdammt nah an meinem … so nah, wie ich seit Carl keinen Mann mehr gespürt habe. Aber selbst bei ihm hat es sich nicht so gut angefühlt wie jetzt. Während wir tanzen, sagt er kein Wort, lächelt mich nur an. Ich kann spüren, wie leicht es ihm fällt, mich zu führen. Mit meiner Hand, die auf seinem breiten Rücken liegt, spüre ich bei jeder Drehung, wie sich seine Muskeln anspannen. Diese Feststellung löst eine Lawine an Gedanken und Bildern aus, die durch mein Gehirn tanzen. Wenn er sich hier schon so leicht bewegt, dann will ich mir seinen Körper in anderen Situationen gar nicht ausmalen. *Doch, das will ich!* Das überrascht mich. Denn seit dem Ende mit Carl hatte ich mir eigentlich eine Pause verschrieben. Patrick ist doch fast ein Fremder, der aber tanzend mit jeder verstreichenden Sekunde ein größeres Lächeln in mir hervorruft. So verzaubert er mich zum Takt der Musik. Umso schockierter bin ich, als nicht nur meine Gedanken – die sich um ihn, einen abgelegenen Strand und mich drehen – mit einem Mal zum Stillstand kommen, sondern auch die Musik. Wir hören auf, uns zu bewegen, und stehen diesen Bruchteil einer Sekunde zu lang eng beieinander. Er lässt mich noch nicht los, als würde er auf das nächste Lied warten. Aber es kommt nicht. Er lächelt noch einmal und beugt sich dann ein wenig weiter zu mir herunter. Seine Lippen streifen meine Wange, und ich schließe sofort die Augen.

»Danke für den Tanz, Miss Main.«

Wenn ich die Augen jetzt wieder öffne, wird er dann verschwunden sein? Ist das nichts weiter als ein Traum, weil ich es mir den ganzen Tag so sehr gewünscht habe? Zugeben würde ich es nicht, aber er ist mir seit der Begegnung am Pier nicht mehr aus dem Kopf gegangen. Seine Augen, das schräge Lächeln und die Art und Weise, wie er auf Kevin reagiert hat. Ich würde lügen, wenn ich sage, es hat mich kaltgelassen. Dabei war es nur eine Momentaufnahme. Ein Gespräch. Eine Berührung. So wie jetzt.

Als ich die Augen wieder öffne, ist er tatsächlich noch immer da.

»Ich habe zu danken, Mr. Steel.«

Kann sich der eigene Herzschlag dem eines anderen Herzens anpassen? Patrick hält meine Hand noch immer in seiner, und ich spüre die rauhen Stellen auf seiner Handfläche. Ich kenne mich zu gut mit Segelbooten aus und muss nicht raten, woher er sie hat. Unbewusst streiche ich mit meinen Fingern über diese Schwielen, dabei wirkt sein Lächeln fast etwas verlegen. Er weicht meinem Blick aus und lässt meine Hand los.

»Jen, Darling, da bist du ja …«

Mein Dad taucht ohne Begleitung neben uns auf und wirft Patrick einen prüfenden Blick zu.

»Ich habe doch noch einen Tanzpartner bekommen.«

Mein Lächeln ist ehrlich gemeint, doch etwas an Patricks Körperhaltung hat sich verändert. Er wirkt abweisend und vergräbt die Hände in den Hosentaschen. Mein Dad nickt lächelnd.

»Das freut mich.«

Er reicht Patrick die Hand. Da ist er wieder, mein Dad, der mit jeder Situation umgehen kann. Der immer weiß, was sich gehört und angebracht ist.

»James Main.«

Patrick sieht ihn fast unsicher an, dann wirft er mir einen kurzen Blick zu, bevor er die Hand meines Vaters ergreift.

»Patrick Steel.«

Seine Stimme klingt nicht mehr ganz so gefasst, wie ich es erwartet hatte. Verunsichert ihn mein Vater etwa so sehr?

»Warum setzen Sie sich nicht zu uns, Mr. Steel? Erzählen Sie doch ein bisschen über sich.«

Tatsächlich, mein Vater hat keine Ahnung, wer der Mann im Anzug ist. Habe ich ihn etwa überschätzt? Ich dachte, er würde sich an jeden seiner Angestellten erinnern, Patrick eingeschlossen. Nun wirkt er gerade so, als hätte er Patrick zum ersten Mal gesehen. *Okay, der Anzug verändert sein Auftreten enorm. Wenn ich an das enge Shirt heute Mittag am Pier denke … wie es sich über seine Muskeln gespannt hat … wie die Jeans seinen knackigen Hintern betont hat …*

»Das würde ich sehr gern, aber ich … habe …«

Er sucht nach Worten, die seiner Ausrede ein gutes Gerüst geben.

»Andere Verpflichtungen. Ich verstehe. Schade. Vielleicht können Sie ja morgen mit uns zu Mittag essen.«

»Dad … du überrollst ihn ja.«

Ich springe Patrick zur Seite und bemerke, wie dankbar er für diese Hilfe ist, auch wenn er nichts sagt. Das muss er nicht, seine Augen verraten ihn.

»Oh! Natürlich. Das wollte ich nicht. Verzeihen Sie. Es würde mich freuen, Sie bald mal etwas näher kennenzulernen.«

Dann dreht er sich zu mir, küsst mich auf die Wange und lächelt.

»Ich wünsche euch heute Abend noch viel Spaß.«

Er zwinkert mir zu und entdeckt dann einen anderen Gast im Raum, den er unbedingt begrüßen muss. Er hat das alles gänzlich falsch verstanden. Patrick und ich haben kein Date. Wir kennen uns kaum, und ich glaube nicht, dass ich in seine Abendplanung passe. Was ich unheimlich schade finde.

»Tut mir leid, manchmal …«

Tja, manchmal ist mein Vater so. Patrick zuckt die Schultern und sieht sich suchend um. Hat er vielleicht ein echtes Date? Mit einer bildhübschen Frau, die ich nur noch nicht wahrgenommen habe?

»Wo steckt denn Kevin?«

»Keine Ahnung.«

»Ist er denn mit Ihnen da?«

Sein Blick trifft mich wieder, aber da ist kein Lächeln, keine Wärme mehr.

»Nein.«

Er nickt, mustert mich unverhohlen so wie am Boot. Es ist ihm egal, dass ich sehen kann, wie sein Blick über meine Brüste bis zu meinen Beinen wandert. Es sollte mir egal sein. Ich sollte ihn dafür zurechtweisen. Das würde ich auch. Unter normalen Umständen. Doch jetzt schwirrt mir nur die Frage durch den Kopf, ob ihm auch gefällt, was er sieht? Ich bin nicht besonders groß, meine Beine wirken nicht ewig lang, auch wenn das Kleid alles tut, um diesen Anschein zu erwecken. Sicherlich sieht er am Strand Tag für Tag heißere Frauen als mich. Doch als sein Blick erneut nach oben zu meinem Gesicht wandert, ist das Lächeln wieder da, wenn auch nur kurz.

»Ich will dir deinen Abend nicht durcheinanderbringen …«

Er spricht den Satz nicht zu Ende, erlöst mich nicht. Ich hoffe, dass er weiterredet und mir noch ermöglicht, etwas Zeit mit ihm zu verbringen. Stattdessen steht er nur da, sieht mich an und lässt mich zappeln. Wenn das ein Spiel wird, kenne ich die Regeln nicht. Das hält mich aber nicht davon ab, mein Glück zu versuchen. Ich verschränke die Arme vor der Brust und sehe ihn, eine Augenbraue hochgezogen, an.

»Ich halte dich nicht vom Gehen ab.«

Kurz zucken seine Mundwinkel, dann macht er einen kleinen Schritt auf mich zu und bleibt dicht vor mir stehen. Erneut bemerke ich, wie groß er ist. Größer als Kevin, so viel steht fest. Mein Herz hämmert gegen meine Rippen, und mein Mund ist wie ausgetrocknet. Seine Nähe bringt mich komplett aus dem Konzept.

»Doch. Doch, das tust du.«

Ich will fragen, was er damit meint – aber er legt einfach seinen Arm um mich und zieht mich an sich. Erst jetzt nehme auch ich die einsetzende Musik wieder wahr. Er dreht sich mit mir zurück in die Mitte der Tanzfläche, und ich lege meine Hand auf seine Schulter, so wie eben, überlasse ihm die Führung und hoffe, dass dieser Tanz länger als der letzte dauert. Schnell befeuchte ich meine Lippen und sehe wieder zu ihm auf.

»Ist das hier Teil deines Jobs?«

»Heute Abend schon.«

Wir flüstern laut, um die Musik zu übertönen.

»So angenehm hatte ich mir den Abend allerdings nicht vorgestellt.«

Damit zieht er mich noch näher an sich, und mit einem Mal sind nur noch seine Lippen von Bedeutung. Patrick Steel verführt mich auf dieser Tanzfläche – und weiß es vermutlich noch nicht einmal. Ich spüre, wie mein Körper auf ihn reagiert. Auf seine Nähe, seine Berührung und seine Stimme, die provozierend sexy klingt.

»Es freut mich, dass ich dazu beitrage, dir einen schönen Abend zu bescheren.«

Ich spreche zu schnell und versuche, dabei meine Atmung unter Kontrolle zu halten. So etwas kenne ich nicht. So etwas ist mir noch nie passiert.

»Hätte ich gewusst, dass ein schicker Anzug so gut funktioniert, ich hätte mir einen gekauft.«

Kurz trennt uns eine Drehung, die so leicht ist, dass ich zu schweben glaube. Kaum bin ich wieder in seinen Armen, dreht sich der Raum um mich weiter. Zu gern würde ich ihm sagen, dass es nicht am Anzug, sondern an ihm liegt. Aber dazu komme ich nicht.

»Entschuldige, aber ich glaube, der Tanz gehört mir.«

Kevins Stimme durchbricht den Moment abrupt wie eine Abrissbirne und schleudert mich sofort zurück in die Realität. Schlimmer noch ist es, als seine Hand sich zwischen Patricks und meine schiebt und uns ruckartig trennt. Patricks Kiefer spannt sich an, seine Augen verdunkeln sich sofort. Mit einer schnellen Bewegung stößt er Kevin von uns weg, so dass dieser einige Schritte nach hinten stolpert. Ich bin überrascht von Patricks Reaktion und unfähig, einen klaren Gedanken zu fassen.

»Fass mich nicht an!«

Er zischt es Kevin zu, der abwehrend die Hände hebt und zu einem fiesen Lächeln ansetzt.

»Kein Grund, sich danebenzubenehmen, Steel.«

Einige der Gäste drehen sich zu uns um. Patrick sieht zwischen den Gesichtern hin und her, dann blickt er wieder zu mir, und ich bin noch immer nicht in der Lage, etwas zu sagen. Eines weiß ich sicher: Ich will, dass er bleibt! Er kämpft mit sich, und ich hoffe, er deutet meinen Blick richtig. Ich will nicht, dass er geht. Meine Reaktion überrascht mich selber, allerdings bleibe ich trotzdem stumm. *Verdammt!* Alte Muster sind so schwer abzulegen.

»Ich hau ab.«

Kevins triumphierendes Lächeln schiebt sich in mein Blickfeld, als Patrick sich umdreht und sich bereits im Gehen die Fliege vom Kragen reißt. Ich will ihn aufhalten, etwas sagen, mich gegen diese Fremdbestimmung wehren …

»Sorry, dass es so lang gedauert hat, dich von diesem Idioten zu befreien.«

Kevin nickt in Patricks Richtung und grinst selbstzufrieden. Ich schüttle den Kopf und spüre die Wut, die in mir hochkocht.

»Er ist kein Idiot.«

Dennoch ist meine Stimme zu leise, um dem Gesagten den nötigen Ausdruck zu verleihen. Ich will Kevin anschreien, ihm sagen, dass *er* der Idiot ist. Und natürlich gibt es diesen Teil in mir, der sich am liebsten gegen all das wehren will. Zu oft habe ich an genau dieser Stelle Luft geholt, um zu sagen, was ich wirklich sagen möchte. Aus dem Augenwinkel erkenne ich meinen Vater, der mit einigen Männern spricht. Er gibt sich Mühe, auch diesen Abend zu einem unvergesslichen Event werden zu lassen. Das kann ich ihm nicht antun.

»Ich bitte dich. Er schrubbt Boote. Ich habe ja keine Ahnung, was er hier zu suchen hat.«

Kevins Bewegungen wirken abgehackt, unsicher und sind alles andere, aber nicht im Takt der Musik. Ich weiß nicht genau, welchen Tanz er tanzen will, aber ich fühle mich unwohl mit ihm als Tanzpartner. Patrick hat mich so leicht geführt, er hat gewusst, was er tun muss, unsere Körper haben aufeinander gehört, ohne Worte. Kevin ist einfach nur unbeholfen. Sein Lächeln hingegen strahlt noch immer beeindruckend.

»In Dartmouth nennt man mich den ›John Travolta‹ des Colleges.«

Als müsse er das beweisen, schleudert er mich in eine Drehung, bei der ich mir fast die Schulter auskugle und gegen ein anderes Tanzpaar pralle. Selbst dieser Fauxpas scheint Kevin nicht davon überzeugen zu können, dass er vielleicht noch einige Tanzstunden bräuchte, um auch nur in Travoltas Nähe zu kommen. Und um mich zu beeindrucken.

»Ich brauche eine kleine Pause von Travolta.«

Ich brauche eine Pause von dir!

»Das kann ich verstehen. Der Typ hat dich ja ganz schön rumgewirbelt.«

Nein, der Typ hat meine ganze Gefühlswelt herumgewirbelt!

Es gefällt mir nicht, wie er über Patrick spricht. Kevin ist einer dieser Typen, wie sie mir ständig über den Weg laufen. Sie halten sich für die Könige der Welt, weil ihre Eltern ihnen alles bieten können.

»Hör auf damit, Kev.«

Ich nenne ihn absichtlich Kev. Ein Spitzname, eine Verniedlichung. So, wie er mich immer nur Jenny nennt, um mir zu zeigen, dass ich zwar in Harvard studiere, er mich deswegen aber noch lang nicht ernst nimmt. Überrascht sieht er mich an.

»Geht es dir nicht gut?«

»Es geht mir sehr gut. Ich finde nur, du solltest dich nicht so aufspielen.«

Meine Stimme zittert vor Wut darüber, dass er sich diesen Tanz geklaut hat. Damit hat er mich auch um einige weitere

Minuten mit Patrick betrogen. Die Wahrscheinlichkeit, dass wir noch mal zusammen so eng tanzen werden, ist gleich null. Kevins Blick wird nachdenklich, er greift nach meiner Hand und nickt in Richtung Pier.

»Komm, lass uns an die frische Luft gehen.«

Alles, nur das nicht!

Patrick

Ich bin so ein Idiot! Als wäre ich ein dummes Kind oder ein Träumer, der glaubt, ein Anzug würde ausreichen, um plötzlich ein anderer Mensch zu sein. Zum Glück hat sich die Luft etwas abgekühlt und hilft mir dabei, wieder einen klaren Kopf zu bekommen. Ich mag vieles sein – aber großen Träumen nachhängen, die man nicht mit Händen fassen kann? Nein, das ist sicherlich keine meiner Schwächen. *Jennifer Main*. Sie ist einer jener Träume, die ganz sicher nicht in mein Leben gehören. Vor allem dann nicht, wenn ihr Vater vermutlich denkt, dass ich der Sohn einer angesehenen Familie bin, nur weil ich einen schicken Anzug trage und zwei Schrittfolgen eines Tanzes beherrsche. Denn genau darum geht es doch an solchen Abenden, oder nicht? Man zeigt ganz stolz, wohin man gehört: zu den oberen Zehntausend. Zu denen, die ein Boot ihr Eigen nennen. Vielleicht auch gleich drei Boote – und noch dazu ein beschissenes, stinkendes Fischrestaurant. Ich würde am liebsten kotzen, wenn ich daran denke, wie sich Kevin einfach zwischen uns gedrängt hat. Mit einer Bewegung hat er mich auf den Platz verwiesen, wo ich hingehöre. Nicht nur seiner Meinung nach. Arschloch! Zu gern hätte ich ihm gezeigt, was ich von ihm und dieser ganzen Farce halte. Wie ich zu den feinen Leuten aus Oceanside stehe. Und fast hätte ich ihm auch die Fresse poliert. Wäre da nicht Jen …

Schnell schüttle ich den Kopf. Nein! So fange ich jetzt gar nicht erst an. Ich werde von ihr nicht so hingerissen sein, dass ich mich auf sie oder ihre Welt einlasse. Denn dann werde ich mein Ziel aus den Augen verlieren. Nein! Ich bin so kurz davor, so nah dran, wie schon lang nicht mehr. Ich muss nur diesen Sommer überstehen und dann – dann haue ich einfach ab. Und wenn ich verdammt viel Glück habe, dann kommt der nächste Winter nicht.

Ich werfe einen letzten Blick zurück zum Yachtclub, wo die Lichterketten sanft im Wind schaukeln und die Musik dort nur noch leise zu hören ist. Verwöhnte Bonzen, die in ihrem Leben noch nie für etwas arbeiten mussten. Und so, wie Jen sich heute benommen hat, ist es der Beweis, dass sie auch eine von ihnen ist. Sie sind alle so. Ich will diese Menschen nicht beneiden. Weil es nicht das Leben ist, das ich führen will. Weil ihre Ziele nicht meine Ziele sind. Und trotzdem … da ist diese Stimme in meinem Kopf, die mir zuflüstert, dass ihr Leben gar nicht so übel ist. Dass es sich verdammt gut anfühlen muss, so zu leben und ihre Sorgen zu haben.

Ihr Lachen wird vom Wind zu mir an den Pier herübergetragen. Ich versuche, den bitteren Geschmack von Neid hinunterzuschlucken. Jens Leben kann ich mir ausmalen. Sie hat immer alles bekommen, sie durfte immer alles haben. Und wenn etwas kaputtging, wurde es ersetzt. Wieso dann dieser Blick? Wieso hat sie mich so angesehen, als ob sie mich wirklich sehen kann? Als wäre ich mehr als nur der Typ, der sich um die Boote kümmert. Ehrlich gesagt, das ist schon eine Steigerung. Hier sehen mich die Leute wenigstens an. Sie stecken mir etwas Geld zu, wenn ich ihre Schiffe an die richtige Boje fahre, wenn ich das Segel für sie einhole und die Plane überziehe. Ja, ich bin der Typ vom Hafen mit den Schwielen an den

Händen, der nicht im Yachtclub zum Lunch auftaucht. Aber es ist trotzdem eine Steigerung. Weil sie mich sehen. Manche schauen mir sogar in die Augen, wenn sie mit mir reden. Ein kurzes Lächeln verirrt sich auf meine Lippen. Ich hasse das! Ich hasse es, dass es mir so viel bedeutet. Ich hasse es, dass ich mir wünsche, ich dürfte bei ihnen mitspielen. Und vor allem hasse ich es, dass ich schon wieder an Jen denken muss.

Erneut sehe ich zum Yachtclub und frage mich, ob sie irgendwo mit Kevin tanzt, ob sie das vorhin auch gespürt hat – und ob das der Grund war, wieso sie mich so angesehen hat? Weil sie mehr sieht als die anderen.

Und dann sehe ich sie: Kevin legt seine Jacke um ihre Schultern, da der Wind stärker geworden ist. Sie wirkt nicht unwillig. Warum auch? Seiner Familie gehört das Restaurant *La Mer*. Er studiert irgendwo in einem schicken College und trägt Poloshirts. Darauf stehen die Weiber doch. Jen hätte anders sein können. Weil ich es mir gewünscht habe. Weil sie auf dem Boot aussah wie jemand, den ich mögen könnte. Ihr Lächeln, als sie das Steuerrad übernommen hatte. Das Leuchten in ihren Augen, ein kurzer Moment der Freiheit. All das hat mich umgehauen. Aber es war nur ein kurzer Moment. Etwas, das ich mir wünschte und hoffte, es irgendwann mal zu finden.

Alles Bullshit! Nein, sie sieht gar nichts. Sie sieht nur Kevin. Sein Geld, seine Poloshirts und seine Boote. Das genügt für heute Abend. Ich habe Jackson den Gefallen getan.

Ohne einen weiteren Blick zurückzuwerfen, mache ich mich auf den Weg zum Hafen und zu dem Bootshaus, das ich bewohne. Natürlich hatten sie mir eine Unterkunft in der *Staff Area* angeboten, aber ich wollte lieber hier sein. Damit ich zu jeder Zeit nach den Booten schauen konnte. Immer zur Stelle sein. Das macht einen guten Eindruck, ist aber eine

Lüge. Ich wollte einfach nur meine Ruhe. Und einen Platz für Buddy, wenn er sich mal wieder blicken lässt. Mit schnellen Schritten bringe ich wieder Abstand zwischen deren Welt und meine. Komisch nur, dass mit jedem Schritt der Gedanke an Jen stärker wird.

Reiß dich zusammen, Steel!

Sie ist nicht mal mein Typ. Die meisten meiner Frauengeschichten – Beziehungen kann man das nicht nennen – waren mit Blondinen, oft älter als ich. Die meisten hatten andere Partner, manchmal Ehemänner. Ich war nur ein Spaß, eine Bettgeschichte, nicht mal eine Affäre. Mir war das recht. Beziehungen sind kompliziert. Irgendwann wird man unweigerlich verletzt, wenn man Menschen zu nah an sich ranlässt. Je mehr man sich öffnet, desto mehr Zielfläche bietet man. Vertrauen ist eine Illusion, die in Schmerz endet, sobald die Seifenblase Liebe platzt. Die einzige Konstante im Leben ist und bleibt der Schmerz. Das ist nicht mal besonders pessimistisch gemeint. Es ist nicht so, als ob ich nicht auch Spaß am Leben habe. Oder nicht auch lache. Vielleicht auch mal ganz kurz loslasse. Aber wenn ich ehrlich bin, dann ist es der Schmerz, der mich an das Leben erinnert. Fast so, als würde ich ihn brauchen, um mich lebendig zu fühlen.

Kaum höre ich die Geräusche der auf dem Wasser schaukelnden Boote, vergesse ich die Welt und beruhige mich wieder. Wie kleine Schätze liegen sie im Hafen. Man kann nur ihre Schatten erkennen, und trotzdem reicht es aus, um zu wissen, dass sie da sind. Wunderschöne Segelboote, große und kleine. Vor allem aber große. Gesehen, bestellt, gekauft. Es sind die neuesten Modelle, bis auf wenige Ausnahmen. Für meinen Geschmack werden sie viel zu selten in die Freiheit entlassen. Ich höre ein verdächtiges Geräusch hinter mir, und sofort spannt sich mein Körper an. In der Dunkelheit sind wir entweder total verloren – oder wir lernen, damit umzugehen. Ich balle die Fäuste, jederzeit zum Angriff oder zur Abwehr bereit. Es gibt keinen zweiten Versuch für eine Verteidigung. Schritte, die näher kommen. Ich atme tief durch, mein Körper fühlt sich an, als würde er unter Strom stehen. Ein bekanntes und verhasstes Gefühl.

»Hey …«

Bevor mein Gehirn die Stimme zuordnen kann, drehe ich mich um und verpasse meinem Gegenüber einen festen Schlag in den Magen. Der Schatten krümmt sich zusammen und fällt dann einfach nach hinten um. Noch bevor er den Boden berührt, weiß ich, dass es ein dummer Fehler war. Eine Kurzschlussreaktion. Etwas geht klirrend zu Bruch, aber ich kann nicht genau sagen, was es ist.

»Jackson!«

Da liegt er vor mir, hält sich den Bauch und schließt einen kurzen Moment die Augen. Ich habe Jackson niedergeschlagen!

»Sorry, Mann.«

»Nein, schon gut. Mein Fehler.«

Er rollt sich auf die Seite, als ich ihm die Hand entgegenstrecke und mich selbst verfluche. Ich vergesse zu schnell, wo ich bin und dass so etwas hier nicht nötig ist. Leise hustend nimmt Jackson meine Hand, und ich helfe ihm wieder auf die Beine.

»Ich dachte, du wärst …«

Doch ich spreche nicht weiter. Das muss ich auch nicht. Jackson versteht mich auch so.

»Ich wollte mich eigentlich nur bei dir bedanken. Fürs Einspringen. Ich habe Bier mitgebracht.«

Er deutet auf die Scherben, die neben ihm auf dem Boden im Bier schwimmen. Das Sixpack hat er fallen lassen. Okay, an manchen Dingen muss ich wohl noch arbeiten: alte Mechanismen abschalten, zum Beispiel.

»Tut mir wirklich leid.«

Zwar hält er sich noch immer den Bauch, aber ich meine, ein schiefes Lächeln auf seinen Lippen zu erkennen.

»Halb so wild. Jetzt habe ich wieder was gut bei dir.«

Jackson Reed, dieser ewige Optimist. Manchmal verstehe ich nicht, wieso wir so gut miteinander auskommen – dabei könnten wir doch kaum unterschiedlicher sein.

»Komm mit, ich hab noch Bier im Kühlschrank.«

»Musik in meinen Ohren.«

Er folgt mir die wenigen Schritte runter zum Bootshaus, wo ich mir zwischen all den Werkzeugen, dem Schrott und der winzigen Dusche für den Sommer mein Zuhause eingerichtet habe. Ich habe nur eine Lampe, und die bringt nicht besonders viel Licht, aber es genügt, um den Kühlschrank in der Ecke zu finden und zwei Flaschen Bier aus seinem Inneren zu fischen. Jackson geht in die Mitte des Raumes und betrachtet den Fortschritt meiner Arbeit.

»Inzwischen erkennt man sogar, was es mal werden soll …«

»Ja, nicht wahr? Morgen kommen noch ein paar Teile, die ich Joe, dem Typen vom Burgerladen, abschwatzen konnte.«

Ich reiche ihm sein Bier und folge seinem Blick. Es wird noch einige Nächte dauern, bis es fertig ist. An manche Ersatzteile kommt man nicht so leicht ran, aber ich habe Hoffnung. Vielleicht muss ich noch mal nach Clearwater Bay fahren und dort auf dem Schrottplatz suchen, aber das Ende kommt in Sicht, langsam, aber sicher.

»Unglaublich, was du daraus gemacht hast. Als wir das Ding abgeholt haben, sah es aus wie ein Haufen Schrott.«

Er nimmt einen Schluck und geht um das aufgebockte Boot in der Mitte des Raumes herum. Jedes Mal, wenn ich es betrachte, bin ich stolz und ganz aufgeregt wie ein kleiner Junge. Wie der kleine Junge, der ich einmal war. Ein Kloß bildet sich in meiner Kehle, und ich spüle ihn mit einem großen Schluck Bier hinunter.

»Du machst also wirklich ernst, ja? Ende der Saison schipperst du mit dem Ding davon?«

Jackson hat es inzwischen umrundet und taucht auf der anderen Seite breit grinsend wieder auf.

»Das ist der Plan.«

»Nicht schlecht, Patrick. Wirklich, Hut ab.«

»Danke.«

Wir sehen beide einen Moment zu dem Boot, das man eigentlich noch nicht »Boot« nennen sollte, weil noch zu viele Dinge fehlen, bevor es in See stechen kann. Eines Tages aber wird es fertig sein und in neuem Glanz erstrahlen. Es wird niemals so modern oder aufwendig sein wie die Teile, die nur wenige Meter von uns entfernt im Hafen liegen – aber es wird trotzdem perfekt sein. Es wird alles sein, was ich jemals wollte: mein eigenes Segelboot.

»Und wie war dein Abend sonst so?«

Ein Themenwechsel, der mir missfällt. Ich spreche lieber noch eine Weile über das Boot und nicht über Typen wie Kevin Bennett. Jackson weiß zu genau, was ich von ihm halte.

»Was weißt du über Jennifer Main?«

Während ich die Frage stelle, sehe ich ihn nicht an, sondern fixiere den Bug des Bootes. Dabei versuche ich, so gleichgültig wie möglich zu klingen.

»Hm. Das, was man sich hier so über sie erzählt.«

»Ich rede nicht viel mit den anderen, wie dir aufgefallen sein dürfte. Also, was erzählt man sich denn so über sie?«

»So neugierig kenne ich dich gar nicht, Patrick.«

Ich muss nicht zu ihm sehen, um zu wissen, dass er grinst. Ich habe es noch nicht ausgesprochen, aber ich mag Jackson. Nicht nur, weil er mir geholfen hat, diesen Job hier zu kriegen, sondern, weil er nie die Fragen gestellt hat, die alle anderen gestellt haben. Weil er einfach verstanden hat, und weil er mich nicht anders behandelt als alle anderen auch. Für ihn spielt es keine Rolle, und das rechne ich ihm sehr hoch an.

»Ich dachte nur, ich betreibe etwas Konversation.«

Mit einem leichten Lächeln drehe ich mich schließlich zu Jackson. Es ist schwer, sich in seiner Anwesenheit nicht zu entspannen und kurz mal zu vergessen, was morgen und in den Tagen danach alles auf mich wartet.

»Gut, das ist ein Schritt in die richtige Richtung. Also, Jennifer ist die einzige Tochter von Mr. Main und sein Ein und Alles. Du kannst dir also vorstellen, wie leicht es ist, an sie ranzukommen.«

»Kann ich.«

»Sie studiert an der Harvard Law und ist ein ziemlich helles Köpfchen.«

Das überrascht mich nicht. *Harvard*. Ja, das passt zu Oceanside. Das passt nur irgendwie nicht zu Jen. Es ist lediglich ein Gefühl, aber es breitet sich rasend schnell in meinem Inneren aus. Zusammen mit dem Gefühl, sie unbedingt wieder berühren zu wollen.

»Interessiert sich Patrick Steel etwa für ein Mädchen?«

Sosehr ich Jackson auch vertraue – was Jen angeht, vertraue ich nicht mal mir selbst beziehungsweise dem Gefühlschaos in mir, wenn ich an sie denke.

»Allerdings. Und zwar für dieses hübsche Ding hier.«

Ich weise mit einem Kopfnicken zu dem Boot und erinnere mich daran, dass ich mich nicht ablenken lassen darf. Auch nicht von Jens wunderschönen Augen, ihrem perfekten Körper, ihrem Duft. Oder von dem Gefühl, wenn ihr Körper in meinen Armen liegt. Wie sie mir fast blind vertraut hat, als wir getanzt haben. Wie sie mir die Führung überlassen hat und ihre Bewegungen sich meinen angepasst haben. Als hätten unsere Körper eine eigene Sprache gefunden und sich Worte zugeflüstert. Der Gedanke an den Tanz, bevor Kevin aufgetaucht ist, lässt eine Gänsehaut auf meinem Körper entstehen und löst ein ungewohntes Kribbeln in mir aus. Dort, wo es sich so lang so taub angefühlt hat …

Jen

Die Sonne taucht irgendwo hinten am Ozean auf, ihre Strahlen zaubern ein Farbenspiel in den schönsten Schattierungen des Morgens an den Himmel und über das Wasser. Genau deswegen lohnt es sich, um diese Uhrzeit hier draußen zu sein, wenn der Strand menschenleer ist und die Stadt noch schläft. Sicher, man kann sich überall einen Sonnenaufgang ansehen, aber hier in Oceanside wirkt er wie eine Theaterinszenierung am Broadway. Das perfekte Timing, die Möwen, der klare Himmel, die Kondensstreifen, die von Flugzeugen in den Himmel gemalt werden, während sie Menschen an entlegene Orte auf der ganzen Welt bringen. All das ist eine Komposition, deren Schönheit ich mich nicht entziehen kann.

Die Pulsuhr an meinem Handgelenk piepst kurz – und ich weiß, dass mein beschleunigter Herzschlag nicht durch das Joggen hervorgerufen wurde, sondern von dem Anblick, der mich jedes Mal aufs Neue überwältigt. Der Strand unter meinen Füßen ist heute noch unberührt. Keine Fußspuren von Familien, Touristen und Surfern. Nur meine Laufschuhe graben sich mit jedem Schritt in den feinen Sand. Ich werde langsamer und hole tief Luft. Jeden Morgen jogge ich eine Stunde am Strand entlang, lasse mich auf den neuen Tag ein und hänge meinen Gedanken nach. In Cambridge jogge ich auch. Obwohl dort ein Naturschauspiel, vor allem der Sonnenuntergang im Herbst, auch seinen ganz speziellen Reiz auf mich ausübt, fühlt es sich nach Rennen und nicht nach Joggen an, wenn ich über die grünen Wiesen des Unigeländes laufe. Selten bin ich dort allein, denn Frauen und Männer in ihren passenden Kapuzenpullis, die stolz den Namen der Elite-Uni verraten, sind alle darauf bedacht, vor den anstrengenden Vorlesungen noch schnell etwas für die Fitness zu tun. Nein, meine Laufrunde am Strand von Oceanside lässt sich damit wahrlich nicht vergleichen. Ich laufe aus der Stadt hinaus, wo es ruhiger ist und mich niemand stört. Mein Dad hat heute Morgen, wie immer, zeitgleich mit mir das Haus verlassen. Bevor der Ansturm beginnt, will er noch einige Dinge erledigen. Im Büro gibt es viel zu tun, und er möchte diese Saison, wie jede Saison, zu einem schönen Ferienerlebnis für die angereisten Urlauber machen. Ich sollte stolz auf ihn sein, aber eigentlich würde ich ihm gern sagen, dass ich mir Sorgen um ihn mache. Weil er zwar allen seinen Gästen unvergessliche Erinnerungen schenkt, sein Leben dabei aber gänzlich vergisst. Was ist mit *seinen* Erinnerungen?

Meine Schritte werden noch langsamer, bis ich schließlich stehen bleibe. Mit der Hand schirme ich meine Augen gegen die aufgehende Sonne ab und betrachte die Silhouette, die ich auf der Wasseroberfläche wahrnehme. Es ist ein Mann auf einem Surfbrett, mit einem langen Paddel. Ich habe das schon oft hier gesehen: Stand-up Paddling, ein Trendsport. Neben dem Mann bewegt sich etwas. Ich trete näher ans Wasser, bedacht darauf, meine Schuhe nicht nass werden zu lassen. Ich täusche mich natürlich, denn Haie gibt es hier nicht. Und wenn, dann sicher nicht so nah am Strand. Außerdem scheint der Mann auf dem Board mit dem Tier zu sprechen. Ich kneife die Augen ein wenig zusammen, um besser sehen zu können. Vermutlich ein Tagtraum am frühen Morgen, wenn Wünsche, die uns die ganze Nacht begleiten, ein Eigenleben bekommen … Oder ist es wirklich Patrick, der da auf dem Brett steht und mich offensichtlich jetzt auch erkennt? Er hebt eine Hand zum Gruß, und mir fällt sofort mein ziemlich legeres Jogging-Outfit ein: kurze, pinkfarbene Laufshorts, dazu ein weißes, enges Tanktop. Meine Haare sind zu einem Pferdeschwanz gebunden, trotzdem haben sich einzelne Strähnen gelöst und kleben mir verschwitzt auf der Stirn. Nein, sexy geht anders. Trotzdem winke ich zurück, etwas zu aufgeregt.

Den gestrigen Abend musste ich wohl oder übel mit Kevin und Dad verbringen. Ich habe gegen halb elf einen Anflug von Kopfschmerzen vorgetäuscht und das Weite gesucht. Wobei das gelogen ist, eigentlich habe ich Patrick gesucht. Möglichst unauffällig, versteht sich. Ein Spaziergang zum Hafen, aber da war er nicht. Eine kleine, private Party am Strand mit Lagerfeuer war ebenfalls eine Fehlanzeige. Niemand hatte ihn gesehen, die meisten wussten nicht, wen ich meine. Schade, zu gern hätte ich unser Gespräch zu Ende geführt. Ich hätte auch sofort wieder mit ihm getanzt. Mit oder ohne Musik. Als ich dann später im Bett lag, konnte ich nur noch an seine Berührungen denken. Oder daran, wie er mich angesehen hat. Seine Augen, das Leuchten und diese Traurigkeit, die ich mir vielleicht nur eingebildet habe. Mit seinem Lächeln vor Augen bin ich dann schließlich eingeschlafen. Heute Morgen galt mein erster Gedanke ebenfalls ihm – und dem Plan, ihn am Hafen zu besuchen. Nun hat mir das Schicksal aber in die Hände gespielt. Ich hätte nur eine kleine Warnung vertragen können. Und etwas Make-up.

Ein völlig nasser und ziemlich wuscheliger Hund kommt aus dem Wasser und auf mich zu gerannt. Für einen kurzen Moment spiele ich mit Fluchtgedanken, aber er sieht freundlich aus. Vor mir bleibt er stehen und mustert mich aus dunklen Knopfaugen. Patrick hat also einen Hund? Langsam gehe ich in die Hocke und halte ihm meine Hand hin, die er sofort beschnuppert.

»Buddy! Lass die junge Dame in Ruhe, hörst du?«

Ich sehe wieder auf, und kurz stolpert mein Herz. Patrick wuchtet das große Brett aus dem Wasser und schleppt es zu mir an den Strand, wo er es mit einem dumpfen Geräusch in den Sand fallen lässt. Er trägt schwarze Surfshorts. Sonst nichts. Mein Blick wandert über seinen nackten Oberkörper, und ich spüre ein lautes Surren in meinen Ohren, das alle Geräusche um mich herum ausblendet.

Er scheint mit mir zu sprechen, denn seine wunderschönen Lippen bewegen sich, aber seine Stimme durchdringt weder das Summen in meinem Kopf, noch übertönt sie das laute Geräusch des Herzschlages in meinen Ohren. Ich zähle die Wasserperlen auf seiner Haut. Eine unerklärliche Hitze steigt in mir auf, obwohl der Morgen noch angenehm kühl ist. Plötzlich fühlt es sich an wie im Hochsommer. Der Hund schleckt meine Hand ab, und Patricks sanftes Lächeln katapultiert mich plötzlich zurück in die Echtzeit.

»Ich habe gefragt, ob alles okay ist?«

»Mit mir?«

»Ja.«

Ich stehe auf und spüre das leichte Zittern meiner Beine. Wieso reagiere ich so stark auf den bloßen Anblick seines halbnackten Körpers? Wieso gelingt es mir nicht, meine Gedanken unter Kontrolle zu halten? Woher stammen diese

Filmfetzen in meinem Kopf, die ihn zeigen, wie er mich küsst, anfasst und sich auf mir bewegt?

»Alles bestens.«

Er muss es sehen können: Die Hitze schießt mir in die Wangen, und sofort verschränke ich die Arme vor der Brust, in der Hoffnung, die deutlichen Zeichen meiner Erregung zu verbergen. Falls es ihm aufgefallen ist, lässt er es sich nicht anmerken. Ich deute zu dem Hund, der zwischen uns steht und uns hechelnd ansieht.

»Ich wusste nicht, dass du einen Hund hast.«

Die Wahrheit ist, dass ich gar nichts über ihn weiß. Oder zumindest ausgesprochen wenig. Seinen Namen, seinen Job – und dass er ein verdammt guter Tänzer ist. Ich weiß, wie er in meiner Vorstellung küsst und wie wunderbar sich seine Hände auf meinem Körper anfühlen. Diese Gedanken haben mir gestern Nacht ziemlich viel Schlaf geraubt und mich heute Morgen verschwitzt aufwachen lassen. Ihn jetzt so vor mir stehen zu haben, außerhalb meines heißen Traums, bringt mich völlig aus dem Tritt. Und das passiert mir so gut wie nie, denn ich verliere selten die Contenance.

»Ich auch nicht. Aber er scheint mich zu mögen.«

»Er hat einen guten Geschmack.«

Habe ich das gerade laut ausgesprochen? Patricks Grinsen wird breiter.

»Er gehört mir nicht oder so. Er benimmt sich wie ein Streuner, fast wie eine Katze. Mal ist er da, mal ist er weg. Keine Ahnung …«

»Aber er mag dich.«

»Anscheinend.«

Er wirft einen liebevollen Blick auf das Fellknäuel, das es sich zwischen unseren Füßen bequem gemacht hat.

»Manchmal kann man sich seine Begleiter nicht aussuchen.«

Es klingt so, als würde er mit sich selbst sprechen, nicht mit mir. Seine Stimme ist eher ein Flüstern, aber ich ahne einen tiefen Schmerz hinter seinen Worten. Irre ich mich? Menschen, die schlechte Zeiten erlebt haben, sind sensibilisiert. Ich erkenne den Schmerz bei anderen Menschen. Wieso? Weil ich zu genau weiß, wie er sich anfühlt. Der Blick, wenn man sich unbeobachtet fühlt, ist bei uns allen gleich. Die Trauer, die sich in unsere Augen schleicht, wenn wir nicht aufpassen, wenn wir die Fassade fallenlassen, und sei es nur für den Bruchteil einer Sekunde. Aber ich kenne Patrick nicht. Als er mich wieder anschaut, sehe ich keine Trauer, keinen Schmerz. Nur warme, braune Augen, die mich aufmerksam betrachten.

»Du joggst jeden Morgen?«

»Bemerkt man das?«

»Na ja, du scheinst nicht außer Atem zu sein, bist aber schon ein ganzes Stück von der Stadt entfernt. Ich nehme an, du bist trainiert.«

»Sehr gut analysiert, Sherlock.«

Kurz sieht er mich ertappt an – fast so, als wäre es ihm peinlich. Als hätte er etwas gesagt, wofür er sich entschuldigen müsste. Schnell schenke ich ihm ein herzliches Lächeln.

»Ja, ich jogge jeden Morgen. Du scheinst auch deinen Frühsport zu brauchen.«

Ich weise auf das schwere Brett im Sand neben uns.

»Es lenkt ab. In aller Frühe ist nichts los auf dem Wasser, und man hat seine Ruhe. Ich mag die Ruhe.«

»Das Gefühl kenne ich.«

Mein Blick wandert über das Wasser, mein Element. Zumindest fühlt es sich so an. *Freiheit … Wasser … Oceanside …* Kurz atme ich tief durch und versuche, die aufsteigenden Erinnerungen und Gefühle von damals niederzukämpfen, bevor er sieht, wie dringend ich mich nach Ruhe sehne.

»Halte ich dich vom Joggen ab? Störe ich?«

»Was? Nein! Gar nicht. Überhaupt nicht. Nein, nein!«

Meine Antwort klingt etwas zu leidenschaftlich, selbst in meinen Ohren. Ich will nicht, dass er geht. Ganz im Gegenteil.

»Nicht dass … Kevin … dich noch vermisst.«

Seine Stimme verändert sich, als er Kevins Namen ausspricht. Oder bilde ich mir auch das nur ein? In Patricks Nähe scheine ich mich nicht auf meine Sinne verlassen zu können. Wenn er da ist, fällt es mir schwer, mich auf irgendwas zu konzentrieren.

»Kevin liegt bestimmt noch im Bett und schläft seinen Rausch aus.«

»War also noch eine wilde Nacht gestern?«

Buddy setzt sich in Bewegung und jagt einer Möwe am Strand hinterher. Patrick nimmt diese Ablenkung dankend an, um meinem Blick auszuweichen.

»Ganz ohne Zweifel.«

Ich betrachte sein Profil, während er dem Hund hinterherschaut. Sein Kiefer ist angespannt, auf seiner Stirn bildet sich eine kleine Falte, die Augenbrauen sind zusammengezogen. Die Leichtigkeit unserer Unterhaltung scheint verschwunden. Wenn ich es nicht besser wüsste, dann würde ich auf Eifersucht tippen. Allerdings verbiete ich mir, diese Vermutung als Option zuzulassen. Ein Wunschgedanke. Patrick – eifersüchtig auf Kevin? Wegen mir? Wie absurd!

»Freut mich, dass ihr eine tolle Nacht hattet.«

Er geht einen kleinen Schritt auf das Brett zu und macht Anstalten, es aufzuheben oder wieder ins Wasser zu schleppen.

»Kevin hatte eine tolle Nacht. Nicht wir.«

Er hält in seinen Bewegungen inne und dreht sich langsam zu mir um.

»Aber ihr seid doch … du und er …«

»Nein, sind wir nicht. Obwohl mein Vater das wohl gut finden würde. Und selbst wenn, wieso sollte es …«

Die Worte wollen mir nicht über die Lippen kommen. Wieso interessiert es jemanden? Es ist nicht mein erster Sommer in Oceanside. Niemand interessiert sich für mich oder meinen nicht vorhandenen Beziehungsstatus. Ganz sicher nicht ein Mann wie Patrick. Mir sind die Blicke der weiblichen Gäste gestern nicht entgangen. *Er im Anzug* … Natürlich zieht er ihre Aufmerksamkeit auf sich. Es könnte mir egal sein. Es sollte mir egal sein. Stattdessen macht es mich richtig wütend! Ich habe genau gesehen, wie sie ihn mit den Blicken ausgezogen haben.

»… jemanden interessieren?«

»Weil du eine hübsche junge Frau bist. Weil es einige gibt, die gern wissen würden, wie ihre Chancen bei dir stehen.«

»Ist das so?«

Er mustert mich von oben nach unten, lächelt fast schon frech und nickt.

»O ja. Mir würden einige einfallen.«

»*Einige* sind mir aber ziemlich egal.«

Es fällt mir ziemlich schwer, unter seinem Blick und dem Lächeln nicht nachzugeben, ihm nicht zu sagen, dass ich mich freuen würde, wenn wir wieder zusammen tanzten. Und das nicht zwingend vollständig bekleidet. Er nickt, als hätte er verstanden, aber seine Augen zeigen Zweifel.

»Ich sollte zurück. Meine Schicht fängt bald an, und ich muss Kevins Boot noch reparieren.«

Kevin und sein verdammtes Boot! Wie schafft er es immer wieder, zwischen uns zu geraten? Obwohl er keine Rolle spielt ...

»Natürlich.«

Patrick soll bleiben. Er soll mit mir am Strand bleiben, weil uns hier niemand stört und weil ich ihn hier anschauen kann. Weil ich ihn mich ansehen lasse und hoffe, dass er mehr wahrnimmt als die meisten anderen. Etwas an ihm ist so anders. Mit Sicherheit sieht er in mir nicht die Tochter des Yachtclub-Besitzers. Aber sieht er *mich*?

»Vielleicht sehen wir uns ja heute Nachmittag?«

Ich klinge viel zu verzweifelt. So, als ob ich darum betteln würde, ihn wiederzusehen und Zeit mit ihm verbringen zu dürfen. Das ist mir peinlich. Wieder färben sich meine Wangen dunkelrot.

»Ich bin heute Nachmittag in Clearwater Bay.«

Clearwater Bay, ein etwas größeres Küstenstädchen, nicht weit weg von Oceanside. Dort, wo die reichen Frauen einkaufen gehen, wenn ihnen die Geschäfte in Oceanside nicht mehr ausreichen. Wenn sie gesehen werden wollen, eine Abwechslung suchen und ihnen Boston zu weit weg erscheint. Clearwater Bay. Die Stadt mit dem Leuchtturm. Was will Patrick dort?

»Natürlich. Klar. Ich habe auch .... viele Dinge zu tun. Ich muss ... lernen, und mein Vater braucht ... noch ... einiges.«

Ich weiche seinem Blick aus. Gerade habe ich mich zu einer kompletten Idiotin gemacht. Wenn es möglich ist, würde ich jetzt gern ein Loch im Sand buddeln und hoffen, dass er vergisst, mich hier getroffen zu haben.

»Schade.«

Schade …?

»Ich würde …«

»Wir sehen uns, Miss Main.«

Damit beugt er sich zu mir vor, so überraschend, dass ich fast taumle und nach seinem Oberarm greife, um Halt zu finden. Seine Haut fühlt sich wahnsinnig gut an: weich und warm. Ein Kribbeln jagt durch meinen Körper, mein Herz trommelt gegen die Rippen, und ich schließe schnell die Augen. Nichts sehen, nur fühlen … *Seine Lippen auf meiner Wange, diesen winzigen Moment zu lang. Genau den Moment, den ich mir gewünscht habe. Seine Hand auf meinem Rücken. Von meiner Haut nur getrennt durch den dünnen Stoff meines Oberteils. Wenn die Zeit stehenbleibt, dann fühlt es sich genau so an …*

Als ich die Augen wieder öffne, sehe ich sein Lächeln und spüre zum ersten Mal dieses Jahr den Sommer.

Patrick

Buddy liegt auf dem Steg neben mir und döst in der Sonne. Heute scheint es ihm ein dringendes Bedürfnis zu sein, nicht mehr von meiner Seite zu weichen. Fast habe ich den Eindruck, er glaubt, dass ich ihn brauchen würde. Hunde spüren so was ja angeblich, obwohl ich mir nicht erklären kann, woher sie das wissen sollten. Es ist ja nicht so, als würde ich meine Gefühle offen zur Schau stellen. Ganz im Gegenteil. Aber vielleicht ist gerade das der »Trick« bei Hunden? Sind sie nicht eine Art Gefühlsdetektiv? Alles, was wir nicht zugeben wollen, wird von ihnen durchschaut.

»Sieht ja tatsächlich fast aus wie neu.«

Kevins arroganter Tonfall lenkt mich von Buddy ab, der ebenfalls kurz den Kopf hebt und recht unbeeindruckt wirkt.

»Habe ich doch gesagt.«

Ich werfe ihm nur einen flüchtigen Blick zu. Es gibt wichtigere Dinge, mit denen ich mich beschäftigen muss. Zum Beispiel mit der Frage, wieso Jen sich immer wieder in meine Gedanken verirrt – und sich auch noch so hartnäckig darin hält.

»Das hätte ich dir gar nicht zugetraut.«

Es stört mich nicht, dass Bennett so über mich denkt. Schließlich kennt er mich nicht und hat keine Ahnung, was ich kann oder nicht. Wie schnell ich lerne und was mich antreibt. Woher auch? So ein Typ verbringt nur wenig Zeit damit, sich eine Vorstellung von anderen Menschen zu machen. Ein Blick, dann hat er sich seine Meinung bereits gebildet. Ich kann mir seinen Kleidungs- und Lebensstil nicht leisten, besuche auch keine angesehene Uni und auch kein schickes College. Meine Eltern sind nicht reich und haben mir nicht die Möglichkeiten auf dem Silbertablett serviert, die ihn ins rechte Licht rücken. Ich bin eindeutig unter seinem Niveau. Ein Blick auf meine Jeans, das weiße T-Shirt und mein unrasiertes Kinn haben ihm genügt. Dennoch hält er Abstand, weil er weiß: Wenn es zu einer handgreiflichen Auseinandersetzung kommen würde, hätte er keine Chance. Vielleicht spielt er in Dartmouth nebenbei Rugby oder Lacrosse, aber ganz sicher beherrscht er keinen ordentlichen Faustschlag. Langsam stehe ich von meinem Stuhl auf und lasse meine Größe und mein breites Kreuz auf ihn wirken. Nein, ich trage kein Polohemd mit hochgeklapptem Kragen und keine Segelschuhe. Wir sind uns, das sieht ein Blinder von hinten, nicht mal ein bisschen ähnlich.

»Hast du sonst noch irgendwelche lebensverändernden Weisheiten auf Lager, die du mit mir teilen willst?«

Kurz zögert er, was ich gut finde. Es ist albern, aber auch ein typisch männliches Ritual. Er versucht, mich mit seinem Geld, seiner Position in dieser Stadt und seinem Einfluss einzuschüchtern. Ich hingegen nutze das, was mir bleibt: meinen physischen Vorteil. Und das Wissen, dass ich ihm mit drei Handgriffen die Schulter auskugeln und die Nase brechen kann. Er scheint das auch zu wissen, denn je näher ich komme, desto unsicherer wirkt er.

»Glaub nur nicht, dass sie dich ernst nimmt.«

Seine Stimme verliert etwas an Spannung, aber er reckt das Kinn so vor, als hätte er keine Angst vor mir. Zu dumm, dass ich das leichte Zittern seiner Hände und sein hektisches Blinzeln sehe. Mein Lächeln ist kühl. Eisig, um genau zu sein.

»Ich habe keine Ahnung, wovon du sprichst.«

Das ist Fassade. Eine Mauer. Sie soll die Worte davon abhalten, sich in mein Hirn zu fressen. Auf diese Art jongliere ich mit den Ängsten, die mich seit Monaten begleiten.

»Jenny spielt nicht in deiner Liga. Bilde dir nicht ein, dass ihre gute Erziehung bedeutet, sie würde dich mögen.«

»Jennifer Main?«

Ein notwendiger Schachzug. Ich muss mich dumm stellen, auch wenn es mir zuwider ist. Nur so kann ich die Mauer aufrechterhalten.

»Jennifer Main. Du hast gestern mit ihr getanzt. Sie war höflich zu dir. Aber täusche dich nicht. Sie ist nicht an dir interessiert.«

»Weil du an ihr interessiert bist?«

Drohgebärden. Nicht mehr und nicht weniger. Männer ticken nun mal so. Er will mich in meine Schranken weisen, ich will ihm die Fresse polieren. Früher oder später, das habe ich im Gefühl, werde ich ihm meine Faust ins Gesicht rammen. Das wird sein überhebliches Grinsen aus demselben wischen.

»Ich könnte sie haben, wenn ich will. Ihr Vater mag mich. Dich bezahlt er.«

Streifschuss. Kein Volltreffer. Selbst das lasse ich mir nicht anmerken. Das ist das Erste, was man so lernt: Niemals die Schwachpunkte offenlegen, niemals Angst zeigen. Wenn man das tut, ist es zu spät und man wird zu Hackfleisch verarbeitet.

»Sie hat kein Interesse an dir, Patrick. Lass die Finger von ihr.«

»Solltest du dich nicht um deine wichtigen Angelegenheiten kümmern? Augenbrauen waxen lassen und solche Sachen …«

»Wenn du diesen Job behalten willst, dann lässt du die Finger von ihr!«

Natürlich droht er mir damit. Er ist so verdammt leicht zu durchschauen. Mein Lächeln bleibt kühl, aber in mir tobt ein Feuersturm. Wie immer, wenn ich Typen wie Kevin sehe. Wenn ich weiß, dass sie mich trotz allem in der Hand haben. Weil meine Zukunft – und die des Bootes im Haus hinter mir – davon abhängt, ob ich diesen Job bis zum Ende des Sommers behalte.

»Rennst du sonst zu ihrem Daddy und lässt mich feuern?«

Natürlich ist es ein großer Fehler, mich mit ihm anzulegen. Er sitzt am längeren Hebel, und ich weiß es. Aber manchmal, nur manchmal, möchte ich ihnen allen sagen, wie vollkommen wertlos sie wirklich sind. Sie halten sich für privilegiert und wichtig, obwohl sie nichts für ihre Position getan haben.

»Besser: Ich sage Jenny, was für ein Arschloch du bist.«

Sein Lächeln wirkt plötzlich sehr überzeugend, und ich spüre, dass er mich durchschaut. Das tun sie alle nach einer kleinen Weile. Ich darf es mir nicht anmerken lassen, aber dafür ist es zu spät. Er beugt sich zu mir vor.

»Penner wie du haben immer Dreck am Stecken. Ich finde deinen Fleck auf der Weste, Steel. Und dann bin ich der Typ, der Jennifer Main vor einem Vollidioten bewahrt hat. Bestimmt ist der Rest nur noch ein Spaziergang.«

Mit einem Augenzwinkern klopft er mir gespielt freundschaftlich auf die Schulter. Mein Körper spannt sich an, aber ich beherrsche mich, unterdrücke das Verlangen, ihm den Arm auszukugeln.

»Ich wette, sie fickt gut.«

Mein Kopf sagt: Nein! Mein Herz ist schneller. Ich packe seinen Arm, verdrehe ihn nur so weit, wie ich es tun muss, damit er einen leisen Schrei ausstößt und mich mit schmerzverzerrtem Gesicht anstarrt. Der leichte Druck, die Drehung, all das genügt schon, um ihn in die Knie zu zwingen. Buddy springt auf und bellt laut, während er um Kevin herumläuft. Ich drehe seinen Arm weiter, bis er etwas lauter schreit und ich das Gefühl von Vergeltung spüre, wenn auch nur leicht.

»Fass sie auch nur an, Kevin, dann breche ich dir alle Knochen.«

Seine Augen drücken die Bitte aus, dass ich aufhören soll. Aber das Bild, welches er in meinen Kopf gepflanzt hat, missfällt mir zu sehr … *Er und Jen. Auf seinem Boot. Diese Drecksau nimmt sie in jeder denkbaren Position, und – schlimmer noch – ihr gefällt das!*

»Oh! Hey hey hey, was ist denn hier los!? Pat, was soll der Unsinn?«

Eine tiefe Männerstimme lenkt mich für einen Sekundenbruchteil ab. Kevin befreit sich aus meinem Griff und rutscht über den Steg von mir und dem knurrenden Hund weg. Ryan schaut verwirrt zwischen uns hin und her.

»Gibt es Ärger?«

»Nein.«

Aber Kevin rappelt sich wieder auf und deutet mit dem Zeigefinger auf mich. Seine Augen funkeln wütend.

»O doch! Das wird ein Nachspiel haben, Steel! Das verspreche ich dir!«

Bevor ich antworten kann, hastet er den Steg entlang, vorbei an Ryan, zurück in Richtung Yachtclub. Erst als er außer Sichtweite ist, schlage ich wütend auf das Geländer neben mir.

»Fuck! Fuck! Fuck!«

»Was war denn das gerade?«

»Nichts. Ich habe nur schnell … fuck! Er wird zum Chef rennen. Das wird Ärger geben.«

»Du scheinst Ärger magisch anzuziehen.«

Ryan Slater, einer der besten Mechaniker an der Ostküste. So wurde er mir vorgestellt. Angeblich gibt es kein Ersatzteil, das er nicht beschaffen kann. Kein Auto, das er nicht reparieren kann. Der Barkeeper vom *Red Lion Pub* in Boston, ein gewisser Jared Parker, hat mir seine Nummer gegeben. Ich suche zwar keine Autoteile, aber vielleicht hat Ryan Verbindungen: Freunde, die Freunde haben und so weiter. Zu meiner Überraschung hat er bisher so ziemlich alles aufgetrieben, was meinem Baby gefehlt hat. Jetzt ist er hier und bringt die restlichen Dinge, die er mir für einen Spottpreis besorgt hat. Das Puzzle setzt sich zusammen, langsam, aber sicher. Grinsend lehnt er sich neben mich.

»Oceanside ist eine ganz schöne Bonzen-Bucht, was?«

»Nicht gerade der Ort für Typen wie uns.«

Er lacht kurz auf. In seinem Mechaniker-Outfit mit den Ölflecken passt er nicht so ganz in die Postkartenidylle von Oceanside. Wir beide, wir sind hier wie einer dieser Flecken auf seiner Hose.

»Wer war dieser Schnösel denn?«

»Ein lackierter Affe!«

»Ja, das hat seine Klamottenwahl schon verraten. Ich nehme an, kein Freund von dir?«

»Seinen Eltern gehört das Restaurant am Pier. Schickes Ding.«

»Oha! Und warum hattet ihr Streit?«

Ich könnte die Wahrheit sagen: Wegen einer Frau; weil ich mir Jen mit keinem anderen Mann vorstellen will oder kann; weil ich … nein. Nein, Unsinn!

»Weil er ein fieser Angeber ist.«

Ryan nickt und versteht, dass ich über dieses Thema nicht sprechen will. Ryan und Jackson, beide kennen nur einen Teil meiner Geschichte. Sie wissen nicht alles, aber sie wissen, dass ich nicht viel rede. Nicht darüber. Nicht über mich. Sie wissen genau das, was sie über mich wissen sollen. Kein bisschen mehr. Wieso? Weil ich sie mag. Weil ich es mag, dass sie mich mögen. Wenn auch nur ein wenig. Und weil ich nicht will, dass sie mich vielleicht anders ansehen. Bei Jackson bin ich noch etwas weiter gegangen als bei Ryan. Freunde machen einen verletzlich. Das kann und will ich mir nicht leisten.

»Hast du alle Teile dabei?«

»Jap. Alles im Wagen.«

»Was schulde ich dir genau?«

»Ein Bier und ein Abendessen.«

»Ryan, ich habe Geld. Ich kann das bezahlen.«

Immerhin habe ich darauf hingespart. Ich will keine Almosen. Nicht mehr …

»Ich weiß. Sieh es als Investition.«

»Aber …«

»Schick mir einfach eine Postkarte, wenn du angekommen bist.«

Jen

Hi, ich dachte, ich schaue mal vorbei, wie es dir so geht … was du so machst …«

Weil ich … sonst nichts Besseres zu tun habe, als dir zu folgen und mich zu fragen, was du wohl gerade anstellst. Und ob du an mich denkst, weil du mir nämlich nicht mehr aus dem Kopf gehst …

»Jen, Darling? Ist alles okay?«

Fast zucke ich zusammen. Dabei hätte ich mit der Anwesenheit meines Vaters, vor allem in seinem Büro, rechnen müssen. Er sieht mich nachdenklich, fast besorgt an.

»Alles gut, Dad. Ich dachte nur …«

Von hier oben aus deinem Büro hat man eine besonders gute Sicht auf den Hafen. Und da ich seit heute Morgen eine Stalkerin geworden bin, behalte ich Patrick im Blick.

»… ich schaue mal wieder vorbei.«

»Das ist nett von dir. Ich freue mich immer, wenn du mich besuchst.«

Er drückt mir einen Kuss auf die Wange. Wie immer, wenn ich sein Aftershave rieche, erinnert es mich daran, wie ich als Kind zugesehen habe, wenn er sich mit viel Schaum im Gesicht im Bad rasiert hat. Wie ich immer ganz begeistert war, wenn er keine Bartstoppeln mehr hatte, und ihn dann fest umarmt habe. Ich muss an das Lächeln meiner Mutter denken, als sie seine Wange gestreichelt und ihn verliebt angesehen hat. Selbst als sie schon krank war, richtig krank, hat er sich für sie rasiert. Weil sie es mochte. Weil sie dann gelächelt hat. Schnell drehe ich mich zum großen Fenster um und lasse meinen Blick über die zahlreichen Boote gleiten. Da liegt es, zwischen all den anderen – wie ein schlafender Riese, der nicht mehr geweckt wird.

»Hattest du einen schönen Morgen?«

Er tritt neben mich und legt einen Arm um meine Schultern. Ich genieße seine Umarmung und fühle mich sicher, geborgen.

»Ja, den hatte ich.«

Und das nicht, weil ich den Sonnenaufgang gesehen habe. Oder eine neue persönliche Bestzeit für die Strecke von zehn Kilometern geschafft hätte. Nein, es ist Patricks Gesicht, sein Lächeln, das Gefühl von seiner Haut unter meinen Fingerspitzen …

»Das freut mich. Du lächelst endlich wieder.«

»Ich wünschte, du würdest auch wieder lächeln.«

Ich sage es leise, weil ich nicht will, dass er sich aufregt. Aber ich kann auch nicht länger schweigen. Er drückt mich kurz an sich, bevor er mich loslässt.

»Aber ich lächle doch, Kleines. Immer, wenn du hier bei mir bist.«

Er weiß zu genau, dass ich nicht *dieses* Lächeln meine. Mein Blick bleibt an dem wunderschönen Boot hängen. Es ist zu schön, um dort zu sterben.

»Wann warst du das letzte Mal auf dem Boot?«

Ich muss ihn nicht ansehen, um zu wissen, dass er meine Frage mit einer Lüge beantworten wird.

»Neulich erst.«

»Und wann warst du das letzte Mal mit *Annie* draußen?«

»Jen …«

»Nein, Dad. Wirklich. Willst du sie dort lassen? Für immer?«

»Vielleicht sollte ich sie verkaufen.«

Seine Stimme klingt tonlos, der Satz durchtrennt all meine Gedanken. Das kann er nicht ernst meinen Das kann er nicht tun! Es ist … irgendwie alles. Alles, was von ihr noch hier ist. Alles, was sie geliebt hat.

»Niemals!«

Jetzt drehe ich mich doch um und starre ihn wütend an. Das darf er nicht so meinen! Niemals darf er das Boot verkaufen. Alle Erinnerungen …

»Sie hat dieses Boot geliebt. Das Meer. Jeden Ausflug. Sie …«

»Sie ist tot, Jen. Sie ist nicht mehr da.«

»Das weiß ich!«

Und genau deswegen versuche ich alles, um die Lücke zu füllen, die sie hinterlassen hat. Deswegen tue ich all das, was ich tue. Nur deswegen führe ich das Leben, das er sich für mich wünscht. Auch wenn es nicht das Leben ist, das ich führen will.

»Sie kommt nicht zurück. Sie wird nicht mehr auf dieses Boot steigen. Und ich auch nicht.«

Mein Vater ist ein Mann, der nicht die Stimme erheben muss, um klarzumachen, dass er dieses Thema für beendet erklärt. Nein, er hat so viel Ausstrahlung und Selbstsicherheit, dass es vollkommen ausreicht, wenn er – wie jetzt – ganz sachlich und kühl spricht.

»Du willst sie nicht loslassen, aber du willst sie auch nicht bei dir haben. Das macht keinen Sinn!«

»Du musst es nicht verstehen, Kleines. Es ist absolut in Ordnung.«

»Dad …«

»Wenn du mich jetzt entschuldigst, ich habe noch einiges zu erledigen.«

Das hat er immer. Jeden Tag hat er viel zu erledigen. So viel, dass er keine Zeit mehr für andere Dinge hat. Zum Beispiel für so eine wichtige Angelegenheit wie sein Leben oder für Momente, die ihn glücklich machten. Es tut mir sehr weh, ihn so zu sehen, es zerreißt mir das Herz und hinterlässt ein kaltes Gefühl. Er hat meine Mutter sehr geliebt. Als es mit ihr zu Ende ging, hat er alles stehen- und liegenlassen. Kein Anruf, kein Termin, kein Gast war mehr wichtig. Er ist ihr nicht von der Seite gewichen. Rund um die Uhr. Um nicht einen Moment zu verpassen, um ihr den Schmerz zu nehmen und die letzten gemeinsamen Erinnerungen zu sammeln. Die letzten drei Monate waren die schlimmsten. Gleichzeitig die schönsten. Weil wir immer zusammen waren. Weil die Schmerzmittel manchmal geholfen haben. Dann hat sie gelacht, und er hat ihr vorgelesen. Dann sind wir zum Boot gegangen. Obwohl wir nicht ablegen konnten – das hätte sie körperlich nicht mehr geschafft –, waren wir auf dem Boot und haben uns von den Wellen schaukeln lassen. Meine Mutter hat es geliebt. Und mein Dad hat sie geliebt. Als sie gegangen ist, hat sie einen Teil seines Herzens mitgenommen. Die anderen sehen es nicht, weil er sie täuscht. Weil sie sich täuschen lassen. Ich sehe es so überdeutlich, als würde er eine Neonreklame über seinem Kopf tragen.

»Sie würde es wollen, weißt du?«

Er hat mir den Rücken zugewandt, die Hände in den Hosentaschen versenkt, den Blick irgendwo nach draußen gerichtet. Ich kann sehen, wie sehr es ihn anstrengt, diese Fassade aufrechtzuerhalten. Wenn man gemeinsam einen solchen Kampf gekämpft und verloren hat, dann weiß man genau, wie es sich anfühlt, wenn man leidet. Seit dem Tod meiner Mutter trauert mein Vater Tag für Tag.

»Sie würde wollen, dass du mal wieder mit dem Boot raussegelst. Und wenn du willst, begleite ich dich.«

Meine Stimme verrät die Tränen nur zu deutlich, und ich muss mich anstrengen, um nicht hier und jetzt die Fassung zu verlieren. Meine Mutter habe ich bereits verloren. Jeden Tag verliere ich meinen Vater ein bisschen mehr.

»Mr. Main, ich … oh! Hi, Jenny.«

Kevin stürmt, ohne anzuklopfen, einfach so in das Büro meines Vaters, und ich wische mir schnell über die Augen. Er soll nicht sehen, wie ich mich fühle. Niemand soll das sehen. Mein Vater dreht sich zu uns um, und nur der leichte Schimmer in seinen Augen verrät, dass auch er gerade ganz woanders war. Sein Lächeln kehrt sofort und souverän zurück.

»Kevin! Wie schön, dich zu sehen. Was kann ich für dich tun?«

Es sind nur Nuancen, die eine Lüge als solche entlarven. Mein Vater freut sich nicht, Kevin zu sehen – er ist aber froh, dass er nun eine Ausrede hat, um das Gespräch mit mir beenden zu können. Für mich gibt es nun keinen Grund, länger zu bleiben, sonst lädt mich Kevin noch zum Essen ein. Dann tue ich meinem Dad wieder einen Gefallen und … nein! Irgendwann muss ich damit aufhören. Irgendwann, wenn ich den Mut habe, meinen Vater zu enttäuschen.

»Ja, ähm … also, ich … wollte mich nur kurz mit Ihnen unterhalten, Mr. Main.«

Kevin spricht mit meinem Vater, aber sieht zu mir, dabei wirkt er unsicher und linkisch. So wie immer. Vermutlich geht es um das Boot seines Vaters, das ich in seinen Augen »geschrottet« habe. Dabei war der Kratzer wirklich … ach, egal.

»Ich will euch nicht stören. Wir sehen uns, Dad.«

Heute ist kein guter Tag, um das Gespräch zu beenden. Aber es muss in diesem Sommer passieren. Wenn ich noch eine Weile so weitermache, werde ich eines Tages ersticken. Ich werde nach Luft schnappen und mit etwas Glück weiteratmen. Meine Hülle wird noch atmen, aber ich werde nicht mehr hier sein. Jeder Atemzug lässt mich ein kleines bisschen mehr verschwinden. Die Jen, die ich einmal war … bevor meine Mutter gestorben ist …

Ich ziehe die schwere Bürotür hinter mir ins Schloss und atme so tief wie möglich ein. Wäre sie enttäuscht oder stolz? Stolz, weil ich meinem Vater jeden Ärger erspare, weil ich perfekt bin? Enttäuscht, weil ich mich auf dem Weg hierher aufgegeben habe, weil ich unvollkommen bin?

Meine Augen brennen verdächtig, und ich will um jeden Preis vermeiden, von Kevin so gesehen zu werden. Ich muss hier raus. Weg! Weg von Oceanside mit all seinen wundervollen kleinen Attraktionen: dem Pier, dem Strand, dem Open-Air-Kino am Wasser. All das erdrückt mich immer mehr. Weil es nicht mehr der unbeschwerte Urlaubsort für mich ist. Weil zu viele Dinge ihre Unschuld verloren haben. Ein Teil von mir sieht noch immer die Schönheit, die Erinnerungen und das Lächeln. Ich beneide die Familien, die hier Urlaubserinnerungen sammeln und entspannt wieder nach Hause fahren. Wenn eine Stadt zu eng wird, noch dazu eine wie Oceanside, dann ist das ein sicheres Zeichen dafür, dass ich Probleme habe. Schwierigkeiten, die ich zu lang und zu intensiv ignoriert habe, gemeinsam mit meinem Vater, der nun ein Gespräch mit Kevin führt. Ich will schwer hoffen, dass sie nicht bereits die Tischdeko für unsere Hochzeit aussuchen.

Wenn es nicht so traurig wäre, würde ich lachen. Zu dumm nur, dass sich die ersten Tränen bereits ihren Weg über meine Wangen bahnen. Ich weine nicht in der Öffentlichkeit, es sei denn, es ist ein besonders berührender Moment. Berührend im positiven Sinne. Jedes Mal, wenn ich am Hafen spazieren gehe, jedes Mal, wenn ich an einem der kleinen Cafés vorbeikomme – jedes Mal sehe ich diese kurzen Episoden aus meinem Leben, als *sie* noch ein Teil davon war. Als ich mich noch nicht anstrengen musste, um mich an Details ihres Gesichts zu erinnern. Bevor die Krankheit sie gezeichnet hat und ihr Lächeln nur unter dem Einfluss von starken Schmerzmitteln zum Vorschein kam. Als ihre langen Haare im Wind getanzt haben und sie immer einen Blick aufs Meer werfen musste, als würde die scheinbare Unendlichkeit des Ozeans sie verzaubern. Stets hat sie mich an der Hand gehalten, wenn wir über die Straße gegangen sind, immer hat sie gelächelt, immer habe ich mich sicher gefühlt. Sie und mein Dad haben mir alles über das Segeln beigebracht. Es ist unmöglich, an einem Boot vorbeizulaufen und nicht an sie zu denken. Und an die Familie, die wir waren. An manchen Tagen, so wie heute, ist es fast unerträglich, wie sehr sie mir fehlt. Die Last erdrückt mich oft, weil ich das Gefühl habe, vor meinem Dad nicht aussprechen zu dürfen, wie sehr sie mir fehlt … wie sehr sie auch ihm fehlt … wie sehr *er* mir fehlt … und wie gern ich wieder loslassen würde. Nur ein kleines bisschen. Nur so weit, um wieder *ich* sein zu dürfen. Stattdessen bin ich zu einem Abziehbild meiner selbst geworden. Ein Plakat, das makellos ist und niemanden verärgert. Vor allem nicht meinen Dad.

Ich höre die Autos, aber durch die Tränen verschwimmt meine Sicht auf die Dinge, während ich ihre Stimme im Ohr habe. *Gib mir deine Hand, Jen …*

Mein Herz zieht sich zusammen. Sie hat immer meine Hand gehalten. Sogar an ihrem letzten Tag. Immer habe ich ihr vertraut. Auch an ihrem Sterbebett, als sie mir versprochen hat, auf mich aufzupassen.

Patrick

Angeblich hört man das Quietschen der Reifen als Erstes, aber ich rieche nur den verbrannten Gummi. Ein beißender, unangenehmer Geruch. Dann spüre ich, wie mein Herz laut schlägt und meine Hände feucht werden. Blinzelnd erhoffe ich mir wieder etwas Klarheit.

Aber sie steht noch immer wie angewurzelt da! Einfach so. Unbeweglich und steif. Nicht mal ein Stück Papier würde zwischen sie und die Stoßstange passen. Mit aufgerissenen Augen starrt sie mich an, während sich alles um mich herum langsam wieder in Echtzeit bewegt. Noch immer halte ich das Lenkrad fest umklammert und bemerke, dass ich mit dem Atmen aufgehört habe. Ich neige dazu, die Luft anzuhalten, wenn etwas passiert, mit dem ich nicht gerechnet habe. Oder wenn ich einen Schock vermeiden will. Schnell atme ich tief ein und reiße die Autotür auf.

»Ist alles okay?«

Mein Herz klopft noch immer viel zu schnell gegen meine Brust, und ich spüre, wie mir der Schweiß die Wirbelsäule entlangläuft. Sie stützt sich mit beiden Händen auf die Motorhaube und bewegt sich nicht, vollkommen erstarrt, den Blick noch immer auf die Windschutzscheibe des Wagens gerichtet. Ihr Gesicht ist blass.

»Jen! Alles okay?«

Ich berühre ihre Schulter – erst jetzt scheint sie mich wahrzunehmen. In Zeitlupe dreht sie ihren Kopf zu mir, und ich kann Tränen in ihren Augen erkennen. Ein stechender Schmerz zuckt durch meine Brust, nur mit viel Mühe kann ich den Impuls unterdrücken, sie zu umarmen. Was ist nur los mit mir? Ich behalte den Abstand zwischen uns bei, lasse aber meine Hand auf ihrer Schulter liegen.

»Ja. Alles okay.«

Sie lügt. Und sie gibt sich nicht mal besonders viel Mühe, das zu vertuschen. Eine weitere Träne rollt über ihre Wange. Mein Körper spannt sich an. Okay! Nur ein Schritt. Nur ein kleiner Schritt.

»Ist irgendwas passiert?«

Kevin vielleicht? Hat Kevin irgendwas gesagt, um sie zu verletzen? Sie wischt sich schnell mit den Händen über das Gesicht und versucht, ihre Fassung wiederzuerlangen, aber es gelingt ihr nicht. Ihre Augen sehen mich traurig an, während das Lächeln auf ihren Lippen mich täuschen soll.

»Mir geht es gut.«

Ich schüttle den Kopf, weil jeder sehen kann, dass es ihr nicht gutgeht. Wenn wir noch lang auf der Straße herumstehen, werden die Leute denken, dass sie wegen mir weint. Ich bemerke eine ältere Dame auf der anderen Straßenseite, die uns misstrauisch ansieht. Oceanside ist die klassische Kleinstadt. Hier redet man schnell und viel – heute Abend werden alle wissen, dass Jen auf der Straße geweint hat, nachdem ich sie fast überfahren habe. *Das ist es! Deswegen dieses Lächeln.* Ich sehe sie wieder an und schüttle erneut den Kopf.

»Sag das nicht, nur weil es alle anderen hören wollen.«

Der Ausdruck des Erstaunens huscht über ihr Gesicht, bevor sie es verhindern kann. Ich weiß nicht genau, wie tröstend mein Lächeln sein kann, weil ich das nicht besonders viel oder gern zeige. Aber es scheint zu helfen, denn sie reagiert ebenfalls kurz mit einem Lächeln – und es ist ehrlich.

»Ich muss nur hier raus.«

»Raus?«

»Aus Oceanside.«

Die folgende Bemerkung ist keine so gute Idee, aber es ist zu spät, meine Lippen bewegen sich schon.

»Ich fahre nach Clearwater Bay …«

Ich will noch mehr sagen, aber die Worte bleiben irgendwie hängen. Sie scheint nicht sicher zu sein, ob dieser Halbsatz eine Einladung ist oder nicht?

»… und ich … könnte … wenn du willst … wir könnten …«

Welche Gehirnhälfte ist für den Sprachfluss zuständig? Denn genau dieser Bereich scheint sich gerade eine Pause zu gönnen.

»Ich würde sehr gern mitkommen.«

»Okay! Super!«

Meine Begeisterung über ihre leise Antwort überrascht mich selbst. Ich lächle wie verrückt! Das ist in meinem Fall wirklich verwunderlich, da ich sehr selten meine Glücksgefühle zeige. Schlimmer noch, ich gehe um Jen herum und öffne die Tür von Ryans Wagen. *Was tue ich hier?* Jen steigt ein und schenkt mir noch einmal ein Lächeln, diesmal blicken ihre Augen nicht mehr ganz so traurig. Ein Glück! Was auch immer ich gerade bewirke, es scheint das Richtige zu sein.

Auf dem Weg zur Fahrerseite versuche ich, dieses breite Lächeln unter Kontrolle zu bekommen, damit es nicht mein Gesicht sprengt.

Als ich mich hinter das Lenkrad schwinge, wischt sich Jen gerade die letzten Tränen von den Wangen, und ich werfe ihr einen kurzen Blick zu. Nein, Empathie gehört nicht unbedingt zu den mir zugesprochenen Eigenschaften, aber ich kann bei ihr nicht anders. Es verwirrt und irritiert mich, wie sehr mich ihre Tränen tatsächlich berühren. Natürlich bin ich keine Maschine, aber für gewöhnlich hake ich Gefühlsausbrüche anderer Menschen einfach ab. Jeder hat sein Päckchen zu tragen. Armes reiches Mädchen. Jen versucht sich an einem Lächeln.

»Tut mir leid, ich habe nicht nach links und rechts geschaut. Ich war …«

Ihre Stimme klingt wieder etwas gefasster. Nachdem wir einige Meter gefahren sind, wirft sie mir einen schüchternen Blick zu.

»… mit meinen Gedanken woanders.«

Ich nicke, tue so, als ob ich verstanden habe. Dann starre ich wieder auf die Straße und versuche, alle Fragen aus meinem Kopf zu verbannen. Auch die Gefühle, die von meinem Magen nach oben kriechen – mit nur einem Ziel …

Nein! Auch Jen Main mit ihrem bezaubernden Lächeln, mit ihren großen Augen und der – zugegebenermaßen – verdammt heißen Figur darf sich nicht in mein Herz schleichen. Nervös trommle ich mit den Fingern auf das Lenkrad, auf der Suche nach einem guten und vor allem unverfänglichen Gesprächsthema für Smalltalk. Aber es fallen mir nur noch Fragen zu ihren Tränen ein. Ich will wissen, was passiert ist und was ich tun kann, damit sie wieder lächelt. Aber ich verbiete mir, diese Fragen über meine Lippen kommen zu lassen.

»Ich bin fast ein bisschen froh, wenn ich ehrlich bin.«

Toll! Statt Fragen zu stellen, lasse ich mein Herz sprechen. Wo bleibt der Einspruch des Verstandes, wenn ich ihn mal brauche?

»Ach ja? Du bist fast froh, mich beinahe überfahren zu haben?«

Ich höre das Lächeln in ihrer Stimme, bevor ich es auf ihren Lippen sehe.

»So habe ich es nicht gemeint.«

»Wie hast du es dann gemeint, Patrick?«

Zum ersten Mal, seitdem wir das Ortsschild von Oceanside passiert und damit die Stadt offiziell verlassen haben, sehe ich wieder zu ihr. Es ist nicht nur ein Seitenblick, sondern ein richtiger Blick. Die Tränen sind getrocknet, die Traurigkeit in ihren Augen noch nicht ganz verschwunden, aber ein Anfang ist gemacht.

»Ich bin ganz froh, dich wieder allein zu treffen. Ein Date pro Tag mit Kevin genügt mir vollkommen.«

»Kevin?«

»Ach, er hat mir einen Besuch am Hafen abgestattet. Nichts Wildes.«

»Ist alles okay?«

Ihre Stimme klingt alarmiert. Wie sieht wohl der Kurzfilm der Ereignisse aus, der sich gerade in ihrem Kopf abspielt? Macht sie sich Sorgen, dass ich ihm gegenüber handgreiflich geworden bin? Die Augenbrauen zusammengezogen, schaue ich wieder auf die Straße vor mir.

»Ja. Ihm geht es gut.«

»Das meine ich nicht. Ist bei *dir* alles okay?«

Ein Gefühl, das ich nicht besonders gut kenne, breitet sich plötzlich in mir aus. Während sie diese Frage stellt, klingt ihre Stimme nämlich nicht wie von einer Platte abgespult, wie es bei den meisten anderen Leuten der Fall ist. Ganz im Gegenteil. Sie klingt ehrlich.

»Alles okay. Es ging …«

Um dich …

»… um das Boot.«

Sofort schüttelt sie genervt den Kopf und verschränkt die Arme.

»Er ist so ein Idiot! Spielt sich immer auf, macht einen auf ›großer Segler‹ und hat keine Ahnung, wie man einen Achterknoten bindet. Das ist so peinlich!«

Sie sieht sexy aus, wenn sie so verärgert ist. Ein Grinsen kann ich mir deshalb nicht verkneifen.

»Ist doch wahr! Glaubt er wirklich, schicke Segelschuhe genügen, um den America's Cup zu gewinnen?«

»Dafür ist sein Boot geschätzte zwanzig Meter zu kurz.«

»Wie bitte?«

»Die typischen Maße einer IACC-Yacht setzen eine Länge von neunzig Fuß voraus.«

Ihr Blick zeigt deutliche Überraschung und eine Spur Begeisterung. Ihr Lächeln wird breiter, und ihr Körper entspannt sich. Endlich …

»So überrascht?«

»Ja! Nein … nicht wirklich. Ich wusste nur nicht, dass du dich so gut auskennst.«

»Weil ich keinen teuren Kahn im Yachthafen deines Vaters habe?«

»Weil du nicht den Eindruck machst, dich für Segelregatten zu interessieren.«

»Oh! Hallo, Klischee!«

»Entschuldige. Gerade ich sollte anders sein. Ich meine, schau dir Kevin an: Er denkt, dass ich ein nettes Beiwerk auf seinem Boot bin. Vermutlich soll ich mich im Bikini an Deck räkeln, während er den großen Kapitän spielt.«

Fast muss ich lachen. Aber nicht über die Vorstellung von ihr im Bikini, ganz sicher nicht …

»Kevin würde mit seinen Kenntnissen über das Segeln wohl eher Gullivers Insel als den Seeweg nach Nantucket finden.«

Ihr Lachen über meine Bemerkung erfüllt plötzlich das Wageninnere. Die warme Berührung ihrer Hand auf meinem Unterarm jagt einen Stromschlag durch meinen Körper. Gibt es ein Zeitlimit für spontane Annäherungen? Denn ich könnte mich, verdammt noch mal, an das Gefühl ihrer Haut auf meiner gewöhnen. Die Hitze, die mich überfallen hat, verwandelt sich mit einem Mal in eine Wärme, die sich wie eine Decke um mich legt. Haben Menschen diese Wirkung auf andere? Wieso muss ich immer wieder daran denken, wie gern ich sie küssen will? Ich würde alles dafür geben, um ihre Lippen auf meinen zu fühlen. Um zu wissen, wie es sich anfühlt, wenn sie neben mir liegt und ich ihren warmen Atem auf meiner Haut spüren darf.

Als unsere Blicke sich treffen, passiert etwas. Es wird unglaublich still, und ich kann nur noch meinen Herzschlag hören. Auch wenn ich mit allen Mitteln verhindern will, was gerade passiert – ich kann es nicht. Es heißt: »Ein guter Mann weiß, wann er den Kampf verloren hat.« Ich habe diesen einen Kampf gerade verloren. Ich verliere so gut wie nie. Aber ein solcher Gegner ist größer und mächtiger, als ich immer angenommen habe. Jen Main schafft es mit einer erschreckenden Leichtigkeit, dass ich total überwältigt bin. Mit einer Berührung, einem Lächeln – und diesem Blick, den sie mir zuwirft. Ich verliebe mich gerade in sie …

Jen

Vielleicht dauert es nur den Bruchteil einer Sekunde, aber es reicht aus, um alles, was mir bisher wie ein festes Fundament meines Lebens vorkam, zu verändern. Patrick Steel ermöglicht mir einen kurzen Blick auf das, was er unter der harten Schale versteckt hält. Mit nur einem Augenblick gewinnt er mich für sich, vermutlich ohne es zu wissen. Er hat keine Ahnung, wie provozierend sexy er ist. Meine Hand liegt auf seinem Unterarm, ganz unwillkürlich fahre ich mit meinem Zeigefinger über seine Haut. Ich spüre eine ziemlich dicke Narbe, die sich an der Innenseite seines Armes entlangzieht. Natürlich will ich danach fragen. Eigentlich will ich die Narbe küssen und hoffen, den Schmerz von damals, als er sich die Wunde zugezogen hat, vergessen zu machen. Stattdessen nehme ich die Hand zurück und spüre, dass sich meine Wangen rot färben. Wenn er mich so ansieht, sind es nicht die einzigen Stellen, die verdächtig glühen. Ich presse die Oberschenkel zusammen und versuche dabei, nicht zu viel von meinen Gefühlen und Gedanken zu verraten.

»Und was genau machen wir in Clearwater Bay?«

Meine Stimme klingt belegt und dennoch ein wenig schrill. Damit habe ich mich nur noch weiter verraten.

»Ähm … ich muss ein paar Dinge abholen.«

»Dinge?«

Er nickt und sieht wieder auf die Straße.

»Legale Dinge?«

Ganz ohne Zweifel habe ich spätestens jetzt die Stimmung ruiniert. Nicht dass ich erwartet habe, er würde gleich den Wagen an den Straßenrand fahren und mir die Kleider vom Leib reißen. Obwohl ich nichts dagegen hätte …

»Harvard Law, hm?«

»Hat Kevin das gesagt?«

Oder hat er recherchiert? Wenn er es nicht von Kevin weiß, bedeutet es, dass er nachgefragt hat.

»Jackson hat es mir erzählt.«

Spontan will mir keine Unterhaltung einfallen, bei der man einfach so in einem Nebensatz einwerfen kann: »Jennifer Main studiert übrigens an der Harvard Law School.« Nein, ganz sicher hat er gefragt. Wieso ich deswegen lächle, will ich vorerst lieber nicht verstehen.

»Dann bist du im Vorteil.«

»Bin ich?«

»Du weißt mehr über mich als ich über dich.«

»Meine Geschichte ist nicht wirklich spannend.«

Wenn er wüsste, dass ich sogar die Art und Weise interessant finde, wie er sich durch seine kurzen, braunen Haare fährt – er würde sich wundern. Der Unterton seiner Stimme klingt aber mit einem Mal ziemlich kühl.

»Du könntest mir zumindest verraten, wo du aufgewachsen bist.«

»Nicht in Oceanside.«

»Das habe ich bereits bemerkt.«

»Hier und da.«

»Ihr seid viel umgezogen?«

Es soll kein Verhör sein, es interessiert mich einfach nur. Wo kommt ein Mann wie Patrick her? Was hat er so erlebt? Wie sind seine Eltern, hat er Geschwister?

»Ich bin viel umgezogen, ja.«

Interessant! Aber danach herrscht Stille. Er schweigt, bis wir fast in Clearwater Bay sind. Erst dann sieht er wieder zu mir.

»Legale Dinge. Versprochen.«

Ich glaube ihm, weil ich ihm glauben will. Vielleicht auch, weil sein Lächeln ehrlich ist und mich beruhigt. Er lenkt den Wagen auf einen öffentlichen Parkplatz neben einem Gebäude, das wie eine schicke Schule aussieht. Clearwater Bay ist etwas größer als Oceanside. Patrick zieht den Schlüssel aus dem Zündschloss und dreht sich zu mir.

»Du kannst mich natürlich begleiten. Oder ich sammle dich nachher irgendwo auf. Ganz wie du magst.«

Wie ich mag? Das ist ein gefährliches Spiel. Er lässt mich entscheiden – und ich werde damit ohne Zweifel mehr von mir offenbaren, als mir lieb ist. Ich fand die Autofahrt neben ihm bereits ziemlich schön. Eigentlich kann ich mein Glück kaum fassen.

»Stört es dich denn, wenn ich dich begleite?«

Danke, Harvard Law! Dort lernt man die Lektion, wie man eine solche Frage mit einer Gegenfrage beantwortet. Die meisten Menschen spielen dieses Spiel nicht besonders gut oder lang mit. Aber Pat hat mich entweder durchschaut, oder er ist cleverer, als man vermuten könnte.

»Wenn es mich stören würde, hätte ich dich nicht mitgenommen.«

»Nachdem du mich fast überfahren hast.«

Er grinst mich frech an.

»Wohl eher, weil du dich vor meinen Wagen geworfen hast …«

»Ich möchte dich begleiten, wenn es dir recht ist.«

Er hat gewonnen. Einfach so.

»Sehr gern, Jen.«

Schon zwinkert er mir zu und öffnet die Fahrertür. Was auch immer heute hier passieren wird – mein Gefühl sagt mir, dass es einer dieser Tage wird, den ich nicht so schnell vergessen werde.

Es ist Ewigkeiten her, dass ich in Clearwater Bay war. Früher war ich mit der Schulklasse einige Male hier, weil wir uns den Leuchtturm, die Attraktion der Stadt, angesehen haben. Das war eine Art Pflichtveranstaltung für jeden Jahrgang. Außerdem gibt es hier einen Club mit guter Musik. Bevor meine beste Freundin nach Seattle gezogen ist, haben wir hier gefeiert. Und die Einkaufsstraße hat mehr und größere Läden als Oceanside zu bieten. Aber sehr viel mehr weiß ich nicht über die Stadt. Noch kann ich also nicht erahnen, was es hier gibt, das er nicht auch in Oceanside bekommen könnte – und was Pat unbedingt braucht.

»Hast du Hunger? Wir könnten vielleicht irgendwo einen Happen essen.«

Mit einer lässigen Handbewegung setzt er sich seine Sonnenbrille auf, und seine Attraktivität hat sich schlagartig verdoppelt – wenn das überhaupt möglich ist. Er trägt Jeans, wie eigentlich immer, dazu ein weißes T-Shirt mit einem V-Ausschnitt. Als wäre es nicht schon heiß genug, haben es sich meine Gedanken wohl zum Ziel gesetzt, die Temperaturen noch weiter nach oben zu peitschen.

»Gute Idee.«

Vor allem aber muss ich dringend etwas trinken, denn mein Mund fühlt sich ziemlich trocken an. Und das liegt nicht ausschließlich oder hauptsächlich am Sommer. Ganz im Gegenteil! Zwischen Oceanside und Clearwater Bay habe ich mein Gehirn entweder abgegeben oder ausgeschaltet, denn vertieft in meine Gedankenwelt um Patrick, mache ich einen Schritt nach vorn und höre das Hupen eines Wagens, kurz bevor Patricks Hand nach meinem Arm greift und mich schnell zu sich zieht.

»Wohooo ... Vorsicht!«

Ich pralle gegen Patrick, und er legt die Arme um mich, als würde er mir nicht vertrauen. Sein Blick spiegelt Besorgnis und ein bisschen Humor wider. Der Fahrer des Wagens fährt fluchend weiter, nicht ohne seine Meinung über mein Verhalten mit einer deutlichen Geste zu unterstreichen.

»Ist das deine Masche, um neue Typen aufzureißen?«

Nein, genau das passiert, wenn er in meiner Nähe ist und ich nicht mehr klar denken kann. Ich denke sonst nämlich immer sehr viel und verliere selten die Kontrolle. Dieser Sommer scheint aber ein anderes Drehbuch für mein Leben zu planen. Ich lächle ihn entschuldigend an.

»Muss an der Unterzuckerung liegen.«

»Dann werden wir mal etwas dagegen unternehmen.«

Er nimmt meine Hand in seine, sieht, wie es sich gehört, erst nach links, dann nach rechts, und führt mich sicher über die Straße in ein Café, wo er zwei Cola bestellt und mir meine Dose mit einem breiten Grinsen überreicht. Meine Hand hat er übrigens noch immer nicht losgelassen. Eine Tatsache, die er ganz nebenbei vergessen zu haben scheint. Ich hingegen kann an nichts anderes mehr denken als an seine Hand, die meine sanft umschließt.

»Wir wollen schließlich kein Verkehrschaos verursachen. Immerhin sind wir noch keine fünf Minuten hier.«

Leider muss er mich loslassen, damit wir die Dosen öffnen können. Er schiebt sich die Sonnenbrille ins Haar, und ich komme nicht darüber hinweg, wie gut er aussieht. Er hat eines von diesen typischen Männergesichtern, die man stundenlang ansehen kann. Ich würde mir jede noch so kleine Besonderheit einprägen: die Narbe über seinem rechten Auge, das Muttermal am Hals, die minimal unterschiedlich langen Koteletten, das warme Braun seiner Augen. Patrick ist auf eine ganz besondere Art »unperfekt perfekt«. Keiner dieser Schönlinge, die Mädchenherzen im Nu brechen. Nein, man muss genauer hinsehen, um den Mann hinter der coolen Fassade zu entdecken. Dahinter verstecken sich das Leuchten seiner Augen und sein scheues Lächeln, wenn er sich unbeobachtet fühlt.

»Bereit fürs Shopping?«

Ich nippe noch immer an meiner Cola, als er seine Dose bereits geleert und in den Mülleimer hinter sich geworfen hat. Nickend folge ich ihm wieder in die Hitze des Tages und frage mich, was genau ich hier mache. Ich verbringe Zeit mit dem Mann, an den ich seit unserer ersten Begegnung immer wieder denken muss. Er hat mich von Oceanside aus nur ein paar Städtchen weiter entführt, und doch fühlt es sich an, als könnte ich hier freier atmen und alles vergessen. Ich denke weder an meinen Dad noch an Mom, und ganz sicher nicht an Kevin. Hier bin ich auch nicht Jennifer Main. Kaum haben wir ein paar Meter auf dem Gehweg zurückgelegt, greift seine Hand wieder nach meiner. Überrascht sehe ich ihn an.

»Damit du mir nicht verlorengehst.«

Das folgende Augenzwinkern erschüttert kurz meine komplette Gefühlswelt. Verliebe ich mich etwa gerade in Patrick Steel? Wem mache ich etwas vor!? Das habe ich schon während unseres Tanzes getan.

Patrick

Da denke ich immer, ich wäre Manns genug und könnte mich gegen alle Wellen und Stürme dieser Welt behaupten. So lang, bis sich ein Wirbelwind in mir verfängt und zu einem ausgewachsenen Tornado wird. Gefühle von damals, die ich tief begraben hatte, werden an die Oberfläche gewirbelt und rauschen durch meinen Körper, erheben Anspruch auf ihren alten Platz. Puzzlestücke schießen durch meinen Kopf und wollen sich zu einem Bild zusammensetzen. Ein Bild, das ich schon lang nicht mehr sehen konnte, weil ich den Blick in andere Richtungen gewendet habe. Und jetzt genügen Jens Hand in meiner, ihr Lächeln und das Gefühl, sie festzuhalten, um diese Erinnerungen ausbrechen zu lassen. Es fühlt sich alles so leicht an, als wir über die Straßen laufen und ich immer mal wieder nach der richtigen Adresse fragen muss.

Jenkins – Sailor Stuff steht in geschwungenen Buchstaben über dem Laden, der in einer kleinen Nebenstraße liegt, weit weg von den schicken Geschäften auf der Hauptstraße. Genau so habe ich mir das vorgestellt. Die kleine Glocke an der Tür kündigt unsere Ankunft an, als wir den engen Raum betreten, in dem sich ein Ventilator tapfer der schwülen Luft zum Zweikampf stellt.

»Bin gleich bei Ihnen!«

Eine tiefe Männerstimme erreicht uns aus dem hinteren Ladenbereich, während Jen sich staunend umsieht. Natürlich erkennt sie die kleinen Schätze hier sofort, ihr muss ich nichts erklären. Ihre Augen spiegeln die Begeisterung wider, mit der ich mich sonst eher allein fühle.

»Wow! Das sind ja … schau dir das an …«

Es hat ihr die Sprache verschlagen, als sie sich weiter umschaut und das eine oder andere ausgestellte Stück betrachtet. Ein bisschen bin ich stolz, weil ich ihr diesen Laden gezeigt habe – und weil ich mich in ihr nicht geirrt habe. Uns verbindet etwas, das man nicht erklären kann. Es ist mehr als die Begeisterung für alte Segelboot-Sammlerstücke wie zum Beispiel die Schiffsglocke, vor der sie jetzt stehen bleibt.

»Die sieht aus wie eine Nachbildung der Glocke der *Gorch Fock.*«

Ich trete hinter sie und folge ihrem Blick auf die goldene Glocke vor uns. Dabei atme ich ihren Duft tief ein und habe große Mühe, die Konzentration nicht zu verlieren. Mein Blick streift über ihren Nacken, über ihr Schulterblatt, langsam über ihren Rücken und schließlich über ihren Po. Wenn ich nah bei ihr stehe, kann ich meine Hände kaum bei mir behalten. Meine Gedanken haben sich schon längst davongestohlen und beschäftigen sich mit ihrer Haut unter diesen lästigen Klamotten, die ich ihr nur zu gern ausziehen würde.

»Da haben Sie vollkommen recht. Das ist eine authentische Nachbildung. Es wurden die gleichen Materialien benutzt.«

Ertappt zucke ich zusammen, weil ich von der Schiffsglocke nicht so fasziniert war, wie ich es hätte sein sollen. Jens Körper hat mich abgelenkt … aus dem Tritt gebracht … verwirrt und überrascht …

Ein kleiner Mann mit dichtem, grauem Haar und einer Brille auf der Nase tritt neben uns. Sein kariertes Baumwollhemd hat schon bessere Zeiten erlebt, breite Hosenträger halten die dicken Kordhosen in Position. Nicht das geeignete Outfit für einen heißen Tag wie heute.

»Unser ganzer Stolz. Sogar die Buchstaben sind perfekt nachgestellt. Sehen Sie?«

Er nimmt Jens Hand in seine und lässt sie über die Buchstaben auf der Glocke gleiten. Obwohl es sich um einen alten, harmlosen Mann handelt, spüre ich diesen giftigen Geschmack von Eifersucht in meinem Rachen. Weil er sie berührt, und weil sie lächelt. Gelächelt hat sie auch, als sie mit Kevin zusammen war. Allerdings war da der Geschmack im Mund noch um einiges bitterer als jetzt.

»Wirklich beeindruckend!«

»Nicht wahr? Wie schön, dass sich mal jüngere Kundschaft hierherverirrt.«

Er sieht mich lächelnd an, und ich muss nicht lang nachdenken, um zu begreifen, dass wir heute wohl die ersten Kunden sind. Kein Wunder, für viele Menschen wäre der Raum einfach lediglich mit Gerümpel vollgestopft, sie würden nur nutzloses Zeug und Plunder sehen. Ich könnte meinen halben Arbeitslohn hierlassen. An der gesamten Ostküste findet man keinen besseren Laden für Segelzubehör. Natürlich könnte ich hochwertiges Material im Internet bestellen. Modernen Kram, der den Test im Windkanal überstanden hat. Hier drinnen aber finden sich echte Schätze. Gegenstände, die noch von Hand hergestellt wurden. Nach alter Tradition. So, wie es sich gehört, so, wie es sein sollte. Kein moderner Schund, der herzlos am Fließband produziert wurde.

»Mein Name ist Patrick Steel. Wir haben telefoniert, Mr. Jenkins.«

»Ach! Sie kommen wegen des Kompasses, nicht wahr? Ich hole ihn schnell.«

»Danke, Sir.«

Jen reißt ihren Blick von den vielen Gegenständen los und sieht zu mir.

»Du willst einen Kompass?«

Ich nicke, lasse sie keinen Augenblick aus den Augen.

»Und ich bezahle ihn sogar, ganz legal.«

Kurz errötet sie, weil ich sie mit ihrer Harvard-Law-Fragestunde aufziehe. Zuerst war ich tatsächlich ein bisschen angefressen. Weil es das ist, was alle denken, wenn sie mich sehen. Ich bin kein besonders zugänglicher Mensch, so viel steht fest. Ich bin gern für mich, und ja, ich habe verdammt viel Scheiße gebaut, auf die ich nicht stolz bin. Deswegen aber den Stempel »Krimineller« verpasst zu bekommen, das nervt auf Dauer gewaltig. Habe ich schon geklaut? Natürlich. Aber nicht, weil ich es mir so ausgesucht habe. Irgendwann muss man eine Entscheidung treffen. Überlebe ich – oder gehe ich drauf.

»Ich habe nichts anderes erwartet.«

Jen trifft mit dem Lächeln ihr Ziel so perfekt, dass man beim Dart von einem Bullseye sprechen würde. Es fällt mir sogar leicht, ihr zu glauben, auch wenn ich mir vorstellen kann, dass ihre Erziehung und die Kreise, in denen sie aufgewachsen ist, sie erst einmal Typen wie mich misstrauisch betrachten lassen. Trotzdem war sie mir gegenüber immer offen und hat mich nicht anders behandelt. In ihrer Nähe fühle ich mich verloren und gefunden, gut aufgehoben und panisch. So wie jetzt, weil meine Hände zittern, als wäre ich ein nervöser Schuljunge vor der versammelten Klasse. Wenn mein Herzschlag sich nicht bald beruhigt, liegt ein Infarkt ziemlich nah. Doch solange sie mich anlächelt, scheint sich mein Herz nicht darum zu kümmern. Hört es etwa auf mich? Ganz im Gegenteil! Woher soll ich wissen, wie ich damit umgehen soll?

Wie absurd: Die ganze Zeit konnte ich es nicht abwarten, in diesen Laden nach Clearwater Bay zu kommen, weil ich so viel darüber gehört habe und mir hier alles in Ruhe ansehen wollte, und jetzt kann ich meinen Blick nicht von *ihr* nehmen. Von einer Frau, die, wie Kevin ganz richtig bemerkt hat, in einer anderen Liga spielt – und die ich deshalb niemals haben kann. Dennoch stachelt ihr Anblick eine Rebellion in meinem Körper an. Ich will weder Kevin oder sonst einem Mann das Schlachtfeld kampflos überlassen. Es gibt Dinge im Leben, die es wert sind, dass man dafür kämpft. Zweifelsohne gibt es auch solche Menschen. Bisher hielt ich das für ein Gerücht, weil niemand sich um mich bemüht hat und ich im Gegenzug als Schutzmechanismus nur für mich gestritten habe. Jen Main wirft das alles über den Haufen.

»Was ist? Warum siehst du mich so an?«

Ich sehe sie nicht einfach nur an. Ich starre sie an. Weil es sich anfühlt, als wäre sie der eigentliche Grund, wieso ich hier bin. Ich wollte nur einen Kompass kaufen, um immer den Weg nach Hause zu finden – und jetzt steht sie hier, lächelt verlegen, und mein Herz richtet sich neu aus, braucht keinen Kompass mehr. Nicht, solange sie in meiner Nähe ist.

»Weil du anders bist.«

Sie möchte meinem Blick ausweichen, da es ihr unangenehm ist, wie ich sie ansehe. Langsam lege ich meine Hand sanft an ihre Wange und fahre mit meinem Daumen über ihre zarte Haut.

»Weil du … *du* bist.«

Nachdenken wird überbewertet. Aktionen im Kopf vorauszuplanen, das ist Zeitverschwendung. Ich erlaube mir das, was ich mir die letzten Jahre verboten habe: auf meine Gefühle zu hören und mich von ihnen leiten zu lassen. Ihre Lippen sehen so verdammt verführerisch aus. Ich muss wissen, wie sie sich anfühlen, wie sie schmecken – und auch, ob sie mich zurückküssen würde. Langsam beuge ich mich zu Jen vor. Ich warte, ob sie ausweicht oder mich wegschiebt, aber ihre Finger schließen sich um mein Handgelenk, und sie zieht mich das letzte Stück an sich.

»Hier haben wir das Schmuckstück …«

Sie stolpert ertappt einen Schritt zurück, prallt gegen den Tisch und wirft die Nachbildung der Schiffsglocke fast um. Ich greife schnell an ihr vorbei und verhindere einen – vermutlich sehr teuren – Sturz. Unsere Lippen hätten sich fast berührt. *Verdammtes Timing!* Jen hält meinem Blick stand, und ihr Lächeln wird zu einem frechen Grinsen.

»Stabiles Messing, in wunderschönes Holz gefasst. Handgearbeitet.«

Mr. Jenkins scheint nicht zu bemerken, was hier in seinem Laden, der mit kostbaren Einzelteilen gefüllt ist, fast passiert wäre. Die Glocke rücke ich wieder in die richtige Position und habe gefühlte vier Sekunden Zeit, um meine Fassung zurückzugewinnen. Schon drehe ich mich zu Mr. Jenkins um und versuche mich an einem harmlosen Lächeln.

Verliere ich hier gerade mein Ziel aus den Augen?

Jen

Noch immer spüre ich den wilden Rhythmus, den mein Herz wie hektische Morsezeichen gegen meine Rippen sendet: Empfänger unbekannt. Was ist hier gerade passiert? Und wieso, um alles in der Welt, ist es nicht passiert? Ich kann meinen Blick nicht von Patricks breitem Rücken abwenden. Sicher, es ist sein Körper, dem man so schnell nicht widerstehen kann. Aber der Blick, mit dem er mich eben angesehen und durchschaut hat … dazu die sanfte, aber bestimmte Berührung. Er wird mich noch um den Verstand bringen, denn er weckt diese Gedanken, die doch so gar nicht zu mir passen wollen. Zumindest nicht zu der Jen, die ich in der letzten Zeit gewesen bin. Das Bedürfnis, alles über ihn in Erfahrung zu bringen, entwickelt sich langsam, aber sicher zur Obsession. Ganz oben steht auf der Liste: Wie küsst Patrick Steel? Und wann werde ich es erfahren? Werde ich es überhaupt erfahren?

»Das ist allerdings ein ganz besonderes Baby.«

Seine Stimme holt mich zurück in die Realität.

Patrick hält den Kompass in meine Richtung und lächelt mich sanft an. Kurz wirkt er jünger, als ich ihn bisher eingeschätzt habe. Sein Lächeln ist fast schon verträumt, sein Blick verklärt. Ist das noch der Patrick, der Kevin wütend anfunkelt und in dessen Augen so viele Stürme toben?

»Was meinst du?«

Ich meine, dass wir uns küssen sollten. Und ich finde, dass dieser Kompass einer der schönsten ist, die ich bisher gesehen habe. Vor allem aber mag ich diese sanfte Version von Patrick, die ich gerade erleben darf.

»Wunderschöne Arbeit.«

Das kommt von Herzen. Dieses Leuchten in seinen Augen verrät dem aufmerksamen Beobachter nur zu genau, wie sehr er sich freut, den Kompass in Betrieb zu nehmen. So verschlossen er sich sonst auch geben mag, sobald man den segelnden Jungen in seinem Inneren anschubst, wird sein Lächeln breiter, und seine Augen hellen sich für den Bruchteil einer Sekunde auf. Das macht es noch einfacher, sich Hals über Kopf in ihn zu verlieben ... *Verlieben? Verdammt!*

»Dann packe ich ihn mal für Sie ein. Brauchen Sie sonst noch etwas?«

»Nein, danke. Das wäre alles.«

Patrick greift nach seinem Geldbeutel und wirft mir einen kurzen Blick zu.

»Oder möchtest du die Glocke mitnehmen?«

Ein verlockendes Angebot.

»Damit du mich im Nebel finden kannst?«

»Man weiß nie, wann ein Sturm aufzieht.«

Damit hat er so sehr recht, dass es kurz weh tut. Es gibt so viele Arten von Stürmen – und so viele Arten, sich zu verlieren. Nicht immer müssen diese Orkane auf hoher See passieren. Manchmal spielen sie sich in uns selbst ab, wirbeln alles wie wild durcheinander und lassen uns verwirrt und ziellos zurück. Mein Lächeln entgleitet mir, als ich wieder zur Glocke schaue und mich frage, wie oft ich mir in der Vergangenheit genau so etwas gewünscht habe.

»Alles okay?«

Patrick stupst mich sanft mit dem Ellbogen an, und ich nicke. So gut ich kann, vertreibe ich tapfer die Bilder von damals und gleichzeitig auch das Gefühl von Verlorenheit.

»Alles in bester Ordnung.«

Auch wenn das nicht ganz stimmt, fühlt es sich dennoch fast ein bisschen so an, als wäre alles irgendwie gut. Nicht perfekt. Aber das Wort »perfekt« wird so verdammt überbewertet. Langsam folge ich Patrick zur Kasse und sehe zu, wie er das Geld auf den Tresen legt und dafür seinen Kompass überreicht bekommt, liebevoll in einem Karton verpackt.

»Ich hoffe, er bringt Sie immer heil nach Hause.«

Mr. Jenkins lächelt uns freundlich an. Auch wenn ich es nicht aussprechen kann, so teile ich doch seine Hoffnung. Ohne zu wissen, wo Patricks Zuhause liegt, wünsche ich mir heimlich, dass er den Weg dahin immer finden möge. Manchmal reichen wenige gemeinsame Augenblicke aus, um einen engen Kontakt zu einem Menschen aufzubauen. Es genügen wenige Berührungen und kleine Gesten, um sich mit einem anderen verbunden zu fühlen. Seit dem Tod meiner Mutter und dem emotionalen Rückzug meines Vaters habe ich mich schwergetan, mich wieder zu öffnen, zu vertrauen – und auch wenn ich mir manchmal nichts mehr als eine Umarmung gewünscht habe, flüchtete ich mich in die Bücher und das Lernen. Fast hat es sich so angefühlt wie bei meinem Vater. Bei ihm sind die meisten Gefühle mit meiner Mutter gestorben. An manchen Tagen kann ich das verstehen. Aber bei Patrick ist das anders. Wenn ich bei ihm bin, spüre ich Dinge, die sich lang taub angefühlt haben. Wenn ich lache, dann laut. Wenn ich lächle, dann nicht nur mit den Lippen, sondern mit den Augen. Wenn ich ihn ansehe, dreht mein Herz durch. Vermutlich ist das total normal. Es fühlt sich nur irgendwie neu und aufregend für mich an, als würde jemand altes Moos Schicht für Schicht von meinen Emotionen abkratzen.

Ich bin noch am Leben.

Als wir wieder nach draußen treten, schaut mich Patrick wieder an und zieht die Augenbrauen zusammen, als würde er sich Sorgen machen.

»Ist wirklich alles okay?«

»Ja. Wirklich.«

Diesmal muss ich nicht wegsehen, weil ich die Wahrheit sage.

»Ich habe nur Hunger.«

Es ist vermutlich schon zu spät für ein Mittagessen, aber außer dem knappen Frühstück habe ich heute noch nichts gegessen. Mein Magen dreht sich also nicht nur wegen Patrick und den Gefühlen, die er in mir auslöst.

»Wäre doch gelacht, wenn wir hier nicht irgendwo ein Restaurant finden.«

Er zwinkert mir zu und nickt in Richtung Hauptstraße, wo wir vorhin schon einige interessante und vielversprechende Läden gesehen haben.

»Musst du nicht zurück? Arbeiten?«

»Glaubst du, dein Dad wird mich feuern?«

Das glaube ich nicht. Trotzdem kenne ich meinen Dad zu gut und weiß, dass er nicht besonders begeistert ist, wenn man seinen Job nicht ordentlich macht. Patrick soll auf keinen Fall wegen mir Ärger kriegen.

»Nein. Aber du kannst zurück nach Oceanside. Ich nehme später einfach den Bus.«

Das ist typisch für mich. Sobald mir jemand so nahe kommt, wie Patrick das geschafft hat, ziehe ich mich zurück und verkrieche mich wieder hinter einer Fassade aus Pflichtbewusstsein.

»Jen …«

»Das macht mir nichts aus. Ehrlich. Du sollst keinen Ärger kriegen, und die Fahrt dauert auch so schon lang genug …«

Ich wünschte, dass ich diesen blöden Schalter finden würde, der mich vom Weiterreden abhält, einen Ausschalter, der mich einfach verstummen lässt, bevor ich noch mehr Unsinn von mir gebe und Patrick abweise.

»… immerhin hast du eine Aufgabe, und die Leute verlassen sich auf dich. Vielleicht braucht jemand Hilfe bei dem Boot oder …«

Patrick macht einen Schritt auf mich zu und legt seinen Zeigefinger auf meine Lippen. Mein Herz setzt aus, meine Atmung ebenfalls, und ich glaube, den gewünschten Ausschaltknopf gefunden zu haben. Aus großen Augen sehe ich ihn an und versuche, mich auf etwas anderes als seine Berührung zu konzentrieren – und scheitere kläglich.

»Ryan vertritt mich. Das habe ich mit meinem Chef geklärt. Alles gut. Ich habe den ganzen Tag Zeit.«

Ich schlucke, als seine Worte langsam Sinn machen und ich verstehe, dass es keine Ausrede gibt, den Tag nicht mit mir hier zu verbringen. Wie in Zeitlupe bewegt sich mein Kopf, als ich nicke und mein Blick an Patricks Lippen hängen bleibt. Ich will ihn küssen. Und wenn er weiterhin so nah an mir dranbleibt, kann ich mich nicht mehr zurückhalten.

»Wenn du also Hunger hast, dann würde ich dich gern auf einen Happen einladen.«

Erst jetzt nimmt er seinen Finger von meinen Lippen, und sofort wünsche ich ihn mir zurück. Mein Gehirn, das einzige Organ, auf das ich mich die letzten Jahre verlassen habe, scheint sich wieder in Bewegung zu setzen. Aber statt eines geistreichen Satzes fällt mir nur ein Wort ein.

»Okay.«

»Wie stehst du zu Meeresfrüchten?«

»Ich liebe Meeresfrüchte.«

»Vielleicht finden wir hier ja einen Laden, der …«

»Das *Shell Shack* hat die besten frittierten Muscheln, die du jemals probiert hast.«

Die Worte kommen aus meinem Mund, ohne um Erlaubnis zu fragen. Eine Tatsache, die sich in Patricks Gegenwart zum wiederholten Male ereignet. Überrascht sieht er mich an.

»Du kennst dich in Clearwater Bay also auch aus?«

»Na ja, nicht wirklich. Früher war ich ab und zu mal hier …«

Mit meiner Mom, wenn sie sich ein neues, schickes Kleid kaufen wollte. Eine Erinnerung, die mir ein zaghaftes Lächeln aufs Gesicht zaubert. Ein Andenken an meine Mom, das im Moment nicht mehr so sehr weh tut.

»Kriegst du Ärger, wenn man dich hier sieht? Mit mir … meine ich.«

Ich glaube, einen leichten Anflug von Zweifel in Patricks Stimme zu hören.

»Quatsch! Wieso sollte ich?«

Er zuckt die Schultern und weicht meinem Blick aus, als wäre ihm das alles plötzlich unangenehm.

»Weil das sonst meistens der Fall ist.«

»Unsinn. Ich bin sehr gern mit dir zusammen.«

Und wieder rede ich, ohne nachzudenken. Ich höre auf mein Herz und packe Gefühle in Worte, die, einmal ausgesprochen, nicht mehr abzustreiten sind. Patrick sieht wieder zu mir, das Lächeln auf seinen Lippen ist zurückgekehrt.

»Dann haben wir ein Date.«

Patrick

»Ein Date.« So was sagen Menschen in diesen kitschigen TV-Serien, die die meisten Mädchen so lieben. Das sagen Typen, die perfekt geformte Augenbrauen haben und ihre Haare mit Gel in die richtige Position bringen. Ich sage so etwas nicht, denn ich habe keine »Dates«. Klar, Frauen haben sich manchmal auf mich eingelassen, weil ich irgendwie ein fast verbotenes Abenteuer für sie war. Etwas, wofür ihre Eltern sie auf eine Privatschule am anderen Ende des Landes schicken würden – für immer enterbt! Nein, die nennen das nicht »ein Date«.

Jen kennt den Weg zum Restaurant, und ich folge ihr, während mein Satz von gerade eben in meinem Kopf widerhallt. Meine Stimme klingt viel zu säuselnd. Sie muss glauben, ich würde sie hier flachlegen wollen. Vermutlich wollen das auch einige Kerle, die sie in Oceanside angraben. Sie läuft vor mir den schmalen Weg zum Strand, und ich habe einen ziemlich guten Blick auf ihr perfektes Hinterteil. Sie mag nicht besonders groß sein, aber ihre körperlichen Proportionen sind vollkommen. Wieder lasse ich meinen Blick über die knappe Hose gleiten und spüre das Kribbeln, das sich rasend schnell ausbreitet, während sich meine Gedanken verselbständigen. Ich will sie berühren. Nein, ich will sie berühren dürfen. Ich will, dass sie es sich wünscht, von mir angefasst zu werden, an

Stellen, von denen Kevin Arschloch Bennett nur träumen kann. Das zumindest haben wir gemeinsam. Ich muss an die Begegnung am Strand denken und bemerke, wie mein Körper bei den Erinnerungsfetzen an das Bild ihres halbnackten Körpers sofort reagiert. Da hilft es nicht gerade, dass ich viel zu dicht hinter ihr zum Stehen komme und ihren Duft einatme. Egal, welches Shampoo sie benutzt, der Wohlgeruch lullt mich ein und ebnet mir den Weg in eine schöne Phantasiewelt. Ich muss mich ernsthaft konzentrieren, um mich nicht zu ihr vorzubeugen. Eigentlich möchte ich meine Lippen auf ihre Schulter pressen und dann den Weg über den Hals entlang bis zu ihren Lippen küssen.

»Es ist gleich da vorn.«

Sie wirft mir einen Blick über die Schulter zu und scheint wegen der unerwarteten Nähe überrascht. Allerdings weicht sie mir nicht aus und bringt auch nicht das kleinste bisschen Abstand zwischen uns. Ganz im Gegenteil. Kurz meine ich, sie würde sich leicht gegen meinen Oberkörper lehnen und den Moment genießen. Dabei erwidert sie meinen Blick und lächelt.

»Der Laden wird schnell voll, aber auf der Terrasse ist eigentlich meistens noch ein Platz frei.«

Und dann, einfach so, greift sie nach meiner Hand und zieht mich die letzten Meter zu dem Restaurant, das eher den Anschein erweckt, ein Imbiss zu sein. Viele Menschen, die meisten in legerer Badebekleidung, stehen in einer Schlange, um Pommes und frittierte Meeresfrüchte in einer roten Plastikschale zu kaufen. In geschwungenen Buchstaben steht der Name *Shell Shack* über dem Eingang.

Im Inneren riecht es nach Essen, Bier und Fett. Nicht gerade die Mischung, die ich in einem Restaurant erwartet hätte, das Jen Main gern besucht. Wenn ich an das *La Mer* in Oceanside denke, mit den Stoffservietten und den Kellnern in weißen Hemden und schicken, schwarzen Hosen … Nein, wir sind hier ganz sicher nicht mehr in Oceanside. Die Bedienungen haben rote Polohemden an, bei denen das Logo des Restaurants auf die Brust gestickt ist. Die Frauen tragen rote kurze Röcke, die Jungs Bermudashorts. Der Lärmpegel ist hoch, die Musik aus den Boxen in den Ecken kommt nicht mal annähernd dagegen an. Einige Kinder rennen zwischen den stabilen Holztischen hin und her, Frauen binden sich Plastiklätzchen um den Hals, während Männer mit kleinen Holzhämmern die Hummerscheren bearbeiten. Jens Augen leuchten, als wir die Terrasse betreten. Tatsächlich finden wir hinten links noch einen Tisch für zwei Personen, von dem wir nicht nur einen wunderschönen Blick auf das Meer, sondern auch auf den Leuchtturm haben.

»Wow!«

»Ein toller Laden, oder?«

»Wenn das Essen auch noch schmeckt, könnte Clearwater Bay mit diesem Laden in die Top drei meiner Lieblingsorte aufsteigen.«

»Oh, es wird dich umhauen!«

Sie nickt zu dem Platz hin, der ihr gegenüberliegt, und lässt meine Hand los. Schade eigentlich, ich habe mich gerade daran gewöhnt. Als wir uns hinsetzen, berühre ich unter dem Tisch ihr Knie mit meinem, und es ist ihr nicht unangenehm. Sie zuckt nicht mehr zusammen, wie noch am Strand heute früh, als sie kurz meinen Oberarm berührte.

»Kannst du was empfehlen?«

»Nimm den Probierteller, damit kannst du nichts falsch machen.«

»Das wäre eine angenehme Abwechslung.«

Obwohl ich wahrscheinlich ihren Tipp, was das Essen angeht, befolgen werde, greife ich dennoch nach der Karte. Mir ist nach einem kühlen Bier, aber ich muss noch fahren. Vielleicht doch lieber ein alkoholfreies Getränk? Nie mache ich mir um solche Dinge Gedanken, aber ich will vor Jen einen guten Eindruck machen. *Ich wollte noch nie einen guten Eindruck machen …*

»Das Essen?«

»Hm?«

Ich sehe sie fragend an, weil ich mir nicht mehr sicher bin, worauf sich ihre Frage bezieht. Hinter ihr funkelt die Sonne auf der Wasseroberfläche, und sie wirkt wie eine Frau aus einem Gemälde. Kurz erstarrt alles zu einem Bild: ihr schüchternes Lächeln, ihre langen, braunen Haare, die warmen Augen. Wie, um alles in der Welt, soll man sich nicht in eine solche Frau verlieben?

»Was wäre denn eine angenehme Abwechslung? Das Essen oder die fehlerfreie Entscheidung?«

»Hm. Ich nehme an, beides. Ich neige dazu, Fehler zu machen.«

Das ist die Wahrheit. Irgendwie habe ich seit dem Moment, als ich die erste eigene Entscheidung treffen musste, alles falsch gemacht. Die falschen Freunde, die falschen Ziele, die falschen Wege dorthin. Und bevor ich mich versehen habe …

»Wenn es dich beruhigt – bisher hast du bei mir noch keinen Fehler gemacht.«

Mehr noch als ihr ehrliches Lächeln berühren mich ihre Worte. Ich bin ein Typ, der wenig auf die Meinung anderer gibt. Was Jen von mir denkt, ist mir allerdings wichtig. Ich will nicht wie ein Vollidiot wirken. Vor allem, da ich weiß, wie intelligent sie ist und von welchen Personen sie für gewöhnlich umgeben ist. Kevin mag ein Arschloch sein, aber er wäre nicht auf dem Dartmouth College, wenn er ein ausgemachter Dummkopf wäre. Und erst Harvard Law! Da tummeln sich garantiert ziemlich wenig Menschen, die nur zwei Zeitungsartikel und vier Videotext-Seiten gelesen haben. Nein, um mit denen mithalten zu können, braucht es mehr als ein Boot. So viel steht fest. Zu hören, dass ich noch keinen Fehler bei ihr gemacht habe, lässt mich erleichtert ausatmen.

»Das freut mich. Ich strenge mich an.«

»Musst du nicht. Es scheint dir ziemlich leichtzufallen, Frauen zu beeindrucken.«

Damit sieht sie wieder auf die Karte in ihren Händen, und das Lächeln verschwindet. Moment! Hält sie mich für einen Macker, der Frauen reihenweise abschleppt?

»Ich beeindrucke relativ selten Frauen, wenn ich ehrlich bin.«

»Nun, ich fand deinen Auftritt am Strand heute Morgen ziemlich … beeindruckend.«

»Ist das so?«

Sie wirft mir einen kurzen amüsierten Blick zu.

»Es sah lässig aus, wie du da auf dem Board standest. Nur mit Shorts bekleidet …«

Ihr Blick wandert kurz über meinen Oberkörper, ihr Lächeln wird breiter, und schon studiert sie wieder die Karte.

»Genau. Du hast mich durchschaut. Ich habe die Szene mit Buddy tagelang einstudiert, um mit dem Wauwau-Niedlichkeitsfaktor das Herz einer einsamen Joggerin zu erobern.«

»Wer sagt, dass ich einsam bin?«

Touché! Aber sie lächelt noch immer, auch wenn ihre Augen weiterhin auf die Karte gerichtet sind.

»Dein Blick, wenn du denkst, dass keiner hinsieht.«

Langsam, fast schon zu langsam, hebt sie die Augen und sieht wieder zu mir. Ertappt und ein bisschen verletzt. Dabei habe ich es gar nicht so gemeint. Es ist mir nur aufgefallen.

»Entschuldige, ich sollte nicht …«

»Ich habe nicht gedacht, dass es jemand bemerkt.«

Ihr Augen funkeln verräterisch, und mein Magen zieht sich zusammen. Es war schon schwer genug, sie heute im Wagen weinen zu sehen – ohne sie umarmen zu können. Wenn ihr jetzt wegen meinem Spruch die Tränen kommen, werde ich mich ohrfeigen.

»Als ich dich am Rand der Tanzfläche gesehen habe, neulich Abend … da sahst du unendlich traurig aus.«

Das hat sie wirklich. Wie verloren wirkte sie zwischen all den Menschen, trotz ihres Vaters, der nur wenige Meter entfernt war. Ich kenne das Gefühl. Oh, ich kenne es nur zu gut. Gerade in den größten Menschenmassen ist die Verlorenheit besonders stark. Ich weiß, wie man aussieht, wenn man so empfindet.

»Hast du mich deswegen um den Tanz gebeten?«

Obwohl es nicht nur deswegen war, nicke ich langsam.

»Es war die einfachste Möglichkeit, dich in eine Umarmung zu bekommen.«

Natürlich war es keine richtige Umarmung, es war ein Tanz, aber es hat sich für mich zumindest wie eine Umarmung angefühlt.

»Danke.«

Obwohl sich die Tränen in ihren Augen sammeln, lächelt sie tapfer, während der Kellner an unseren Tisch tritt und gut gelaunt unsere Bestellung aufnimmt. Als Jen ein Bier bestellt, was mich sehr überrascht, tue ich es ihr gleich und entscheide mich für den Probierteller. Sie nimmt die frittierten Muscheln und einen halben Hummer.

»Und welche Orte sind aktuell auf Patrick Steels Liste unter den Top drei?«

Nachdem wir unsere Getränke bekommen haben, versucht Jen, das Gespräch auf ein entspannteres Thema zu lenken. Ich tue ihr den Gefallen und spiele mit, auch wenn ich weiß: Früher oder später wird sie mich durchschauen. Und dann wird sie mich nicht mehr so ansehen wie jetzt. Der Stich, der bei dieser Erkenntnis mein Herz durchbohrt, ist sehr schmerzhaft. Ich könnte lügen, so wie all die Male zuvor, aber irgendwas an Jen macht mir das unendlich schwer.

»Mal sehen. Mir gefällt Boone Hall ziemlich gut.«

»Die Plantage in South Carolina?«

»Genau. Ich habe dort eine Saison während des Austernfestes gearbeitet und durfte mir das Anwesen genauer ansehen. Beeindruckend. Überall stehen noch die alten Sklavenhütten, und man hat das Gefühl, sich auf einer Zeitreise zu befinden. Wenn du die Alley of Oaks entlangfährst und auf das große Herrenhaus mit den weißen Säulen zukommst … das ist ein Anblick, den man nicht vergisst.«

»Das kann ich mir vorstellen. Aber so weit im Süden war ich noch nie.«

»Du solltest mal hin, wenn sich das mit deinem straffen Zeitplan arrangieren lässt.«

Ich unterstreiche den Satz mit einem Lächeln, weil ich mir nicht ganz sicher bin, wie nah dran ich mit meiner Vorstellung ihres Harvard-Lebens bin.

Sie sieht mich kurz ertappt an und nickt dann ganz so, als ob sie meinen Vorschlag in besagten Zeitplan aufnehmen will.

»Ich muss nur einen guten Grund finden, wieso es mich ausgerechnet in den tiefen Süden verschlägt.«

»Brauchst du für alles einen Grund?«

»Für solche außerplanmäßigen Reisen schon, ja.«

»Aber du bist doch jetzt auch hier. Ganz ohne Grund.«

Sie lächelt und nickt. Das ist die Jen, die mich immer wieder kalt erwischt, auch wenn ich meine, mich an ihr Lächeln gewöhnt zu haben. Das habe ich nicht – und werde es vielleicht auch nie.

»Was wirst du deinem Vater sagen?«

Eine Frage, die mich schon eine ganze Weile beschäftigt. Es ist uns Angestellten untersagt, Beziehungen mit Hotel- und Resortgästen anzufangen. Und ganz sicher steht erst recht irgendwo geschrieben, dass ein einfacher Mitarbeiter *niemals* etwas mit der hübschen und klugen Tochter des Yachtclub-Besitzers anfangen darf. Kevin hat sich da ziemlich klar ausgedrückt. Aber seine Warnung vor potenziellen Konsequenzen habe ich gerade so weit hinter mir gelassen wie Oceanside.

»Mir war nach einem Ausflug.«

»Mit dem Mechaniker.«

»Nein, mit einem *Freund.*«

Sie betont das Wort Freund so, dass es vieles bedeuten kann. Ein alter Schulkamerad … oder ihr Freund. Und zwar der Freund, der nicht nur platonische Gefühle für sie hegt, sondern der sie sich seit einigen Tagen immer häufiger nackt vorstellt.

»Und damit wird er kein Problem haben?«

»Ich bin alt genug, das hat sogar mein Vater bemerkt.«

Sie zwinkert mir zu und nimmt einen Schluck von ihrem Bier, direkt aus der Flasche, denn Gläser wurden uns zu den Getränken nicht gereicht.

»Du scheinst ein ziemlich gutes Verhältnis zu deinem Vater zu haben, richtig?«

Eine Feststellung, verpackt in eine unbestimmte Frage, die sie hoffentlich zu einer längeren oder konkreten Antwort verleitet. Aber sie nickt nur und beginnt, das Etikett am Flaschenhals abzuzupfen. Ihr Blick ist irgendwie nach innen gerichtet, und ich habe die Chance, sie noch einen Moment zu beobachten. Das ist eines meiner neuen und liebsten Hobbys. Die Jen, die jetzt vor mir sitzt, hat nicht mehr besonders viel mit der Person von neulich Abend gemeinsam. Ganz ohne Make-up und ohne das schicke Kleid, in dem sie älter und seriöser gewirkt hat. Jetzt habe ich eine entspannte Jen Main vor mir, die Bier aus der Flasche trinkt und ihre Flip-Flops unter dem Tisch ausgezogen hat. Wenn ich mich entscheiden sollte, wäre es diese Version von ihr, die ich gern mit auf mein Boot nehmen würde. Moment! Was, zum Teufel, denke ich da eigentlich? Das ist doch Bullshit! Mein Boot ist dazu da, mich einmal um die Welt zu bringen. Oder zumindest bis rauf nach Kanada. Und ganz sicher nicht, um ein Mädchen zu beeindrucken. Würde sie überhaupt mitkommen? Mit mir, einem Typen, den sie kaum kennt?

»Du hast mir die Top zwei noch nicht verraten.«

Sie grinst, während sich ihr Blick wieder hebt. Die grauen Schleier von eben sind daraus verschwunden, eine schmerzende Erinnerung ist offenbar wieder verdrängt.

»Okay, du willst es also wirklich wissen. Mal sehen. Ich würde sagen, ich mag San Francisco ziemlich gern. Weil es der europäischste Ort an der Westküste ist und so gar nicht ins Bild passen will.«

»Ich war letzten Sommer ein paar Tage dort. Wirklich schön. Und welcher Ort hat es auf die Top-Plazierung geschafft?«

Ich hole Luft, will mir eine Ausrede einfallen lassen und bleibe doch einfach bei der Wahrheit.

»Mein Boot.«

Ihre Augenbrauen schießen überrascht nach oben, als der Kellner uns unser verführerisch duftendes Essen bringt. Kurz sind wir beide abgelenkt von der Größe der Portion. Mein Probierteller, gefüllt mit allerhand Leckereien aus dem Meer, nimmt fast den ganzen Tisch ein. Auch Jens Bestellung reicht aus, um außer uns beiden noch eine Kleinfamilie satt zu bekommen.

»Du hast ein Boot?«

»Wofür sonst bräuchte ich einen Kompass?«

»Stimmt. Ich dachte nur … ich wusste nicht … welches Boot ist es?«

Vermutlich kennt sie alle Boote, die im Hafen ihres Vaters liegen, und hat einen genauen Lageplan der Bojen im Kopf, aber ich muss sie enttäuschen.

»Es ist noch nicht fertig. Ich … also … ich arbeite daran.«

Sie durchbohrt eine frittierte Muschel mit einem Holzspieß und schiebt sie sich in den Mund, während sie mich abwartend ansieht. Dabei ist die Geschichte schon zu Ende.

»Das war's. Ich arbeite an einem Boot, wenn ich nicht gerade Dienst habe.«

»Im Bootshaus?«

»Genau dort.«

»Das ist toll! Wirklich. Ich beneide Menschen, die das können.«

»Es ist keine große Sache.«

»Oh, da irrst du dich. Ich finde, es gehört auf jeden Fall dazu, dass man viel über Boote weiß, wenn man segelt. Und obwohl ich eine Menge über sie weiß, könnte ich keines wirklich reparieren. Oder gar bauen.«

»Ich baue es ja nicht.«

Das ist zumindest zum Teil gelogen. Ich baue es wieder zusammen, denn in dem Zustand, in dem es war, konnte man es nicht mal in die Nähe einer Pfütze lassen. Inzwischen erkennt man bereits überdeutlich, dass es tatsächlich ein Boot ist.

»Würdest du es mir zeigen?«

Ich nehme eine Krabbe auseinander und zwicke mir dabei recht ungeschickt in den Daumen.

»Das Boot?«

»Ja! Hat es schon einen Namen? Boote brauchen Namen. Das ist wie mit Kindern.«

Fast muss ich lachen. Jen ist so begeistert bei der Sache, dass es mir schwerfällt, mich nicht weiter und weiter in sie zu verlieben.

»Ja, es hat einen Namen. Er ist nur sehr … kitschig.«

»Patrick Steel, ich glaube nicht, dass du in der Lage bist, über Kitsch zu urteilen. Überlass das mal lieber dem zarten Geschlecht. Raus mit der Sprache, wie heißt es?«

Meine Kehle ist trocken, schnell nehme ich einen großen Schluck Bier. Es ist nicht einfach nur ein Boot oder ein Name. Es ist ein Traum. Es ist *mein* Traum. Und es ist das Ziel, das mich all die Jahre am Leben erhalten hat. Das Bild meines Bootes in einem Sturm, das einen Hafen mit Leuchtturm ansteuert. Egal, wie stark der Sturm auch sein mag – das Boot erreicht sicher den Hafen. Mein Bild von Freiheit, von Sicherheit …

»Freedom.«

Ich presse das Wort hervor und spüre, wie mir heiß wird und meine Hände fast zittern. So nah habe ich wirklich noch nie jemanden an mich herangelassen. Das Risiko war immer zu groß, und es ist nicht gerade geringer geworden. Wieso tue ich das? Ich weiß doch ganz genau, wo und wie es enden wird. Was, zum Teufel, lässt mich glauben, dass ich für Jen Main irgendwas anderes bin als ein Sommerflirt?

Dieser Blick!

Es ist dieser Blick, mit dem sie mich ansieht und alles irgendwie durchschaut. Sie sieht mich an und versteht. Langsam nickt sie und lächelt.

»Ein wunderschöner Name für ein Boot.«

Sie greift nach ihrer Bierflasche und prostet mir damit zu.

»Auf die Freiheit!«

Eine Gänsehaut überzieht meinen Körper, als ich es ihr gleichtue. Zum ersten Mal in meinem Leben habe ich ein Gefühl der Gewissheit, wohin mein Kompass mich führen soll.

Jen

Wir unterhalten uns, während wir essen. Ich probiere von seinen Krabben, er hilft mir, den Hummer zu zerkleinern. Nach dem dritten Bier und dem zweiten Nachtisch geht die Sonne hinter uns im Meer unter, und es wird etwas kühler. Die Gäste an den Tischen um uns herum haben mehrmals gewechselt, aber wir sehen keinen Grund, wegzugehen. Es gibt auf der Karte noch einiges, was sich als kleiner Snack für zwischendurch eignet und was Patrick unbedingt probieren muss. Wir haben über sein Boot gesprochen, über seine Liebe zum Atlantik, die ich mir nicht so recht erklären kann, weil er bestimmt nicht am Meer aufgewachsen ist. Anders als ich. Über unsere Kindheit sprechen wir kaum, weil ich ausweichende Antworten erhalte und er ebenfalls keine große Lust zu verspüren scheint, alte Erinnerungen aufzuwärmen. Er scheint auch zu verstehen, dass ich nicht über meine Mutter sprechen will. Nicht, weil ich ihm nicht vertraue. Ich will nur den perfekten Moment mit ihm nicht kaputt machen. Dieser Tag ist bisher das absolute Highlight meines Sommers, auch wenn ich das Frühstück mit Dad immer sehr genieße, kurz bevor er wieder ins Büro muss. Wir essen meistens schweigend, aber es tut gut, ihn dann bei mir zu haben. Fast wie früher … Mit Patrick ist es anders. Seit Tagen bin ich zum ersten Mal nicht mehr angespannt und achte nicht ständig darauf, wann ich wieder in meine Rolle der perfekten Tochter schlüpfen muss. Clearwater Bay bietet den richtigen Rahmen für diesen Nachmittag, der jetzt allmählich in den Abend übergeht. Wenn es nach mir ginge, könnten wir die ganze Nacht hier sitzen bleiben.

»Und was ist mit deiner Mutter?«

Dann tut er es doch! Sicher, die Frage musste kommen. Immerhin ist sie der sprichwörtliche rosa Elefant, der groß und breit im Raum steht und über den niemand sprechen will. Er weiß viel über meinen Vater, auch ohne dass ich etwas erzählen muss. Die Mitarbeiter tauschen sich natürlich über den Chef aus, und es freut mich, zu hören, dass er geschätzt und geachtet wird. Ein Mann wie mein Vater hat das verdient. Aber nie spricht man über meine Mutter. Es ist die Art, wie Patrick nach ihr fragt. Ich spüre keine Neugier auf eine große, traurige Story, er will keine blöden Gerüchte vergleichen, keine Insider-Infos. Er will einfach nur wissen, was mit meiner Mutter passiert ist.

»Sie ist gestorben. Krebs.«

Das ist die Kurzfassung, die ich schon so oft abgespult habe, wenn Leute nach ihr fragen. Nach dem Muster: *»Sagen Sie, Liebes, wo ist denn Ihre Mutter? Sie war doch immer bei allen Veranstaltungen dabei.«* Das war sie wirklich: der heimliche Star eines jeden Events. Sie war die Grace Kelly von Oceanside.

»Das tut mir sehr leid.«

Und wieder klingt es ehrlich, keine einstudierte Floskel, weil es sich so gehört. Als ich zu ihm hinsehe, ziehen dunkle Wolken durch seine hellen Augen – fast erkenne ich mich darin wieder.

»Ist schon ein paar Jahre her.«

Noch so ein eingeübter Spruch, den ich mit einem Schulterzucken unterstreiche, als würde die Tatsache, dass es nicht erst gestern passiert ist, alles irgendwie besser machen. Tut es natürlich nicht. Mit jedem Jahr, in dem sie nicht bei uns ist, wird es schwieriger. Die Zeit heilt nicht alle Wunden. Manchmal ist die entstandene Lücke schwerer zu ertragen als eine schmerzende Narbe. Patrick sieht mich mit ehrlichem Mitgefühl an.

»Ihr wart euch sehr nah, oder?«

Wieder einmal scheint ihm ein Blick zu genügen. Er durchschaut mich bis aufs Mark. Mein Kopf bewegt sich, ich nicke, auch wenn ich das alles gar nicht so offen zugeben will. Bei ihm fällt es mir leichter, meine echten Gefühle zu zeigen.

»Das bemerkt man.«

»Woran?«

»Wenn dich etwas an sie erinnert, dann lächelst du versonnen.«

Woher will er denn wissen, was mich an meine Mutter erinnert?

»Ach ja? Zum Beispiel?«

Mein Ton wird schärfer, was ich gar nicht will. Es ist nur eine Art Schutzreaktion, um das zu bewahren, was mir von meiner Mutter geblieben ist.

»Euer Boot.«

Patrick lächelt mich sanft an, als wolle er sich entschuldigen, dass ihm manche Kleinigkeiten auffallen. Als würde er mich studieren oder einfach nur gern beobachten. Es sollte mir Angst machen, stattdessen fühlt es sich leicht an. Leicht, als wenn mir jemand einen tonnenschweren Felsblock von der Brust nehmen würde.

»Woher weißt du das?«

Patrick trinkt den letzten Schluck aus der Bierflasche, bevor er über das Meer sieht, das sich hinter mir ausbreitet.

»Dein Dad lässt es mich jeden Tag putzen. Obwohl es nicht schmutzig wird, verlangt er, dass ich jeden Tag nach dem Rechten sehe. Es soll nicht verkommen. Ganz im Gegenteil, es soll strahlen. Tag für Tag.«

Mir steigen Tränen in die Augen.

»Er sagte, es wäre ihm wichtig, dass seine *Annie* immer strahlt. Er wollte mir dafür einen Bonus zahlen, aber das muss er nicht. Ich mache es gern.«

Noch kämpfe ich gegen die Tränen, aber ich werde verlieren. Meinem Dad ist das Boot nicht so egal, wie er mir gegenüber vorgibt. Nein, er hat noch lang nicht mit *Annie* und auch nicht mit meiner Mom abgeschlossen. Er hängt ebenso an ihr wie ich.

»Manchmal, wenn du dich unbeobachtet fühlst, siehst du zum Boot und lächelst.«

Es stimmt, das tue ich fast täglich. Nachdem ich meinem Vater einen kurzen Besuch im Büro abgestattet habe, marschiere ich runter zum Hafen und sehe nach *ihr*. Als wäre das Boot nicht nur ein Boot. Als wäre auch meine Mutter irgendwie noch da.

Eine Träne kullert über meine Wange, und sofort beugt sich Patrick zu mir vor, wischt sie zärtlich mit dem Daumen weg und lächelt.

»Das ist okay. Man darf Menschen vermissen. Egal, wie lang sie schon weg sind.«

»Es ist albern. Ich sollte mich nicht wie ein Baby aufführen.«

»Sie war deine Mom. Du darfst sie so lang vermissen, wie du willst.«

Seine Stimme klingt etwas gepresst, als würde er das schmerzende Gefühl nur zu gut kennen und aus Erfahrung sprechen. Seine Augen schimmern verdächtig, als ich aufblicke und bemerke, wie nah sich unsere Gesichter sind.

»Es ist okay, weißt du?«

Ich nicke, weil ich ihm glauben will. Weil es guttut, das zu hören.

Hinter uns wird die Tür zur Terrasse aufgestoßen, und eine Gruppe von Jugendlichen stolpert laut grölend nach draußen. Vermutlich Jungs von reichen Eltern, die billigen Fusel am Strand getrunken haben und sich nun aufspielen wollen. Patricks Schultern spannen sich an, schnell lege ich meine Hand auf seinen Unterarm.

»Wen vermisst du?«

Wir blenden die Umgebung um uns herum wieder aus, als sein verletzter Blick meinen trifft.

»Alles.«

Ich verstehe nicht und kann mit seiner Antwort nichts anfangen. Etwas an seinem Gesichtsausdruck verändert sich, er wird härter, und so wirkt Patrick auf einmal viel älter. Er hat kaum noch Ähnlichkeit mit dem Mann, der mir eben Mut gemacht hat.

»Was bedeutet … alles?«

»Eine Mutter, einen Vater, Geschwister … ein Zuhause.«

Als ich noch immer nicht verstehe, sieht er genervt weg und richtet seinen Blick auf die Jugendlichen, die am anderen Ende der Terrasse leere Plastikschalen von unaufgeräumten Tischen ins Meer werfen oder mit Coladosen auf Möwen zielen. Patrick beobachtet sie einen Moment schweigend, dann dreht er sich mir zu, und seine sonst so klaren Augen sind verdunkelt.

»Ich vermisse die Art von Leben, die du hattest. Die jedes Kind verdient hat. Ich vermisse ein warmes Bett, wenn es regnet. Eine warme Mahlzeit, wenn der Hunger mich fast umbringt. Und das liebevolle Lächeln einer Mutter, wenn ich verzweifelt bin. Das ist *alles*, Jennifer. Das ist es, was ich nie hatte und …«

Einer der Jungs aus der Gruppe tritt lachend einen Stuhl um und lässt sich von seinen idiotischen Freunden dafür feiern. Patrick scheint von ihrem Verhalten genervter als die anderen wenigen Gäste, die außer uns noch da sind. Während alle betont unauffällig in eine andere Richtung sehen, fixiert Patrick die Gruppe genau. Von seiner Aufmerksamkeit angestachelt, führen sie sich noch mehr auf und werden immer lauter.

»Entschuldige mich mal kurz, ja?«

Als Patrick aufsteht, versuche ich, seine Hand festzuhalten, aber er schüttelt sie einfach ab und geht auf die Typen zu.

»Hey … ich würde sagen, wir haben alle genug von eurer kleinen Show mitgekriegt. Wieso verzieht ihr euch nicht einfach wieder, hm?«

Er wirkt zwischen den Halbstarken noch größer als ohnehin schon, und seine breiten Schultern sollten diese Teenies eigentlich zur Genüge einschüchtern. Allerdings scheinen sie vom Alkohol oder irgendwelchen Drogen eingelullt zu sein.

»Ach ja? Wer bist du? Der Hilfssheriff?«

»Nein, ich bin einfach nur genervt von euch. Also verpisst euch, okay?«

Ein blonder Junge, der offensichtlich Anführer der Truppe ist, baut sich vor Patrick auf und versucht, seinem noch knabenhaften Körper genug Größe zu verleihen, um imponierend zu wirken. Ohne Erfolg.

»Und wenn nicht? Was wirst du dann machen?«

Die anderen Jungs kichern hysterisch und sehen Patrick gespielt fragend an. Und dann passiert es plötzlich: Patricks Faust trifft den blonden Angeber mitten ins Gesicht. Völlig überrascht von dieser Aktion prallt er gegen einen seiner Freunde, der ihn auffangen will, sich dabei aber reichlich dämlich anstellt, so dass beide über den umgefallenen Stuhl stolpern. Ein anderer, ziemlich stämmiger, aber kleiner Kerl wirft sich mit voller Wucht gegen Patrick, nur um Bekanntschaft mit dessen Ellbogen zu machen. Ich springe auf und will etwas sagen oder tun, um diese Keilerei zu beenden.

»Patrick! Hör auf damit!«

Es sind doch nur Jungs! – wollte ich eigentlich sagen, als ich sehe, wie ein weiterer Bursche eine Bierflasche auf Patricks Hinterkopf zertrümmern will, was dieser mit einer schnellen Bewegung verhindern kann. Sehr zum Leidwesen des Angreifers, dem Patrick mit zwei Handgriffen zuerst die Flasche entwendet und dann den Arm so verdreht, dass dem lauten Knacken ein greller Schrei folgt.

Dann stürmen zwei Angestellte des *Shell Shack* nach draußen und versuchen, die Situation zu entschärfen. Ich stehe noch immer wie angewurzelt neben unserem Tisch und starre zu Patrick, der sich nur langsam wieder beruhigt und von seinem wehrlosen Gegner ablässt. Als er wieder zu mir hersieht, bemerke ich einen Anflug von Scham in seinem Blick.

»Was, zum Teufel, ist denn hier los?«

»Dieser Irre hat mir die Nase gebrochen! Einfach so!«

Auf die Frage, wer angefangen habe, deuten alle auf Patrick, der das nickend zugibt. Nun bekommt er vielleicht eine Anzeige wegen Körperverletzung. Die Polizei, die vom Besitzer alarmiert wurde, belässt es bei einer Ermahnung und verspricht, ihn im Auge zu behalten.

»Wir wollen hier keinen Ärger, Mr. Steel. Das verstehen Sie doch, oder?«

Wir stehen neben dem Polizeiwagen, der auf Sirenen, nicht aber auf Blaulicht verzichtet hat. Dadurch sind wir das Objekt der Neugierde aller vorbeilaufenden Touristen. So viel Action hat es in Clearwater wohl noch nie gegeben.

»Sicher, Sir.«

»Ein Blick auf Ihr Vorstrafenregister hat mich überrascht. Wo wohnen Sie?«

Patrick sieht nervös in meine Richtung und zuckt dann die Schultern.

»Ich arbeite in Oceanside, beim *Main Yachtclub*, als …«

»Das habe ich nicht gefragt, Mr. Steel. Wo wohnen Sie?«

Der Polizist blickt wieder auf seinen Schreibblock, als ich mich einschalte.

»Officer … Sie stellen eine ganze Menge Fragen. Und das ohne die Anwesenheit von Mr. Steels Anwalt.«

Ich lächle kühl und mit der gewissen Spur von Arroganz, die man uns in Harvard beibringt. Natürlich ist das hier verdammt dünnes Eis, aber ich muss es einfach riskieren. Ich will nicht, dass Patrick noch mehr Ärger bekommt.

»Und Sie sind?«

»Jennifer Main.«

Ich benutze meinen Namen nicht besonders oft, um mich aus kritischen Situation herauszuwinden. Es ist mir zuwider, war es schon immer, wenn früher in der Highschool die Mädchen jeden Streit für sich entscheiden wollten, mit einer Frage wie: *»Weißt du denn nicht, wer mein Daddy ist?«* Meine Mom hat immer gesagt, man gewinnt Streitereien nur mit den besseren Argumenten und nicht mit dem Familiennamen. Das hier ist eine Ausnahme. Natürlich weiß der Officer, wer mein

Vater ist. Hier an der Küste ist der Name »Main« so was wie eine Carte blanche für viele kleine Vergehen. Niemand will es sich mit meinem Vater verscherzen.

»Ach, Miss Main. Entschuldigen Sie bitte, ich habe Sie nicht gleich erkannt.«

Es folgt ein freundliches Lächeln und ein kurzes Kopfnicken in Richtung Patrick.

»Ich nehme an, Sie beide sind nur auf der Durchreise?«

»Nein, wir sind in Clearwater, weil uns nach einem ruhigen Abend war. Bis diese Störenfriede meinen Freund, Mr. Steel, provoziert haben …«

Ich verleihe den Worten mehr Nachdruck als nötig und sehe den Polizisten streng an. Vorstrafenregister hin oder her – er hat kein Recht, Patrick so in die Mangel zu nehmen.

»Wir werden der Sache natürlich nachgehen.«

Werden sie nicht, aber das ist okay. Ich will ja keinen Ärger machen. Nur sollten wir endlich von der Hauptstraße verschwinden und den neugierigen Blicken entkommen.

»Ich wünsche Ihnen noch einen schönen und ruhigen Abend.«

Er wirft Patrick einen warnenden Blick zu, und dieser nickt etwas gelangweilt. Noch immer ist es mir nicht gelungen, ihn wiederzuerkennen. War er bis eben noch der charmante Gefährte, an den ich mit Leichtigkeit mein Herz verlieren könnte, so hat er sich in der letzten halben Stunde in eine unangenehme Version seiner selbst verwandelt. Als wir uns vom Polizeiwagen entfernen, sehe ich ihn wieder an.

»Hast du dich inzwischen beruhigt?«

Er schiebt nur wortlos die Hände in die Hosentaschen und zuckt die Schultern wie ein störrischer Junge. Fast möchte ich deswegen wieder lächeln, aber mich verwirrt seine extreme Wandlung noch sehr.

»Kannst du mir vielleicht erklären, was das alles sollte?«

»Du warst doch dabei und hast es gesehen, oder? Diese Typen haben Stress gesucht und gefunden.«

»Das waren Jugendliche, Herrgott noch mal! Musstest du dem Blonden gleich die Nase brechen?«

»Entschuldige, wenn ich ihn nicht vorher zu einem Debattierclub eingeladen habe.«

Er klingt wütend. Und ich werde das Gefühl nicht los, dass sich diese Wut vor allem gegen ihn selbst richtet.

»Du hast überreagiert.«

Ich versuche wirklich, ruhig und sachlich zu klingen wie eine Anwältin, die ich noch gar nicht bin – und vermutlich niemals sein werde. Am liebsten würde ich ihn schütteln und fragen, ob es wirklich nötig war, die Stimmung so zu ruinieren? Ich war mir sicher, dass ich Patrick irgendwie kennengelernt habe. Dieser unnötige Gewaltausbruch hat mir, wenn ich ganz ehrlich bin, ein wenig Angst eingejagt. Denn in Wahrheit kenne ich ihn kein Stück. Ich weiß nicht, wo er herkommt, wo er aufgewachsen ist und wieso er *alles* vermisst.

»Diese Pisser haben es doch auf Ärger angelegt!«

Das haben sie vermutlich, aber das gibt Patrick noch lang nicht das Recht, sich so brutal zu verhalten.

»Und du musstest so blöd sein und darauf einsteigen, ja? Wirklich eine großartige Leistung, Steel!«

Wieso ich plötzlich so wütend bin, kann ich nicht genau sagen. Es mischt sich eine ordentliche Portion Enttäuschung in meinen Ärger. Enttäuschung darüber, dass Patrick nicht so ganz der strahlende Held ist, den ich so gern in ihm gesehen hätte.

»Ich bin nun einmal so, Jen. Ich bin nicht wie Kevin, der bei so was wegsieht oder einfach geht!«

»Es geht nicht um Kevin, du Idiot!«

Damit lasse ich ihn stehen und laufe die Promenade am Strand entlang. An die angeblich zufällig angeordneten Felsen, die den Eindruck eines völlig naturbelassenen Strandabschnitts erwecken sollen, branden kleine Wellen, die sich – fast wie die Gruppe der Jugendlichen vorhin – als große Brecher aufspielen. Ich höre Patricks Schritte hinter mir, während ich den Leuchtturm fokussiere und stur weitermarschiere.

»Passe ich nicht mehr in dein sauberes Weltbild? Lässt du mich jetzt einfach stehen, ja?«

»Genau das tue ich!«

Ich verhalte mich nicht minder kindisch. Eigentlich bin ich nur wütend, weil ich Patrick eine Rolle in meinem Leben zugestehen wollte, die ich mir wie ein kleines Mädchen in grellem Pink ausgemalt habe: Patrick und ich, wie wir auf einem Boot die Küste entlangschippern. Wieso? Weil er mich wirklich so sieht, wie ich bin? Weil ich ihm vertraue? Weil seine warmen, braunen Augen mir das Gefühl von Sicherheit vermittelt haben? Seit wann bin ich ein naives Dummchen!?

»Und damit bist du so wie alle anderen, Jen.«

Ich höre, dass er stehen bleibt, und bin versucht, es ebenfalls zu tun. Trotzdem setze ich tapfer weiter einen Fuß vor den anderen, den Leuchtturm fest im Blick. Wie sagt mein Vater manchmal so schön? Es lohnt sich nicht, immer nur zurückzuschauen.

»Großartig, Jennifer Main! Du bist der erste Mensch, den ich an mich ranlasse – und was tust du? Du gehst und schaust nicht mal zurück …«

Etwas in seiner Stimme schlägt eine Saite in mir an, die meine Beine zu lähmen scheint. Zumindest bleibe ich abrupt stehen. Als ich mich umdrehe, steht er mit hängenden Schultern auf dem Kiesweg, an dem sonst Touristen stolz ihre Urlaubserinnerungen knipsen und strahlend in die Kamera blicken. Patrick sieht jetzt, in genau diesem Augenblick, wie der einsamste Mensch auf der ganzen Welt aus.

»Ich kenne es nur so. Ich habe immer nur erlebt, dass die Leute wegsehen.«

Er zuckt jetzt fast schon hilflos und verloren die Schultern, als ich einen Schritt auf ihn zugehe.

»Wenn etwas nicht perfekt ist, dann sehen sie weg.«

Zwar bin ich mir nicht sicher, ob ich weiß, worüber er spricht – aber der Schmerz in seiner Stimme bricht mir fast das Herz.

»Ich bin nicht perfekt, Jen. Ich bin so gar nicht perfekt.«

Direkt vor ihm bleibe ich stehen und erkenne wieder einen ganz anderen Patrick. Der Zorn ist aus seinem Blick verschwunden. Er wirkt wie ein kleiner Junge, der in einem überfüllten Supermarkt von seiner Mutter vergessen wurde. Ich nehme sein Gesicht sanft zwischen meine Hände und sehe ihn zärtlich an.

»Niemand ist perfekt. Du bist so, wie du bist, genau richtig.«

Patrick

Es ist so schwer, sie nicht zu küssen. So verdammt schwer! Dabei wäre es doch so einfach: Ich müsste mich nur zu ihr vorbeugen, sie an mich ziehen und meine Lippen auf ihre legen. Nicht, weil sie unglaublich sexy ist. Nicht, weil ich jeden Zentimeter ihres Körpers berühren will. Sondern, weil eine kleine Berührung all meinen Schmerz auslöscht. Weil es in mir ganz plötzlich so ruhig ist, als befände ich mich im Auge des Sturms. *Wieder vereint mit ihr …* Wie kann das möglich sein? Wie kann die Hoffnung aufkeimen, dass man alles, was man so viele Jahre gesucht hat, in der Berührung eines Menschen findet? Obwohl ich den Kies unter meinen Schuhen spüre, fühlt es sich an, als würde ich taumeln. Nicht viel, nur ein bisschen. Nur so viel, um Halt zu brauchen und zu finden, als ich meine Hand ausstrecke und nach Jen greife.

Ihre Lippen berühren meine Wange, meine Schläfe, dann meine Stirn. Immer nur ganz sanft wie ein flüchtiger Hauch, aber viel intensiver. Intensiver als alles, was ich bisher erlebt habe. Ihre Worte spielen sich als Endlosschleife in meinem Kopf ab. *Niemand ist perfekt. Du bist so, wie du bist, genau richtig …*

Eine Absolution, auf die ich so lang gewartet habe. Eine Vergebung, die ich in so vielen Ecken dieses großen Landes gesucht und nie gefunden habe. Und hier, einfach so, zwischen einem Leuchtturm und einem Beach Club, finde ich sie. Als ich die Augen öffne, lächelt Jen.

»*Unperfekt* ist das neue perfekt, weißt du?«

Fast muss ich lachen. Das ist Wunschdenken, und das wissen wir beide. So lang Typen wie Kevin sich in Oceanside tummeln, wird »unperfekt« niemals ganz akzeptiert werden, weil der Schein das einzige Kriterium ist, an dem sich die Menschen orientieren.

»Und ich sehe gern hin. Wenn du mich lässt.«

Sie muss Witze machen. Wenn ich mir wünsche, dass jemand hinsieht, dann soll es Jen sein. Ihr, nur ihr, würde ich die Narben der Vergangenheit zeigen und dann hoffen, dass sie mich noch immer anschaut.

»Komm! Ich zeig dir was.«

Sie nimmt meine Hand und zieht mich mit sich. Wir gehen die Promenade entlang, wieder Hand in Hand, und überholen dabei andere Paare, Touristen, Jugendliche, die, ein Bier in der Hand, am Strand sitzen oder am Lagerfeuer Gitarre spielen. Vorbei geht es an kleinen Holzhäusern, die vereinzelt am Strand verteilt stehen und sich perfekt als Rückzugsort fürs Wochenende anbieten. Jen deutet auf den Leuchtturm, der wie eine feste Größe vor uns in den Himmel ragt.

»Als Kind habe ich mir immer gewünscht, wir würden in einem solchen Leuchtturm wohnen.«

»Dann wäre es aber verdammt hell in deinem Zimmer.«

»Daran habe ich damals nicht gedacht. Ich wollte nur einen traumhaften Blick und über der Stadt thronen.«

Sie lächelt verlegen. Der klassische Traum eines kleinen Mädchens, das sich um andere Dinge nicht wirklich sorgen musste. Ein Leuchtturm! Mir hätte schon ein einfaches Dach über dem Kopf genügt.

Als wir den Fuß des Turms erreichen, klettert sie mutig über die rutschigen Felsen auf eine kleine Plattform, die fast im Wasser schwimmt.

Sie setzt sich dort hin, zieht die Beine an den Körper und klopft neben sich auf den Felsen.

»Von hier aus kannst du bis nach Oceanside sehen. Theoretisch …«

Ich nehme neben ihr Platz und lasse den Blick über die Wasseroberfläche schweifen. Alles sieht ziemlich ruhig aus. Möwen, die über dem Strand kreisen, die Terrasse vom *Shell Shack*, die Lichterketten des Beach Clubs, die sich sanft im Wind wiegen.

»Kein übler Platz.«

»Perfekt, wenn man in Ruhe eine Unterhaltung führen will.«

»Perfekt …«

»Du weißt, was ich meine.«

Ich nicke und hole tief Luft. Zu genau kann ich mir denken, was sie hören will: Die ganze Geschichte, die erklärt, warum ich so bin, wie ich bin, und weshalb ich manchmal … Aber will sie das wirklich wissen?

»Wie viel Wahrheit kannst du verkraften?«

Die meisten steigen schon nach dem Prolog aus. Jen holt tief Luft und dreht sich dann mir zu.

»Hier kommt meine Wahrheit. Bereit?«

»Bereit!«

Jen schlingt die Arme um ihren Oberkörper.

»Als meine Mutter die Diagnose bekam, waren viele der Meinung, sie würde es schaffen. Die Therapie und so. Meine Mom hat nämlich immer alles geschafft. Nichts hat sie jemals runtergezogen. Sie war immer optimistisch.«

Es ist zwar inzwischen etwas kühler, aber nicht kalt genug für eine Gänsehaut. Die Erinnerungen an ihre Mutter nehmen sie mehr mit, als sie zugeben will.

»Und als sie dann die erste Therapie abgeschlossen hat, die Haare und zu viel Gewicht verloren hat, wurde sie nicht mehr so häufig auf der Straße gegrüßt. Im Café bekamen wir einen Tisch weiter hinten zugeteilt. Die Blicke sprachen eine ziemlich eindeutige Sprache.«

Ich kann mir nur im Ansatz vorstellen, wie es sich angefühlt haben muss. Für ihre Mutter. Für ihren Vater. Und für Jen.

»Wir wurden nicht mehr zu den großen Events eingeladen. Zumindest nicht mehr als Familie. Mein Vater war nach wie vor ein gern gesehener Gast.«

»Ist er hingegangen?«

»Ja. Weil meine Mutter ihn darum gebeten hat. Wir sind ja noch davon ausgegangen, dass die Behandlung anschlägt.«

Natürlich. Weil man sich an die Hoffnung klammert. Weil sie alles ist, was einem bleibt. Ich kenne das Gefühl, wenn auch anders.

»Und als wir dann einsehen mussten, dass wir diesen Kampf verlieren würden, wollte meine Mom es mit Würde zu Ende gehen lassen.«

Langsam greife ich nach ihrer Hand und nehme sie fest in meine. Ich kenne Jen Main noch nicht besonders lang oder so richtig gut. Aber wenn man solch ein Leben führt wie meines, dann lernt man schon bald, zu entscheiden, ob es sich um Freund oder Feind handelt. Man ist gezwungen, Personen schnell zu durchleuchten. Jen ist einer dieser Menschen, die solche Lebensgeschichten nicht verdienen. Das Gefühl, sie in den Arm nehmen zu wollen, wird stärker mit jeder Sekunde, die wir hier zusammensitzen. Wenn ich könnte, würde ich ihr das Folgende gern ersparen.

»Wir waren die ganze Zeit bei ihr, weil wir nicht wussten, wann es zu Ende gehen würde. Wir wollten sie unter keinen Umständen allein lassen, die letzten Momente verpassen … so absurd das auch klingen mag. Aber man kann sich nicht darauf vorbereiten.«

Das kann ich mir vorstellen. Nie sagt einem der Spielführer des Lebens, wie das genau funktioniert. Die Spielregeln habe ich nie gesehen. Jens Augen füllen sich bei der Erinnerung an die letzten Tage ihrer Mutter mit Tränen, die verdächtig funkeln, als sie sich mir wieder zuwendet.

»Und als es dann passiert ist, war es ganz anders. Scheiß auf die Würde! Da waren nur noch Angst, Panik und die Hoffnung, dass sie keine Schmerzen hat. Mein Vater ist an jenem Tag zerbrochen. Ich hatte Angst, wenn ich loslasse, verlieren wir alles.«

Und dann tue ich es einfach: Ich lege meinen Arm um sie und ziehe sie zu mir. Jens Kopf kippt widerstandslos gegen meine Schulter, als sie anfängt zu weinen. Sanft halte ich sie und wünsche mir nichts mehr, als die Vergangenheit ändern zu können. Die Zeit für sie anzuhalten, ein anderes, schöneres Ende für ihre Geschichte zu finden. Wieso haben wir nicht die Kraft, den Menschen, die uns nahestehen, den Schmerz zu ersparen? Ich spüre, wie ich wieder wütend werde. Meine Hände ballen sich zu Fäusten. Nein! Fairness scheint es im Spiel des Lebens nicht zu geben. Wie sonst kann man es sich erklären, dass ein beschissener Typ wie Kevin, dieser schmierige Angeber, jetzt irgendwo im Yachtclub ein Mädchen mit dem Geld seiner Eltern beeindruckt, und jemand wie ich …

Jen hebt den Kopf und zeigt mir ein herzzerreißendes Lächeln, das so traurig ist, dass ich Mühe habe, alle Teile meines Inneren zusammenzuhalten.

»Natürlich haben wir uns damit getröstet, dass sie jetzt keine Schmerzen mehr hat.«

Sie nickt, als wolle sie sich noch einmal davon überzeugen, dass es so besser gewesen ist.

Vor allem aber sehe ich, wie sehr sie ihre Mutter vermisst und wie sehr sie sich wünscht, noch viele Erinnerungen mit ihr sammeln zu können.

»Du kannst dir gar nicht vorstellen, wie oft wir das damals gehört haben: *Da, wo sie jetzt ist, hat sie es besser.* Immer wieder haben Leute meinen Dad gefragt, wie es ihm geht. Und er hat immer dasselbe geantwortet: *Es geht voran. Es muss ja schließlich …*«

Mr. Main ist einer dieser Männer, den ich trotz seines Geldes bewundere. Er macht auf mich nicht den Eindruck, als ob ihm in seinem Leben irgendwas in den Schoß gefallen wäre. Und er behandelt seine Leute anständig. Eine Eigenschaft, die man in diesen Kreisen viel zu selten sieht.

»Er kam nie mit ihrem Tod klar. Deswegen …«

Sie verstummt und beißt sich auf die Unterlippe, als hätte ich sie dabei ertappt, etwas Verbotenes zu tun. Dabei sitzen wir einfach nur hier und reden.

»Deswegen …?«

Ich ermutige sie mit einem leichten Lächeln zum Weitersprechen, aber sie schüttelt nur kurz den Kopf und schaut wieder aufs Meer hinaus. Die Sonne ist inzwischen untergegangen, und der Tag wird von der Dunkelheit abgelöst.

»Wenn ich dich ansehe, habe ich das Gefühl, dass du einen ähnlichen Verlust erlebt hast.«

Sie lehnt sich in meine Umarmung und kuschelt sich an meinen Oberkörper. Ich bin angenehm überrascht, wie vertraut wir uns nach diesem gemeinsamen Tag sind. Ihre Frage hallt in meinem Kopf wider. Soll ich sie beantworten? Das habe ich bisher nie getan. Selbst Jackson habe ich nur Teile der Wahrheit verraten. Jen hat die Wahrheit verdient. Ich hole tief Luft und fixiere die Linie am Horizont, wo der Himmel auf das Meer trifft und die Unendlichkeit beginnt.

»Meine Eltern sind gestorben, als ich knapp dreizehn Jahre alt war.«

Über diesen Tag habe ich seit langem nicht mehr gesprochen, so dass es sich jetzt anfühlt, als hätte es ihn nie gegeben. Als wäre alles einem anderen Kind passiert und nicht mir. Die Erinnerungen treffen mich dennoch mit der vernichtenden Wucht eines Zusammenstoßes zweier Trucks auf dem Highway. Welch eine Ironie des Schicksals, nicht wahr? Ich spüre Jens Blick auf mir, aber ich schaffe es nicht, meinen Blick vom Ozean abzuwenden. Da draußen, irgendwo da draußen, muss es Ruhe geben. Jens Hand schiebt sich in meine. Es ist nur eine kleine Geste, trotzdem fühlt es sich gut an.

»Ein Autounfall.«

Das ist alles, was ich über diesen Tag damals verrate. Nur die Menschen, die mir nahestehen, wissen davon. Mehr habe ich nie darüber erzählt. Nie! Nicht mal den Psychologen, die nach den Narben auf meinen Beinen und auf meinem Rücken gefragt haben.

»Ich war bei Dads Bruder, Guy. Wieso, weiß ich nicht mehr. Wir haben Fisch gegrillt, und dann durfte ich zusehen, wie er auf leere Bierdosen geschossen hat. Eigentlich ein ziemlich cooler Tag für einen Jungen.«

Ob ich lächle, weiß ich nicht, weil ich meinen Körper nicht mehr spüren kann. Er fühlt sich taub an, so wie damals, als Guy ziemlich klare Worte gefunden hat, um mir zu erklären, dass Mommy und Daddy nicht mehr nach Hause kommen würden, weil Dads Gehirn über den Asphalt des Highways verteilt war und Mom in zwei Teile gerissen wurde. So direkt und bildhaft seine Wortwahl auch gewesen sein mag, ich stand trotzdem bis kurz nach vier Uhr morgens am Gartentor und habe darauf gewartet, dass sie wiederkommen. Immerhin haben sie es versprochen. Und mein Dad hat nie ein Versprechen gebrochen. Diese Erinnerungen habe ich weggesperrt. An einen Ort, den ich nie wieder besuchen wollte. Man sollte meinen, sie würden mit den Jahren verblassen. Bullshit! Die Erinnerungen sind so präsent wie damals. Alles fühlt sich so bekannt an. Meine Hände kribbeln, mein Magen dreht sich wie verrückt, die Angst pocht wie ein Specht gegen meine Schädeldecke. Mit Jen an meiner Seite, die tapfer ihre Tränen zurückdrängt und meine Hand hält, fühle ich mich wieder wie ein kleiner Junge.

»Du bist also bei deinem Onkel aufgewachsen?«

Guy Steel. Der stadtbekannte Säufer. Ein Mann, dem man immer vorausgesagt hat, er würde bei einem Autounfall sterben und unschuldige Menschen mit sich in den Tod reißen. Niemals würde man einen Jungen in seine Obhut geben, weil das ein großer Fehler wäre. Die hatten doch keine Ahnung. Guy war vielleicht ziemlich neben der Spur und nicht besonders einfühlsam, aber er war ein toller Kerl. Er hat seinen Bruder geliebt und hätte sich gut um mich gekümmert.

»Gott nein, das hätte die Behörde niemals zugelassen.«

»Und wo …?«

Jen beendet den Satz nicht, als würde sie die unangenehme Wahrheit kennen. Wie gern würde ich von einer liebevollen

Großfamilie erzählen, die mich aufgenommen und wie ihr eigen Fleisch und Blut behandelt hat. Wie gern würde ich erzählen, dass es mir nie an etwas gefehlt hat und ich immer ein warmes Zuhause hatte. Wie oft habe ich mir selbst so eine Geschichte ausgedacht, während ich gehofft habe, am nächsten Morgen wieder aufzuwachen.

»Zuerst kam ich in ein Heim. Nur übergangsweise, bis sich eine passende Familie gefunden hat.«

An dieser Stelle sollte sie eigentlich aufatmen. Der arme, kleine Patrick ist also nicht irgendwo unter die Räder gekommen. Er hat eine neue Familie gefunden, und alles ging gut. Vielleicht sollte ich ihr diese Version der Geschichte erzählen, damit sie nicht zu bitter über meine Vergangenheit denkt. Hat meine Stimme mich schon verraten? Es kostet Kraft und auch Mut, aber ich wende mich mit einem Lächeln ihr zu.

»Es hat ein bisschen gedauert, aber dann war es okay.«

War es nicht. Es wurde dann erst richtig übel. Jen lächelt langsam unter Tränen und atmet erleichtert auf.

»Und wo bist du aufgewachsen?«

»In Missouri.«

Wieder eine Lüge …

»Und die Leidenschaft für das Segeln?«

»America's Cup. Lief immer im TV.«

Wie viele Lügen spule ich hier eigentlich ab? Bin ich überhaupt noch der Patrick Steel, der vorhin mit ihr im Laden den Kompass gekauft hat? Mein Körper fühlt sich angespannt und taub an. Ich will sie nicht anlügen, aber ich mag es, wie sie mich ansieht. Mir gefällt es, was sie in mir sieht: den toughen Typen mit dem weichen Kern. Das Absurde an der Geschichte ist nur, dass ich für sie gern dieser Mann sein will. Vielleicht bin ich sogar dieser Mann. Jedenfalls, wenn sie mich so sehen möchte, dann bin ich so. Während sie mich anschaut, ihren Kopf an meine Schulter lehnt und vielleicht auch wieder mit mir tanzt, so lange will ich dieser Mann sein.

»Das mit deinen Eltern tut mir schrecklich leid.«

Als ob sie das Gefühl nicht kennen würde. Sie hat es gar nicht so viel besser. Egal, zu welchem Zeitpunkt wir ein Elternteil verlieren, es schmerzt immer und reißt ein großes, klaffendes Loch in unser Leben. Und in unser Herz.

»Es geht mit jedem Tag besser.«

Eines Tages, das nehme ich mir fest vor, werde ich ihr die ganze Wahrheit sagen. Irgendwann, wenn sie sich schon in mich verliebt hat und meine eigentliche Geschichte nicht mehr von großer Bedeutung ist. Bis dahin tue ich so, als würde ich nicht jedes Mal innerlich ausbrennen, wenn ich Kinder mit ihren Eltern sehe oder eine liebevolle, kleine Geste, eine mütterliche Umarmung, ein stolzes, väterliches Lächeln. Das Gefühl des Vermissens wird nicht besser. Es wird mächtiger.

»Und das Boot?«

»*Freedom?* Ein alter Kindheitstraum. Ich würde gern die Küste entlangschippern. Nur das Boot und ich. Auf dem Atlantik.«

Schon während ich es ausspreche, will ich die Worte zurücknehmen und es anders, geschickter formulieren. Sie lächelt noch immer, allerdings nicht mehr ganz so ehrlich.

»Das klingt nach einem tollen Plan.«

»Na ja, das Boot muss erst mal fertig werden …«

Und vielleicht willst du ja dann mitkommen …

»Schaffst du das diesen Sommer?«

»Ich denke schon. Wenn ich alle fehlenden Teile zusammenkriege.«

Immerhin ist mein Budget nicht ganz so groß wie bei den Typen aus ihrem Yachtclub, mit denen sie es sonst so zu tun hat.

»Ich bin mir sicher, dass du es schaffst.«

Sie tätschelt meinen Arm und rückt ein bisschen von mir weg. Irgendwas ist gerade passiert, denn es läuft nicht mehr so, wie ich es mir erhofft habe.

»Mein Semester beginnt ja auch bald wieder. Dann gehe ich wieder nach Harvard und …«

Sie verstummt, sieht aufs Wasser und schließt die Augen.

Jen

Meine Haare wehen im Wind, und meine Gedanken werden über das Meer getragen. Harvard ... noch unendlich weit weg, aber am Ende des Sommers wieder meine Realität. Eine Realität, die nicht meine sein sollte, weil es nicht das Leben ist, das ich führen will. Oder das meine Mutter sich für mich gewünscht hat.

Patrick stupst mich sanft mit der Schulter an, und ich öffne die Augen. Es hat nichts geholfen, ich habe die Zeit nicht anhalten können.

»... und mache meinen Dad stolz.«

Dazu zeige ich das typische Main-Lächeln und drehe meinen Kopf wieder zu Patrick, dessen klare Augen mich in Empfang nehmen.

»Dein Dad ist bestimmt verdammt stolz auf dich. Du bist eine tolle Frau.«

Wenn er das so sagt, will ich ihm glauben. Es ist einfach, Patrick zu vertrauen, wenn er sagt, ich wäre toll. Oder wenn er mich mit diesem Lächeln ansieht, das überaus sexy ist. Wenn er nach meiner Hand greift oder den Arm um mich legt, dann möchte ich ihm alles glauben – aber so einfach ist es leider nicht.

»Ich meine, eine tolle Tochter.«

Na bitte! Er rudert zurück. Zu dumm, dass er damit wohl recht hat. Ich bin eine tolle Tochter. Für meinen Vater. Meine

Mutter würde mir ins Gewissen reden. Irgendwie ist es trotzdem leichter, einen verstorbenen Menschen zu enttäuschen, als dem Vater in die Augen sehen zu müssen, während man erklärt, wieso man sein eigenes Leben hasst und auf dem Campus der wohl besten Uni im Land unglücklich ist. Tatsächlich würde ich lieber in einem Restaurant wie dem *Shell Shack* arbeiten, als vor Gericht Straftäter verteidigen zu müssen.

»Also, ich kenne dich ja noch nicht besonders gut, aber wenn man mich jetzt fragen würde … ich glaube, du bist ein toller Mensch, Jennifer Main.«

Ich spüre, wie meine Lippen sich zu einem Lächeln verziehen, als ich wieder aufsehe und Patricks ehrlichen Blick treffe. Manche Menschen können einem ins Gesicht lügen, so wie Kevin, der behauptet hat, sich bei einer Frau noch nie so gut gefühlt zu haben wie bei mir. Dabei hat er ständig zur verspiegelten Aufzugtür hinter uns geschaut und seine Frisur überprüft. Ich glaube, er hat gehofft, dass ich ihm in diesen Fahrstuhl folgen und ihm einen Blowjob verpassen würde, weil er ach so einfühlsam ist. Bisher hat er es allerdings nicht geschafft, mich davon zu überzeugen.

»Und wenn sich irgendwie die Chance ergeben würde, dann hätte ich nichts dagegen, dich noch etwas besser kennenzulernen.«

Patricks sonst so feste Stimme klingt plötzlich nervös, aber sein Blick bleibt fest auf mich gerichtet. Mit solchen Kleinigkeiten stiehlt er sich mehr und mehr in mein Herz. Noch etwas, das Kevin Bennett bei Patrick Steel lernen könnte.

»Wenn es nach mir geht, sehr gern.«

Eigentlich mache ich es Männern ziemlich schwer, nicht nur ein bisschen. Ich mache auch nicht auf »schwer zu haben«, damit sie sich ordentlich anstrengen müssen. Nein, ich traue den meisten Männern einfach nicht. Ich habe gesehen, wie meine Mutter meinen Vater angeschaut hat. Und ich sehe jetzt noch, wie er lächelt, wenn er über sie spricht. Weil ich als Kind eine solche Liebe vorgelebt bekommen habe, deshalb ist es für die Herren der Schöpfung natürlich schwierig, mein Herz zu erobern. Noch immer kann ich nicht genau sagen, was bei Patrick anders ist, aber ihm gelingt es mit einer unglaublichen Leichtigkeit, mich zu verzaubern. Jetzt lehnt er sich nach hinten an den Felsen, und ich nehme die Einladung an. Nein, ich habe es nicht eilig, nach Oceanside zurückzukommen. Nicht, wenn Patrick hier neben mir sitzt und so verführerisch ist. Er riecht nach Meer, Zitrone und etwas anderem … nach Freiheit.

»Und du hast den Job durch Jacksons Vermittlung bekommen?«

Ich glaube, mich daran erinnern zu können, dass Jackson – ein ziemlich guter Mitarbeiter, der schon einige Saisons für meinen Dad arbeitet – sich für Patrick eingesetzt hat. In den schillerndsten Farben hat er über seinen Kumpel gesprochen.

»Er war der Meinung, ich wäre der Richtige für den Job.«

Irgendwo am Strand wird ein Radio eingeschaltet, und der Wind trägt die Musik zu uns.

»Ich bin ihm dafür übrigens ziemlich dankbar. Der Kerl vom letzten Jahr war über fünfzig und hatte eine Schwäche für Drogen.«

»Charmant.«

»Total. Und was sind deine Schwächen?«

Ich sehe zu ihm hoch, betrachte sein Profil und betrachte erneut sein eindrucksvolles Gesicht. Er dürfte nicht viel älter als Kevin sein, vielleicht sind sie sogar gleich alt. Aber Patrick wirkt älter, reifer. Als ob er schon recht viel von der Welt gesehen hätte. Und damit meine ich nicht den Urlaub auf Puerto Rico, den Mommy und Daddy ihm bezahlt haben. Nein, viel mehr scheint Patrick bereits einige unangenehme Kapitel in seinem Leben durchgestanden zu haben.

»Die Freiheit.«

Eine merkwürdige Antwort. Ist die Schwäche der meisten Männer nicht eher das weibliche Geschlecht? Oder Alkohol? Schnelle Autos?

»Weil du dich nicht binden willst …?«

»So war das nicht gemeint. Aber wofür lohnt es sich im Leben zu kämpfen?«

»Für die eigene Freiheit?«

»Ich finde schon.«

Über solche Dinge habe ich mir noch nie Gedanken gemacht. Meine Freiheit ist nie in Gefahr gewesen. Weder im Kleinen noch im Großen. Patricks Kiefer ist angespannt, ein Beweis dafür, dass er andere Erfahrungen zum Thema »Freiheit« gemacht hat. Ein Gedanke schießt mir so blitzschnell durch den Kopf, dass ich gar nicht dazu komme, ihn zu verarbeiten – schon spreche ich ihn aus.

»Warst du mal im Gefängnis?«

Überrascht sieht er mich an, und ich spüre, wie meine Wangen sofort anfangen zu glühen.

»Ich meine … also …«

»Das würde zu mir passen, oder?«

Er zwinkert mir entspannt zu, und ich bin froh, dass er nicht sauer ist.

»Nein, war ich nicht. Es sei denn, du zählst die Ausnüchterungszelle dazu.«

»Nein. Ich meine nur, weil … na ja.«

»Freiheit. Ich finde, jeder Mensch sollte die Freiheit haben, sein Leben so zu leben, wie er es möchte. Seine Ziele, seine Träume verwirklichen können. Freiheit eben.«

Patrick wirft mir einen liebevollen Blick zu und lächelt.

»Nicht die Gedanken, die man von einem Bootsmechaniker erwartet, ich weiß schon.«

Er beugt sich vor und drückt mir einen sanften Kuss auf die Wange. Ich bin überrascht und aufgeregt zugleich. Sofort jagt ein heißes Kribbeln über meine Haut. Wenn ein einfacher Kuss auf die Wange sich schon so gut anfühlt, wie muss es dann sein, diese zarten Lippen auf anderen Körperstellen zu spüren? Anders als die meisten Jungs, die meinen Weg kreuzen, ist Patrick ein Mann. Nicht nur seine Augen lassen erahnen, dass er eine Menge Lebenserfahrung mitbringt. Vermutlich hat er auch in anderen Bereichen schon genug Erfahrung gesammelt.

»Ist das dein Trick?«

Sein Blick zeigt Verwunderung, und seine Augenbrauen ziehen sich nachdenklich zusammen.

»Mein was?«

Meine Hand macht sich selbständig, gleitet die Innenseite seines Unterarms entlang, ganz sanft, als würde ich mich nicht so recht trauen, ihn zu berühren.

»Verwirrst und verzauberst du Touristinnen mit deiner beeindruckend nachdenklichen Art und brichst ihnen zum Ende der Saison dann das Herz?«

Meine Stimme klingt fremd in meinen Ohren, schüchtern und leise. Es sollte nur eine witzige, leichte Bemerkung sein, aber meine Stimme verrät meine Gedanken. Ist das so mit Patrick? Ich habe schon beim Yachtclub bemerkt, wie die Mädchen, vor allem die Frauen, ihn ansehen. Wie sie ihn mustern und schließlich mit ihren Blicken ausziehen. Kurz flammt Eifersucht in meinem Magen auf, ein sehr unangenehmes Gefühl. Patrick ist doch schließlich auch nur ein Mann. Kann er sich bei diesem Angebot an Freiwilligen wirklich zurückhalten?

»Genau, Jen, du hast es erkannt. Das ist mein Trick: Ich entführe reiche Töchter an den Strand einer Nachbarstadt und erzähle ihnen Teile meiner Lebensgeschichte, in der Hoffnung, dass sie dann mit mir ins Bett gehen.«

Auch seine Stimme verrät zu viel von seinen Gefühlen. Ein bisschen klingt er verletzt, was ich verstehen kann und wofür ich mich sofort entschuldigen möchte. Aber da ist noch mehr. Die Art, wie er mich ansieht und wie seine Stimme beim zweiten Teil des Satzes rauher klingt. Meine Gedanken haben sich zu einer Ehrenrunde auf dem Karussell der Phantasie entschieden. Er soll mir nur bitte nicht das Herz brechen.

Sein Gesicht ist meinem noch immer nah. Seine Lippen sind verlockend. Ich lege meine Hand sanft auf seine Brust und spüre seinen Herzschlag durch den dünnen Stoff seines T-Shirts. Er legt seine Hand an meine Wange, und ich muss kurz meine Augen schließen, um mich zu beherrschen, um ihn nicht sofort zu küssen. *Wieso eigentlich nicht?* Ich blicke ihn wieder an, und das funkelnde Braun seiner Augen lädt mich ein. Mein Inneres besteht nicht mehr aus zahlreichen, lebensnotwendigen Organen, sondern aus einem heißen Klumpen, der in meine Magengegend gerutscht ist und wie wild pocht. Den ganzen Tag habe ich versucht, das zu tun, was richtig ist, was von mir erwartet wird – und jetzt schmelze ich in seinen Armen förmlich dahin. Langsam beuge ich mich zu ihm vor, meine Lippen streifen sanft über seine. Das Pochen wird lauter, mein Herz trommelt gegen meine Rippen. Patrick legt einen Arm um mich und zieht mich das letzte Stück näher an sich. Als ich erneut meine Augen schließe, kann ich nur an eines denken: Ich werde Patrick Steel küssen.

Patrick

Meine Hose vibriert, und ich kann nur hoffen, dass Jen es nicht bemerkt. Mein Körper reagiert viel zu stark auf ihre Lippen, die meinen so nah sind, dass ich sie fast schmecken kann. Ich wende keinen speziellen Trick bei Frauen an, schon gar nicht will ich jemandem wie Jen das Herz brechen. Aber ihren Körper so nah an meinem zu spüren, getrennt nur durch die dünnen Stoffe unserer Shirts, das alles lässt mich mehr wollen: den ganzen Tag mit ihr zusammen sein, den ganzen Tag so nah beieinander, den ganzen Tag immer wieder Körperkontakt. Meine Gedanken beschäftigen sich immer heftiger mit der Frage nach dem Geschmack ihrer Haut, dem Klang ihrer Stimme, wenn sie meinen Namen stöhnt. Ja, nicht nur meine Hose vibriert, mein ganzer Körper tut es. Nur die plötzlich einsetzende Musik in meiner Hosentasche will nicht so ganz zu dieser Situation passen. Und dann ergibt plötzlich auch das Vibrieren einen ganz anderen Sinn.

Verdammt! Scheiß Timing!

Schnell bringe ich etwas Abstand zwischen unsere Körper, die sich wie magisch anziehen, und greife nach meinem Handy. Außer Ryan haben nur Jackson und Mr. Main meine Telefonnummer. Und keiner würde mich anrufen, um ein bisschen Smalltalk zu betreiben. Jens Blick zeigt, dass sie verwirrt und verletzt ist. Mir reicht die Zeit nicht für eine Erklärung aus. Ich nehme den Anruf an.

»Hi, Jackson! Was gibt's?«

»Wo, zum Henker, steckst du denn?«

»Ich bin in Clearwater Bay … das habe ich doch gesagt.«

»Hier ist die Kacke am Dampfen, Mann!«

»Warum? Ist Ryan nicht da?«

»Doch, aber Main will mit dir reden. Wir haben ein Problem, Alter. Schwing deinen Hintern hierher!«

»Ich …«

Mein Blick fällt auf Jen, die ihren Kopf zur anderen Seite dreht und den Blick aufs Meer richtet. Aber ich weiß, dass sie das Gespräch genau verfolgen kann.

»Pat! Komm so schnell wie möglich her!«

»Ich habe was getrunken.«

Zwar glaube ich nicht, dass ich noch immer so viel Alkohol im Blut habe, um die Strecke nach Oceanside nicht fahren zu können, aber … ich will einfach nicht zurück.

»Scheiße, Mann. Nimm den Bus!«

»Was ist denn passiert?«

»Bennett hat Main irgendeinen Schrott erzählt, und jetzt will er ein paar Antworten.«

»Fuck!«

Woher soll Bennett etwas wissen? Woher soll irgendjemand etwas wissen? Jackson würde mich nicht verraten. Ryan weiß zu wenig. Hat Bennett recherchiert? Wieso? Mein Blick fällt auf Jen, die mich inzwischen besorgt ansieht. Natürlich …

»Ich bin unterwegs.«

Schon während ich auflege, stehe ich auf und ziehe Jen auf die Füße.

»Was ist passiert?«

»Nichts. Ich muss nur zurück. Bevor es Ärger gibt.«

Bevor ich dich küsse und nicht mehr aufhören kann …

Bennett sitzt am längeren Hebel. Und ich habe gedacht, es würde genügen, nur ein Küstenstädtchen weiter wegzufahren, um der heuchlerischen Welt dieser segelschuhtragenden Gesellschaft von Oceanside zu entkommen. Was bin ich doch für ein Idiot!

»Kann ich helfen?«

Sie hat Mühe, bei meinen schnellen Schritten mitzuhalten. Ich spüre, wie mein Körper sich anspannt und die Wut, die eigentlich immer und ständig in meinem Inneren brodelt, wieder die Oberhand gewinnt. In den letzten Stunden war der Zorn fast verstummt, weil Jen mich abgelenkt und meine Gedanken in andere Richtungen gelenkt hat. Das alles war nur ein kurzes Zwischenspiel. Nicht die Realität. Nur wenn man allein ist, dann ist man sicher. Man muss auf niemanden sonst achtgeben und kann nicht verletzt werden. Jetzt hat Bennett mich kalt erwischt.

»Nein. Ich kriege das schon wieder hin.«

Es schmerzt, so kühl mit ihr umgehen zu müssen. Wie sonst soll ich das aufhalten, was eben fast passiert wäre? Clearwater Bay und das wunderschöne Setting erinnern mich plötzlich an eine Art Kulisse, die zu perfekt ist, um auch nur im Geringsten echt zu sein. Natürlich werde ich das Essen mit Jen im *Shell Shack* nicht so schnell vergessen, aber ich werde dieser Erinnerung auch nicht gestatten, von mir Besitz zu ergreifen. Sentimentalität macht schwach. Und wenn man schwach wird, schlagen solche Schweinehunde wie Kevin Bennett gnadenlos zu.

Wir überqueren die Straße zum Parkplatz, wo ich Ryans Wagen vor Stunden abgestellt habe, als Jen plötzlich nach meiner Hand greift.

»Warte! Patrick, was ist los?«

»Nichts. Ich muss nur zurück sein, bevor …«

»Was denn für Ärger? Ist es wegen mir? Ich kann meinem Dad alles erklären!«

Das würde sie sogar tun. Ganz die Harvard-Law-Studentin, würde sie sich beschützend vor mich stellen und genügend Erklärungen und Ausreden für unseren gemeinsamen Ausflug finden. Fast muss ich lächeln.

»Das ist ein sehr nettes Angebot. Aber es geht nicht um dich.«

Ich weise zum Wagen.

»Steig ein, wir haben es eilig.«

Ihre Hand lässt meine noch immer nicht los, während sie mich eindringlich anblickt. Sie will nicht so schnell nachgeben, und ich kann ihr die Wahrheit nicht sagen. Nicht, solange ich nicht weiß, welche Fakten Kevin über mich ausgegraben hat, die er gegen mich verwenden kann. Bevor mich ihre großen, klaren Augen weiter eindringlich betrachten können, sehe ich schnell weg.

»Können wir bitte endlich losfahren? Ich will meinen Job nicht wegen diesem Scheiß hier verlieren!«

Sofort lässt sie meine Hand los. Der Satz hat gesessen. Und genau das sollte er auch, nämlich sie treffen und davon überzeugen, dass es nicht ganz so okay ist, wie ich bin. Bestimmt wird sie mich durchschauen, wie sie es anscheinend immer tut. Es wird mehr nötig sein als ein paar unfreundliche Bemerkungen. Aber es ist ein Anfang. Jen nickt, geht um den Wagen herum und steigt ein. Die Wut in mir schwillt an. Natürlich! Wie, um alles in der Welt, konnte ich annehmen, dass ich eine ernsthafte Chance auf ein Leben mit einer Frau wie Jennifer Main haben könnte? Kopfschüttelnd steige ich ein, lege den Gang ein und rolle rückwärts auf die Straße. Jen sieht aus dem Fenster und fixiert die vorbeiziehende Gegend. Mich würdigt sie keines Blickes und spricht auch kein Wort. Die Stille, die zwischen uns herrscht, rauscht so laut in meinen Ohren, dass ich am liebsten schreien würde. Ich halte das Lenkrad fest umklammert, als wäre es Kevins Hals. Seine Drohung am Pier klang ebenso lächerlich, wie sein Outfit auf mich gewirkt hat. Was sollte er schon gegen mich in der Hand haben? Ich habe ihn unterschätzt. Genauer gesagt: Ich habe unterschätzt, wie groß sein Interesse an Jen ist. Und einmal mehr habe ich nicht bedacht, wie schnell mein vergangenes Leben mich einholen und zu Boden drücken kann. Es heißt immer: »Jeder ist seines Glückes Schmied.« Bullshit! Das gilt nicht, solange ich auf der harten Seite des Lebens spielen muss, während die anderen schicke Cocktail-Partys feiern.

Die Fahrt zurück nach Oceanside kommt mir kürzer vor. Als wäre mehr Anstrengung nötig, von hier zu entkommen, als wieder zurückzukehren. Wir passieren das Ortsschild, das uns in geschwungenen Buchstaben mit einem gastfreundlichen *Welcome to Oceanside* begrüßt – und ich spüre den Druck auf der Brust.

»Du kannst mich da vorn rauslassen.«

Sie deutet in Richtung einer Bushaltestelle, wo sonst ganze Ladungen von Touristen ausgespuckt werden. Von hier sind es nur wenige Meter bis zum *Carmichael Hotel*.

»Ich kann dich auch nach Hause …«

»Hier wäre es mir recht. Danke.«

Die Kühle ihrer Stimme trifft mich wie eine eiskalte Dusche. Sie schaut mich noch immer nicht an, als sie aussteigt und die Tür heftiger als nötig zuwirft. Natürlich könnte ich sie jetzt gehen lassen. Einfach so … und das in Clearwater Bay vergessen …

»Jen?«

Sie zögert kurz, bleibt aber schließlich stehen und dreht sich mit verschränkten Armen zu mir um.

»Hm?«

»Danke.«

»Wofür?«

»Für ein paar Stunden Freiheit.«

Dann fahre ich davon, bevor sie reagieren kann.

Jen

Ja, ich bin wütend. Ich bin so wütend, dass mir Tränen in die Augen steigen und ich sie nur mit Mühe zurückdrängen kann. Für gewöhnlich werde ich nicht so behandelt, und das Ende eines Dates läuft doch eigentlich auch anders ab. Die Jungs wollen noch mit zu mir nach Hause, und ich lasse sie maximal bis zur Veranda, nie aber ins Hausinnere.

Es ist kindisch, aber es stört mich, dass der Tag so enden musste. Patrick war wie ausgewechselt, nachdem er den Anruf erhalten hat. Sein Körper war angespannt, seine Fahrweise um einiges aggressiver. Das Lächeln, das ich heute einige Male zu Gesicht bekommen habe, war verschwunden, als hätte es nie existiert. In einer wilden Phantasie in meinem Kopf hätte der Abend eher mit eng umschlungenen Körpern auf meinem Bett geendet. Mit einem Patrick, der meinen Nacken küsst und mich in eine warme Umarmung zieht. Er müsste es sogar gemerkt haben – immer dann, wenn mein Blick über seinen Körper gewandert ist. Immer dann, wenn meine Wangen rot wurden und ich wegsehen musste. Deswegen passte alles nicht so ganz zusammen. Unser Abschied war … beschissen.

Und noch immer kann ich nicht so ganz verstehen, was heute eigentlich passiert ist. Einen Tag, der so voller Höhen und Tiefen war, müsste ich eigentlich in aller Ruhe bei einer Runde Jogging verarbeiten. Einfach mal die Gedanken sortieren und den Ansatz von Verständniss dafür finden, warum Patrick so unberechenbar reagiert. Manchmal ist er wie ein Vulkan, der kurz vor dem Ausbruch steht, dann wieder ist er liebevoll und sanft. Manchmal leuchten seine Augen wie bei einem kleinen Jungen, und wenn er sich unbeobachtet fühlt, nimmt diese unendliche Traurigkeit von ihm Besitz. Patrick Steel ist ein Rätsel für mich, selbst nach diesem gemeinsamen Tag in Clearwater Bay. Ich kann noch nicht sagen, wie alles zusammenpasst, aber ich weiß, dass ich einen großen Teil meines Herzens an ihn verloren habe.

Ich schiebe die Fliegentür unserer Veranda auf und horche in die Stille des Hauses. Dad ist wohl noch im Büro oder bei diesen Events im Club. Wie jeden Sommer verliere ich irgendwann den Überblick, was die vielen Veranstaltungen betrifft, die auf dem Plan stehen. Außerdem kommen jedes Jahr neue besondere Ereignisse dazu, die alle seine Anwesenheit erfordern. Vermutlich auch meine, aber diesmal bin ich zu müde, um die perfekte Tochter zu spielen. Heute möchte ich kein Vorzeigeobjekt mehr sein. Patrick hat von Freiheit gesprochen. Von der Freiheit, sein Leben so führen zu dürfen, wie man es will. Für ihn scheint das ziemlich wichtig zu sein – und ich beneide ihn darum, dass er sich diese Freiheit nicht nehmen lässt. Man möchte meinen, jemand mit meinem privilegierten Status sollte es leichtfallen, zum eigenen Vater zu marschieren und zu sagen: *Dad, ich sterbe innerlich, wenn ich nach den Semesterferien wieder zurück nach Harvard muss. Bitte, lass mich endlich mein Leben leben!*

Müde lasse ich mich auf die Couch fallen und schließe für einen Moment die Augen. Sofort blitzen Bilder des heutigen Tages vor mir auf: Patrick, wie er mich ansieht; Patrick, wie er lächelt; Patrick, wie er meine Wange berührt; Patricks Lippen, die mir immer näher kommen. Das Kribbeln in meinem Körper bricht sofort wieder aus und nimmt Besitz von mir. Egal, was er tut oder sagt: Er wird es nicht schaffen, mich davon zu überzeugen, dass dieser Tag heute spurlos an ihm vorbeigegangen ist. Was auch immer zu dem plötzlichen Aufbruch geführt haben mag, es muss dringend gewesen sein. Niemals sonst wäre er einfach so gegangen. Nicht in einer solchen Situation. Zweimal hätten wir uns heute fast geküsst, und wir haben so selbstverständlich nach der Hand des anderen gegriffen, wie es nur Verliebte tun. Außerdem sind wir noch nicht fertig! Er schuldet mir diesen Kuss, nach dem ich mich schon seit unserem ersten Tanz verzehre. Er schuldet mir dieses Gefühl. Er schuldet *uns* diese Chance. Und egal, was heute passiert ist, es kann nicht so groß sein, uns um diese Chance zu betrügen.

Ich sollte einfach zum Yachthafen gehen und ihn zur Rede stellen. Ihm sagen, dass er nicht so liebenswürdig und ehrlich sein darf, um mich im nächsten Moment mit einer lächerlichen Ausrede abzufertigen. Ich bin nicht besonders gut darin, mich zu öffnen und mich auf jemanden einzulassen. Carl hat das damals nur mit viel Mühe, zahlreichen Blumensträußen und der Unterstützung meines Vaters geschafft. Carl war harmlos, weil ich wusste, es würde mit uns nicht ewig gutgehen. Er würde irgendwann müde werden, eine perfekte Frau an seiner Seite zu haben, und sich aufmachen, um ein spannendes Abenteuer zu erleben. Ich rechne es ihm hoch an, dass er es so lang mit mir ausgehalten hat, bevor er sich in diese sexy Auslandsstudentin Irina verliebte. Sein Russisch dürfte jetzt um einiges besser sein als in der Zeit unserer Beziehung. Wie es sich für eine betrogene Ex-Freundin gehört, habe ich einige Tage um ihn geweint, habe auch diese Rolle so gespielt, wie sie von mir erwartet wurde. Inzwischen fehlt er mir nur noch selten. Carl hat mir kaum die Möglichkeit gegeben, ihn ehrlich zu vermissen. Wir haben viel Zeit miteinander verbracht, sind allen Einladungen meines Vaters gefolgt und sahen als Paar ziemlich gut aus. Ich kann verstehen, wieso Dad ihn so sehr mochte. Er hat das Bild komplettiert und die Lücke, die Mom hinterlassen hat, zumindest ein bisschen kleiner gemacht. Glücklich war ich mit Carl nie so richtig.

Ich rolle mich auf der Couch zusammen und starre aus dem großen Fenster zum Strand hinunter. Kann ich mir Patrick wirklich auf einer Wohltätigkeitsveranstaltung der Stadt Oceanside vorstellen? Wie er Hände schüttelt und mit potenziellen Sponsoren spricht, die ihm alle ein Kompliment zu seiner Rückhand beim Tennis machen? Meine Lippen verziehen sich zu einem Schmunzeln. Pat, der in ausgewaschenen Jeans und mit einem weißen Unterhemd an seinem Boot arbeitet, sich die Sonnenbrille in die Haare schiebt und mit leuchtenden Augen über seinen Kompass spricht. Nein, er würde sich in unserer Welt nicht besonders wohl fühlen. Ich hingegen würde mich in seiner Welt gern ausbreiten und bleiben dürfen. Der Besuch in Mr. Jenkins' Laden hat mir bei weitem mehr Spaß gemacht als die Taufe des neuen Segelbootes der Familie MacDougall. Vielleicht sind die Welten, in denen wir zu leben gezwungen sind, einfach zu unterschiedlich.

Patrick

»Was hätte ich denn sagen sollen? Mir ist spontan einfach nichts Passendes eingefallen.«

Jackson sieht mich entschuldigend an und folgt mir zurück zum Hafen. Nur mit Mühe kann ich mich zusammenreißen, um nicht sofort Bennett zu suchen und ihm eine aufs Maul zu hauen.

»Und du willst Schauspieler sein!«

Damit werfe ich Jackson einen abschätzigen Blick zu. Natürlich trifft meine Wut den Falschen, aber er ist da – und ich muss alles rauslassen, sonst nehme ich meine Bude auseinander.

»Ja, hättest du mir ein besseres Drehbuch gegeben, wäre so was ja auch kein Problem.«

Er klingt ebenso wütend, und ich weiß nur zu gut, dass es nicht seine Schuld ist. Ganz im Gegenteil. Ich bleibe stehen und drehe mich zu ihm um. Fast zuckt Jackson zusammen. Er ist und bleibt ein guter Kerl.

»Entschuldige. So war das nicht gemeint. Ich weiß, dass ich dich in die Scheiße geritten habe. Ich werde Main alles erklären.«

»Bist du bescheuert? Der wird dich hochkant rausschmeißen. Und mich gleich dazu.«

Jacksons Augen zeigen nur zu deutlich seine Panik. Wir haben beide gewusst, dass es ein Risiko ist, mit dieser Lüge hier reinzumarschieren. Trotzdem hätte es nicht passieren dürfen. Ich sollte mich unauffällig verhalten, bis die Saison zu Ende ist, wir würden beide unser Gehalt und zusätzlich den Bonus bekommen – und dann unsere Träume verwirklichen.

»Patrick, ich brauche die Kohle. Dieses Jahr habe ich echte Chancen, außerdem werde ich nicht jünger.«

Am liebsten würde ich laut lachen. Jackson sieht jünger aus, als er ist. Wenn ich jemanden für die Rolle des Dorian Gray aussuchen müsste, er wäre meine erste Wahl. Natürlich hat er dennoch recht. Als Schauspieler und Tänzer hat man nur eine zeitlich begrenzte Möglichkeit, Karriere zu machen. Wenn er nicht bald an eine Schauspielschule kommt, war es das mit dem Traum von der großen Bühne oder der Leinwand.

»Bitte, Patrick.«

»Okay. Aber Main ist nicht dumm. Er muss nur ein bisschen recherchieren und dann …«

»Ich lasse mir was einfallen. Vielleicht kann sich jemand um Bennett kümmern. Eines von den Mädchen. Das lenkt ihn ab, und wir sind nicht mehr so wichtig?«

»Oder ich gehe zu seinem schicken Restaurant und schlage ihm die Fresse ein!?«

Denn genau das will ich wirklich: Ich will ihm weh tun, weil er den zwei Menschen, die mir am wichtigsten sind, mit mir und meiner Geschichte schaden kann. Nichts hasse ich mehr, als wenn Menschen wie Bennett Macht über mich haben.

»Das wäre eine Option. Glaub mir, ich wäre sofort dabei. Jetzt sollten wir aber erst mal die Füße stillhalten. Meinst du nicht?«

Erst jetzt bemerke ich, dass meine Hände zu Fäusten geballt sind und mein ganzer Körper unter Strom steht. Wenn mich jetzt einer blöde anmacht, kann ich für nichts garantieren. So wie vorhin im *Shell Shack*. Ich hatte mich doch eigentlich echt gut im Griff diesen Sommer. Bis Jen …

»Ich werde die Füße und die Fäuste stillhalten. Versprochen.«

»Danke. Wirklich …«

»Nein! Ich habe zu danken, Jackson. Ich weiß, dass viel für dich auf dem Spiel steht.«

Er zuckt die Schultern und setzt zu seinem strahlenden Lächeln an. Er ist eben doch ein Schauspieler.

»Hey, wir kriegen das schon hin. Ich muss zurück an den Strand, zum Partyboot.«

»Alles klar. Ich erlöse Ryan von seiner Schicht und werde den Strand besser meiden.«

Jackson nickt, weil er annimmt, ich würde Kevin aus dem Weg gehen und kein Aufsehen erregen wollen. Dabei möchte ich eigentlich nur Jen nicht begegnen, denn sie gelangt mit einer Leichtigkeit hinter die Schutzmauer, die ich jetzt mehr denn je brauche. So gut Jen mir tut, sie ist gefährlich, da sie mir schon viel zu nahe gekommen ist.

»Wir sehen uns.«

Jackson winkt zum Abschied und macht sich dann schnellen Schrittes auf den Weg zum Strand mit den vielen Jugendlichen und zahlreichen Pärchen – das kann ich sogar von hier sehen. Die Lichterketten baumeln an dem Partyboot, das heute die Küste entlangschippert. Natürlich könnte ich behaupten, dass ich noch eine kleine Weile auf den Strand starre, um die Gäste zu zählen. Aber mein Blick sucht nur eine Person. Ich würde sie auch in einer großen Menge sofort erkennen, weil sie anders ist. Irgendwann werde ich ihr alles erklären. Dann, wenn mein Boot fertig ist und ich nicht mehr das bin, was ich bin.

♡

Ryan verübelt mir die Verspätung nicht und nimmt den Wagenschlüssel mit einem breiten Lächeln entgegen. Bis auf einen Idioten, der nach mir gefragt hat, war alles ruhig, und er musste nur einmal ein Motorboot auftanken. Sein Grinsen verrät, dass er sich denken kann, warum ich so lang auf mich habe warten lassen.

»Hast du denn alles bekommen, wonach du gesucht hast?«

Natürlich meint er die Ersatzteile für mein Boot, den Kompass und das technische Zeug. Meine Gedanken wandern trotzdem zu Jen. Habe ich vielleicht wirklich gefunden, was ich gesucht habe? Und wenn ja, wieso darf ich es dann nicht behalten?

»Keine Ahnung.«

Ryan mustert mich skeptisch, dann schlägt er mir freundschaftlich auf die Schulter.

»Du weißt, wo du mich findest, wenn du mich brauchst, ja?«

»Ich denke, du hast schon mehr als genug für mich getan.«

»Das tun Freunde eben.«

Mit einem frechen Augenzwinkern macht er sich auf den Weg zu seinem Wagen und lässt mich mit einem Haufen von Gedanken und Problemen zurück. Mein Blick fällt auf den Kompass in meiner Hand. Eigentlich wollte ich heute einfach nur dieses Ding kaufen und dann vielleicht noch zwei, drei Teile auf dem Schrottplatz am Hafen abchecken. Jetzt habe ich einen Kompass, dafür aber meine innere Orientierung eingebüßt. Wann habe ich meinen Plan aus den Augen verloren? Seit wann sind die Fertigstellung des Bootes und die Freiheit des Meeres nicht mehr meine höchsten Prioritäten?

Müde schiebe ich die große Tür zu meiner Unterkunft auf und erkenne die Umrisse des Bootes in der Dunkelheit. Selbst jetzt sieht es wunderschön aus. Wie beeindruckend wird es wohl sein, wenn ich es bald fertig habe? Dann kann ich alles hinter mir lassen. Wie verlockend klang das noch zu Beginn des Sommers? Warum mischt sich jetzt dieser kurze, stechende Schmerz in meiner Brust dazu? Oceanside verlassen, weg von all diesen Lackaffen und Arschlöchern wie Kevin. Das bedeutet Freiheit, verdammt noch mal! Jetzt bedeutet es allerdings auch, Jen hier zurückzulassen. Klar, ich könnte sie ab und zu besuchen. Sie und ihren zukünftigen Ehemann, der natürlich auch in Harvard studiert und ihr eine gesicherte Zukunft mit eigenem Haus bieten kann. Kein Boot, das keinen festen Platz in der Welt hat. Kein Leben in allen Häfen dieser Welt, sondern einen weißen Gartenzaun, der den Ort ihres Familienglücks eingrenzt. Wütend stelle ich den Kompass auf den Tisch neben der Tür und atme tief durch. Genau das darf nicht passieren! Ihr Leben ist seemeilenweit von meinem entfernt – und wird es immer bleiben. Was in Clearwater Bay passiert ist, lässt sich nicht in den Alltag retten. Und das will ich auch gar nicht. Jennifer Main ist nur eine Frau, die ich sexy finde, und damit ist sie keine Ausnahme. Wenn ich mich hier ernsthaft umsehen würde, gäbe es zahlreiche Möglichkeiten. Wie damals, als ich in Vermont gearbeitet habe. Uns Sommerjobber umgibt diese Aura, die Frauen anscheinend unwiderstehlich finden. Mit uns kann man nächtelang Spaß haben. Feiern, tanzen, vögeln. Zu mehr sind wir nicht zu gebrauchen. Wir machen keine großen Versprechungen, wir sind Sommerflirts, die heiße Phantasien erfüllen, wenn der Mann, der Freund daheim zu alltäglich sind. Mit Jen wäre es nichts anderes.

Ich starre in den Spiegel über dem kleinen Waschbecken und nicke energisch. Überzeugen kann ich mich trotzdem nicht. Es ist gar nicht so einfach, das eigene Herz zu belügen.

Jen

Es ist albern. Es ist fast kindisch. Es ist eines dieser Dinge, die man nur tut, weil man dem Herzen mehr als dem Kopf vertraut. Natürlich könnte ich sagen, dass ich deswegen an dieser Stelle stehe, weil ich jeden Tag die gleiche Strecke am Strand entlangjogge. Das stimmt sogar, aber heute laufe ich mit einer ganz anderen Absicht über den Sand. Mein Blick sucht wie ein besorgter Rettungsschwimmer die Wasseroberfläche ab. Allerdings wird meine Hoffnung enttäuscht, Patrick auf seinem Brett irgendwo in den Wellen zu erspähen. Nicht mal Buddy ist zu sehen. Der Ozean zeigt sich vereinsamt. Nur ein Mann in einem Kanu, aber von Pat keine Spur. Statt mich landeinwärts zu wenden, jogge ich an den Hafen und absolviere dort meine Dehnübungen. Natürlich auch wieder nur rein zufällig. So, als würde ich das ebenfalls immer an dieser Stelle tun. Totaler Schwachsinn, denn mein Blick hängt an dem kleinen Bootshaus, in dem Patrick vermutlich noch schläft. Keine Bewegung, keine Geräusche. Näher als bis zum Yachtclub traue ich mich dann aber doch nicht. Immerhin habe ich nichts falsch gemacht. Er ist gestern von Dr. Jekyll zu Mr. Hyde geworden.

»So früh schon unterwegs?«

Das Leben schreibt mit Abstand die absurdesten Drehbücher. Anstatt Patrick zu treffen, lehnt plötzlich Kevin neben mir am Geländer und grinst mich breit an. Seine blonden Haare kleben ihm verschwitzt auf der Stirn. Er trägt ein weißes, ärmelloses T-Shirt und schwarze Shorts. Seine Füße stecken in teuren Laufschuhen.

»Ich war joggen.«

Für meinen Geschmack rückt er mir etwas zu nah auf die Pelle, denn ich kann fast spüren, wie er schwitzt.

»Wenn du mal einen Partner oder Motivationstrainer brauchst …«

Er fährt mit seinem Finger leicht über meinen Arm, und sofort bekomme ich eine Gänsehaut. Allerdings ist es keine von der angenehmen Sorte. Nicht die gleiche Körperreaktion wie in Patricks Armen, wenn er mich berührt, mich anlächelt und seine Lippen auf meine drückt. Es wird Zeit, diese Tatsache auch Kevin klarzumachen.

»Danke, ich jogge lieber allein.«

Ich rücke von ihm ab und werfe einen kurzen Blick zum Bootshaus, das noch immer ruhig in der warmen Morgensonne liegt. Der ganze Hafen schläft noch – und doch wünsche ich mir mehr als alles andere, dass Patrick aus der Tür tritt und mich wieder nach Clearwater Bay entführt.

»Jenny, ich finde, du solltest es mir nicht so schwer machen.«

Kevins Lächeln lädt dazu ein, sich in ihn zu verlieben. Wäre ich nicht so, wie ich bin, dann würde ich vielleicht in diese Falle tappen. Zu dumm nur, dass ich die Storys über ihn kenne. Die Geschichten, die Frauen, Feten und Moneten beinhalten. Geschichten, die nicht bis zu meinem Vater durchdringen, weil sie sich am Strand, bei Barbecues und Studentenpartys abspielen. In Dads Augen mag Kevin perfekt für mich sein, aber Dad irrt sich gewaltig.

»Kevin …«

»Im Ernst, ich mag dich, Jenny. Ich mag dich schon eine halbe Ewigkeit. Als du mit diesem Typen zusammen warst, da hast du mir fast das Herz gebrochen.«

»Patrick?«

Hat er uns etwa gesehen? Weiß er von unserem kleinen Ausflug? Es könnte mir egal sein, aber ich liebe den Gedanken, dass der Tag in Clearwater Bay unser kleines Geheimnis ist. Etwas, das nur Pat und ich miteinander teilen. Kevin runzelt die Stirn und wirkt verwirrt.

»Nein, dieser Carl.«

Fast atme ich erleichtert aus, aber ich entscheide mich nur für ein möglichst alltägliches Lächeln. Kevin betrachtet mich noch immer irritiert.

»Dein Dad sagt, du wärst Single.«

Weil mein Dad das auch weiß. Als ob ich ihn via Newsletter über meinen Beziehungsstatus auf dem Laufenden halte.

»Sagt er das.«

»Er sagt auch, dass wir beide ein nettes Paar wären.«

Seine Augen leuchten, während er mich anlächelt und seinen Blick über mein Dekolleté gleiten lässt. Plötzlich fühle ich mich viel zu nackt vor ihm. Ich trage meine knappe, rote Sportshorts und ein schwarzes Top mit dünnen Trägern. Ich habe mir keine Gedanken gemacht, als ich dieses typische Sport-Outfit angezogen habe. Wenn Patrick mich jetzt so ansehen würde, dann hätte ich Gefallen daran. Bei Kevin fühlt es sich nicht gut an. Gar nicht gut.

»Ich würde gern mit dir zusammen zum Kino am Strand gehen.«

Verdammt, verdammt! Er bittet mich um ein Date, weil er glaubt, dass mein Dad das gut findet, und weil er sich einredet, dass wir ein tolles Paar sind. Wir haben nichts gemeinsam. Er ist nicht mal mein Typ. Bei unserem Segelausflug hat er doch ziemlich klargemacht, dass er nichts von mir hält. Woher jetzt plötzlich dieser Sinneswandel?

»Ich denke nicht, dass ich hingehen werde.«

»Ach, komm schon! Die ganze Stadt wird da sein. Es ist Tradition.«

Stimmt. Jedes Jahr wird der gleiche Film am Strand gezeigt. Es steht eine große Leinwand am Pier, davor unzählige Menschen, die sich einen guten Platz suchen … und viel Alkohol. Für die Touristen mag das ja verlockend klingen, aber wenn man es einmal erlebt hat, kennt man alles.

»Ich hole dich ab, okay?«

»Nein, Kevin, wirklich …«

Ich will nicht mit ihm ausgehen. Nicht zum Strandkino und auch sonst nirgendwohin.

»Meine Eltern kümmern sich um das Catering. Einige Freunde vom College werden da sein. Wir könnten echt einen tollen Abend haben.«

Als würde mein Herz eine Art Notruf aussenden, öffnet sich die Tür zum Bootshaus unten am Steg. Wir sehen beide nach unten: Patrick tritt nach draußen, gefolgt von Buddy. Er trägt seine Surfshorts, sonst nichts, und sofort klopft mein Herz lauter – ich vermute, um seine Aufmerksamkeit zu erregen. Kurz streckt er sich, und selbst von hier kann ich sehen, wie sich die Muskeln unter seiner Haut anspannen. Eigentlich sollte ich noch immer wütend auf ihn sein und auch eine Erklärung für sein Verhalten verlangen. Vor allem aber will ich ihn berühren, mit ihm reden. Schon lächle ich wieder.

»So ein Penner!«

»Hm?«

Fast hätte ich Kevin neben mir vergessen.

»Der Kerl wird dir weh tun, Jenny.«

»Was? Nein! Wir sind nur Freunde.«

Wenn dem so wäre, frage ich mich, warum sich mein sonst so zuverlässiger Verstand plötzlich von Impulsen ganz anderer Art außer Gefecht setzen lässt?

»Mit so einem Loser darf man nicht befreundet sein, glaub mir.«

»Du kennst ihn nicht.«

»Du auch nicht.«

Ich will sofort widersprechen. Patricks Geschichte, der Unfalltod seiner Eltern, der verletzte Ausdruck in seinem Blick, als er mir von seiner Kindheit und Jugend erzählt hat. Ich kenne ihn. Besser, als Kevin annimmt.

»Glaub mir, solche Subjekte wie er, die enden immer da, wo sie herkommen.«

»Ach, Kevin, dieses elitäre Geschwätz ist so bescheuert!«

»Jenny … ich habe mir mein Leben auch nicht ausgesucht. Aber ich habe verstanden, dass es mit einer Menge Verpflichtungen daherkommt. Vielleicht wäre ich auch gern mal durch das halbe Land gefahren. Einfach so. Aber wir sind nicht dafür vorgesehen. Uns gehört die Zukunft! Und auf dem Weg dahin sollten wir möglichst wenig Fehler machen.«

Wovon redet er denn? Das klingt für mich verdächtig nach einer Gehirnwäsche, die seine Eltern ihm verpasst haben. Es ist kein Geheimnis, dass sie ihn gern in einer angesehenen Position sehen würden. Voller Anerkennung und Applaus. Weil sich das gut auf der Speisekarte eines Restaurants macht, oder wie?

»Patrick wäre ein krasser Fehler, der immer einen Fleck auf deinem Lebenslauf hinterlassen würde.«

»Das ist der größte Schwachsinn, den ich je gehört habe!«

Mein Blick wandert wieder zu Patrick. Er holt sein Board aus dem Schuppen und krault Buddy, der wie wild zwischen seinen Beinen umherspringt. Niemals könnte ein solcher Mann ein Fehler sein.

»Er passt nicht zu dir. Dein Vater weiß das. Ich weiß das. Die ganze Stadt weiß das.«

Kevin stützt seine Arme auf das Geländer vor uns und beobachtet Patrick, der das Board zu Wasser lässt. Dabei spannen sich die Muskeln unter seiner Haut an. Er lockert seine Arme, dehnt sich, und ich bin mir sicher, dieser Anblick weckt in Kevin ganz andere Gefühle, als es bei mir der Fall ist.

»Verlierertypen wie Patrick bringen dich nicht weiter.«

Jetzt sieht Kevin wieder zu mir, seine Hand legt sich mit bemühter Sanftheit auf meinen Unterarm.

»Ich würde dich weiterbringen.«

»Ich kann mich selber dahin bringen, wohin ich will.«

Wenn er sich erinnern würde, dann wüsste er nur zu genau, dass ich die Segel selbst setzen kann. Ich brauche ganz sicher niemanden wie Kevin, der mich irgendwohin führt. An einen Ort, der nicht mein Ziel ist.

»Das mag sein. Aber mit Steel wirst du nur stolpern.«

Während er das sagt, sieht er mich eindringlich an. Wenn ich ihn nicht besser kennen würde, könnte man fast glauben, er macht sich ehrlich Gedanken darüber, was mir widerfahren könnte. Leider ist Kevin für mich so leicht zu durchschauen. Er will mich nicht warnen und sicher nicht beschützen, sondern verunsichern. Ich kann bei seinem Versuch nur müde lächeln.

»Zumindest habe ich dann jemanden, der mir wieder auf die Beine hilft.«

Erneut sehe ich zu Pat, der sich jetzt in unsere Richtung dreht. Bei der Erwartung, seinen Blick aufzufangen, beschleunigt sich mein Puls und mein Lächeln wird ohne mein Zutun breiter.

»Also, wann soll ich dich abholen?«

»Was?«

Meine Stimme klingt vor lauter Überraschung schrill. Ich hasse es, wenn Männer ein klares Nein nicht akzeptieren.

»Na, zum Kino.«

»Ich habe doch gesagt …«

Es ist fast so, als hätte Kevin ganz bewusst den perfekten Zeitpunkt abgepasst. Genau diesen einen Augenblick, auf den ich auch gewartet habe, den ich herbeigesehnt habe – und den ich jetzt aufhalten möchte. Patrick dreht sich langsam zu uns um, und sein Blick findet meinen. In genau diesem Moment drückt mir Kevin einen Kuss auf die Lippen, bevor ich reagieren kann.

»Ich bin so gegen sieben bei dir!«

Dann joggt er rückwärts davon und zwinkert mir frech zu. Das hat er nicht wirklich getan! Meine Stimme ist ebenso gelähmt, wie es meine Beine sind. Wie, um alles in der Welt, konnte er das tun? Wut köchelt in meinen Eingeweiden. Ich sehe wieder zu Patrick, der meinen Blick erwidert. Obwohl er in einiger Entfernung von mir steht, erreicht mich trotzdem das Funkeln in seinen Augen, das ich inzwischen zu gut kenne. Es ist genau dieser verletzte Ausdruck, der mir am Leuchtturm schon das Herz brechen wollte. Diesmal gilt dieser Blick mir, weil ich ihm weh getan habe. Dabei kann ich es doch erklären! Bevor sich meine Füße in Bewegung setzen können, schnappt er sich sein Board, wirft es ins Wasser und springt hinterher.

»Patrick!«

Doch er paddelt stur vom Hafen weg, ignoriert mich komplett und entfernt sich immer weiter von mir. Nur Buddy bleibt unschlüssig am Steg zurück.

Patrick

Die Kühle des Ozeans ist genau das, was ich jetzt brauche, um meine Schaltkreise nicht durchbrennen zu lassen. Wütend tauche ich meine Arme ins Wasser und lasse den Hafen, Jen und Kevin hinter mir. Die Bilder spulen sich dennoch wie eine Endlosschleife in meinem Kopf ab: Kevin küsst sie, und Jen weicht nicht zurück. Sie lässt sich von ihm küssen! Dabei muss sie doch bemerkt haben, dass ich die beiden sehen kann. Unsere Blicke waren ineinanderverschlungen – so wie immer, wenn wir uns ansehen. Ich weiß sehr gut, wie es sich anfühlt, wenn man sich Dinge einbildet. Wenn man unbedingt glauben möchte, dass etwas so und nicht anders ist. Dann ergibt es aber nie eine tiefe Emotion. Man hat nie das Gefühl, ein ganzes Bild malen zu können, symbolisch ausgedrückt. Details fehlen, werden erfunden und fühlen sich eben auch genau so an: erfunden. Jens Berührungen, ihr Blick, der Duft ihrer Haut, der Klang ihres Lachens … nein, das habe ich mir doch nicht alles eingebildet! Doch manchmal ist es so mit den Gefühlen, den menschlichen Schwächen: Wir wünschen uns etwas so sehr, dass wir glauben, es könnte wirklich in Erfüllung gehen. Eigentlich hatte ich mir geschworen, diesen Fehler nicht ein zweites Mal zu machen.

Meine Arme fühlen sich schwer an. Ein brennender Schmerz jagt durch die Muskeln, als ich mich aufsetze und meinen Blick über den ruhigen Atlantik vor mir schweifen lasse. Wie weit kann ich wohl paddeln? Kann ich nicht einfach mein Boot schnappen? Kann ich nicht all das ein für alle Mal hinter mir lassen? Die glatte, glitzernde Oberfläche steht in totalem Kontrast zu den Gefühlen in meinem Inneren, die sich zu einem ausgewachsenen Sommersturm entwickeln könnten. Wieso können wir Menschen in der Stadt nicht so gut nachdenken? Wer einmal hier draußen war, der wird verstehen, was ich meine. Nur hier findet man die Ruhe, um seine Gedanken zu hören und sie zu sortieren. Für mich wird es höchste Zeit, zu sortieren – und zwar auszusortieren.

Ich rolle mich auf den Rücken, spüre den leichten Wellengang, der mein Brett in Richtung Hafen treibt, bevor der Ozean es sich im nächsten Moment anders überlegt und mich wieder ein Stück hinauszieht. Ungefähr das fühle ich, wenn ich an Jen denke. Aber ich will mich jetzt nicht an sie erinnern. Ich will an gar nichts denken. Mit geschlossenen Augen bleibe ich hier, gespannt darauf, was als Nächstes passieren wird. Ein Tiefschlag des Lebens oder ein hoffnungsvoller Ausblick auf die Zukunft …?

Als ich fast vierzig Minuten später die Augen wieder öffne, weiß ich noch immer nicht, was ich tun werde. Ich weiß nur, dass ich mir nichts sehnlicher wünsche, als eines Tages den Hafen zu finden, der mein Zuhause werden könnte. Oceanside erwacht in der Morgensonne und erinnert mich sehr an eine Postkartenansicht. Eine von den Ansichten, die ich mir früher immer in der Realität gewünscht habe. Nicht als Karte im Briefkasten, sondern als Anblick, jeden Morgen, von meinem Boot aus. Darauf sollte ich mich besinnen: auf meinen Traum! Damals wie heute … Jen, das ist nur eine Ablenkung. Nicht mehr. Sie wird früh genug von allein verschwinden.

Das Leben hat wohl noch eine ganze Reihe wichtiger Lektionen für mich parat. Jen steht zwar nicht mehr am Hafen, doch verschwunden ist sie auch nicht. Jetzt sitzt sie am Steg, die Beine im Wasser, und streichelt Buddy. Als ob diese Geste alles erklären könnte. Ja, wenn mir schon jemand das Herz brechen sollte, dann ist Jen Main eine gute Kandidatin. Aber ich will mir mein Herz nicht brechen lassen! Ich will es nicht einmal vergeben. Deswegen wird das Theater hier und heute zu Ende gehen. Ich wende mein Brett und paddele nicht mehr ganz so wütend zurück zum Steg. Bald schon werde ich mich nicht mehr umdrehen müssen, aber noch ist die Zeit dafür nicht reif. Je näher ich ihr komme, desto schwerer werden meine Arme, desto mehr zieht sich mein Herz zusammen.

»Ich kann das alles erklären.«

Sie wartet nicht mal, bis ich ihr gegenüberstehe, damit sie mir eine unglaubwürdige Erklärung verkaufen kann. Ich sehe nicht in ihre Augen, aus Angst vor dem, was ich dort entdecken könnte. Stattdessen schaue ich zu Buddy, der seinen Kopf auf ihrem Oberschenkel abgelegt hat und die Situation deutlich mehr genießt als ich. Wer kann es ihm verübeln?

»Das musst du nicht. Ich glaube, ich kann einen Kuss als solchen erkennen, wenn ich einen sehe.«

Es kostet fast mehr Kraft, meine Stimme unter Kontrolle zu halten, als das Brett aus dem Wasser zu wuchten. Das war nur eine recht kurze Runde auf dem Wasser, aber ich fühle mich wie erschlagen, als wäre ich einen Marathon gelaufen, und unendlich müde. Jen steht auf und sieht zu mir. Noch immer vermeide ich es, ihr ins Gesicht zu blicken.

»Kevin hat mich nach dem Joggen überrascht, und ich …«

Allein beim Klang seines Namens spannt sich alles in mir an. Keine Ahnung, warum er mich so auf dem Kieker hat, aber er scheint mir nichts zu gönnen. Seit unserem ersten Aufeinandertreffen hier am Steg will er mir nur Ärger machen.

»Der Kuss war …«

»Jennifer!«

Wütend schleudere ich die Tür zum Schuppen zu und höre Buddy aufheulen. Er hasst laute oder überraschende Geräusche. Da sind wir uns verdammt ähnlich. Als ich mich umdrehe und all meinen Mut für die folgenden Worte zusammennehme, sieht Jen mich erschrocken an.

»Ich will es nicht hören! Ich will nicht wissen, was, wie, warum oder wieso. Es spielt keine Rolle mehr.«

Mein Inneres droht zu zerfallen.

»*Du* spielst keine Rolle mehr.«

Alles verändert sich vor meinem Auge, verschwimmt und fühlt sich taub an, als ich sie mit diesen Worten einfach stehen lasse und zurück ins Bootshaus marschiere. Ich kann nur hoffen, dass sie mir nicht folgt. Ich verbiete mir jegliche Tränen. Niemand ist es wert, beweint zu werden – es sei denn, der Mensch ist gestorben. Es wird mich Kraft kosten, aber ich werde den Schalter wieder umlegen und erneut zu dem Mann werden, der ich auf der Straße war: unsichtbar für Menschen, wie es Jen und ihre Freunde sind. So, und nur so, kriege ich mein Leben wieder in die Spur, die ich fürs Überleben brauche.

»Das tut mir sehr leid, Patrick. Du hast nämlich bei mir eine Hauptrolle gespielt.«

Ihre Stimme trifft mich unvorbereitet, doch sie prallt an einer Mauer aus Wut und Enttäuschung ab. Nichts von all dem ist wahr! Ich bin nicht der Typ, der für den Part der Hauptfigur an ihrer Seite gecastet wird. Nicht in *ihrem* Leben. Ihre Schritte entfernen sich schnell, und bald sind sie verhallt.

Den Rest des Tages verbringe ich damit, grimmig aus der Wäsche zu gucken. Ich beschäftige mich mit albernen Aufgaben, die ich auch nächste Woche erledigen könnte. Während ich irgendwelche Segel befestige, denke ich zumindest nicht nach. Zweimal fauche ich einen Kunden wütend an, besinne mich aber schnell wieder auf ein entschuldigendes Lächeln und schiebe alles auf die unmenschliche Hitze des Tages. An Jen denke ich nicht mehr. Nur ein paarmal. Nur immer dann, wenn ich einatme. Nur dann, wenn ich blinzele …

Vom Hafen aus kann ich sehen, wie die Vorbereitungen für das Kino am Strand in Gang kommen, und ich weiß nur zu genau, dass sie dort sein wird. Mit Kevin. Mit all den anderen. Ich halte nichts von solchen Veranstaltungen, aber ein winziger Teil in mir würde gern mit ihr hingehen. Das macht man doch bei einem Date, oder? Als die Sonne tief steht und ich meine Augen mit der Hand abschirmen muss, um den Strand gut im Blick zu behalten, spüre ich ein Gefühl, das die letzten Tage verschwunden war: Einsamkeit. Eine Stimmungslage, die ich wahrlich nicht vermisst habe, die mich jetzt aber wie eine eisige Umarmung empfängt. Ich bin wieder allein!

Jen

Irgendwo am Strand wird eine Feuerwerksrakete in den Himmel geschossen. Wie immer: Das Open-Air-Kino am Strand ist ein Highlight der Saison, wenn sich alle Jugendlichen mit Biervorräten, Picknickdecken und einigen Wunderkerzen auf den Weg zum Strand machen, um dort auf einer riesigen Leinwand einen alten Film zu sehen, während der Ozean verheißungsvoll im Hintergrund funkelt. Es klingt wie ein perfektes Setting für magische Momente, dennoch trieft es nur so vor Klischees. Nachdem ich nach Hause gekommen bin, habe ich mich auf die Couch fallen lassen und gehofft, das alles wäre nur ein fieser Alptraum, der ganz sicher verschwinden würde, wenn ich nur für einen Moment die Augen schließe. Die letzten Stunden haben sich angefühlt wie Tage, aber zumindest habe ich mit dem Weinen aufgehört. Es ist noch zu früh, um schon an den Strand zu gehen, aber auf keinen Fall will ich riskieren, dass Kevin sein Vorhaben wahr macht und mich abholt. Wenn ich ihn wiedersehe, kann ich für nichts garantieren. Patricks Worte schwirren mir noch immer im Kopf herum. Ich würde keine Rolle mehr spielen – und das nach allem, was ich ihm erzählt habe. Das ist nicht fair! Ich habe keinen Fehler gemacht und könnte ihm alles erklären, aber er verzieht sich ja lieber in sein Schneckenhaus und schubst mich so lange weg, bis ich aufgebe und ihn allein lasse. Immer dann, wenn ich glaube, Patrick Steel durchschaut zu haben, verändert er sich wie ein Chamäleon. Er kann der geschickte Bootsmechaniker sein, ebenso der elegante Tänzer, der begeisterte Segler und der einfühlsame Zuhörer. Oder er lässt seine Fäuste sprechen. Ohne große Anstrengung kann er sich vielen Situationen anpassen und wirft dabei jedes Mal das Bild über den Haufen, das ich gerade von ihm habe. Menschen werden von ihren Erfahrungen zu bestimmten Personen geformt. Der Verlust seiner Eltern hat Patrick garantiert ziemlich aus der Bahn geworfen. Ich kenne das Gefühl.

Mein Blick wandert zu dem Bild meiner Mutter über dem Kamin. Ihre wachen Augen, das wunderschöne Lächeln und die liebevolle Ausstrahlung, die man sogar auf den Fotos erkennt. Ein kurzer Moment, eingefangen für die Ewigkeit. Älter als auf diesem Bild ist sie nicht geworden. Das Standbild eines Lebens, das viel zu früh enden musste. Wie gern würde ich jetzt mit ihr reden, sie um Rat fragen. Mein Herz zieht sich ruckartig zusammen. So viele Gespräche, die wir noch hätten führen sollen. So viele Fragen, die ich nicht stellen konnte. Zu wenige Geschichten, die sie mir erzählt hat. Gott, sie fehlt mir so schrecklich! Ich könnte natürlich mit meinem Vater sprechen, aber seit dem Tod meiner Mutter ist es schwierig, an seinen Gefühlen teilzuhaben. An seinen echten Gefühlen. Ich sollte vielleicht besser duschen, denn dieser ganze verrückte Tag klebt noch in Form eines dünnen T-Shirts an meinem Körper. Mit etwas Glück gelingt es mir, nicht nur den Schweiß, sondern auch die verletzenden Worte abzuwaschen.

♡

Nach der belebenden und kühlenden Dusche, bei der ich zur Abwechslung mal nicht an Patrick gedacht habe, trage ich jetzt ein leichtes Sommerkleid, in dem ich für meinen Geschmack immer ein bisschen zu sehr wie eine Homecoming Queen gewirkt habe, das sich heute aber perfekt als Kostüm für meine Rolle der »glücklichen Jen« eignet. Dazu trage ich silberne Slipper und eine kleine Handtasche für mein Lipgloss und das Handy. Ich verlasse mich darauf, einige Bekannte am Strand zu treffen und mich im Notfall auf das Eck einer Picknickdecke setzen zu können. Überall würde ich Platz nehmen, nur nicht bei Kevin. Zum Beispiel müsste Andrew da sein. Andrew ist immer da, er gehört zu dieser Stadt und zu allen Sommern hier wie der Sonnenuntergang und die Regatta zum Saisonabschluss. Andrew MacDougall, der Schwarm aller Frauen – und das schwarze Schaf einer korrekten Anwaltsfamilie. Irgendwie sympathisch.

Bevor ich mich auf den Weg zum Strand mache, lenke ich meine Schritte zum Yachtclub, wo ich Dad einen Besuch abstatten will. Es wäre schön, wenn er mich zum Kino begleiten könnte. Dann würde ich ihm auch von allem erzählen, was mir seit Monaten durch den Kopf geht. Außerdem würde es ihm guttun, mal aus dem Büro herauszukommen. Seit Moms Tod verkriecht er sich in die Arbeit. Wieder dieser kleine Stich, wenn ich daran denke, wie sehr sie uns fehlt.

Obwohl ich es nicht müsste, klopfe ich an die dicke Holztür, an der in goldenen Buchstaben der Name meines Vaters steht: *James Main*. Daneben das Logo seiner Firma. Ich bekomme auf mein Klopfen keine Antwort, also öffne ich die Tür und erwarte, ein leeres Büro vorzufinden. Doch Dad steht, den Rücken zur Tür gewandt, am Fenster, die Ärmel seines Hemdes bis zu den Ellbogen aufgerollt, und starrt auf den

Hafen, den er von hier überblicken kann. Er scheint in Gedanken vertieft, und ich kann nur erahnen, welches Boot er sich so genau ansieht.

»Dad?«

Er wirkt überrascht, hat mich offenbar nicht bemerkt und schenkt mir ein müdes Lächeln. Jetzt sieht er viel älter aus als gestern. Viel älter. Das Lächeln erreicht nicht einmal ansatzweise seine Augen.

»Jen. Da bist du ja. Ich habe mich schon gefragt, wo du wohl steckst …?«

Seit ich gestern sein Büro verlassen habe, haben wir uns nicht mehr gesehen. Zwar hatten wir keinen Streit, aber einige Dinge blieben ungeklärt.

»Du hättest anrufen und fragen können.«

Es soll nicht wie ein Vorwurf klingen, aber sonst tut er das auch, wenn wir gestritten haben. Er nickt und wirft einen letzten Blick über die Schulter zum Hafen, bevor er mir seine volle Aufmerksamkeit widmet.

»Es tut mir leid, ich hatte einen ziemlich vollen Terminkalender. Dazu noch ein paar …«

Ich erwarte, dass er »Probleme« sagt, aber als sein Blick wieder zu mir wandert, versucht er es erneut mit einem Lächeln.

»… Informationen, mit denen ich nicht gerechnet habe.«

»Gibt es Ärger?«

»Abwarten. Wir werden sehen.«

Jetzt treten die kleinen Fältchen um seine Augen zum ersten Mal in Erscheinung. Das echte Lächeln ist wieder da.

»Und was hat meine Tochter so getrieben?«

Ich habe mich in deinen Angestellten verliebt und ihn fast geküsst, obwohl er in eine fiese Schlägerei verwickelt war, die leider er angefangen hat. Dann hat Kevin mich geküsst, und Patrick redet kein Wort mehr mit mir …

»Ich habe gestern einen Ausflug nach Clearwater Bay gemacht.«

Das ist keine Lüge und umfasst alle meine unausgesprochenen Gedanken. Dad zieht kurz die Augenbrauen zusammen und nickt dann.

»*Shell Shack?*«

»Natürlich.«

»Wir waren ewig nicht mehr dort.«

»Nicht mehr seit Moms Tod.«

Wir haben so vieles nicht mehr gemacht, seitdem sie nicht mehr bei uns ist. Fast so, als müssten wir die Orte, die wir mit ihr besucht haben, jetzt meiden. Als dürften wir Dinge, die Spaß machen, ohne sie nicht ein weiteres Mal erleben.

»Schon so lang, hm?«

Er fährt sich mit der Hand über das Kinn und sieht auf das gerahmte Foto von ihr, das auf seinem Schreibtisch steht. Es steht immer exakt an der gleichen Stelle, nie auch nur um einen Zentimeter verschoben. Ich muss an das denken, was Pat über das Boot gesagt hat … dass Dad ihn darum gebeten hat, es täglich zu reinigen. Wie oft er wohl an sie denkt, wenn er hier steht und zum Boot sieht?

»Kommst du mit zum Strand?«

Ich strenge mich an, entspannt und fröhlich zu klingen und nicht so, als würde ich den Versuch einer Ablenkung unternehmen. Egal, wie wütend ich gestern Morgen noch auf ihn war, all das ist wie weggeblasen, wenn er so vor mir steht. Mein Vater, mein Held. Der Mann, den nichts aufhält, dessen Rückgrat von nichts und niemandem gebrochen werden kann. Jetzt füllen sich seine Augen mit der schmerzenden

Traurigkeit, die uns beide für immer verbinden wird, ebenso wie die Tatsache, dass wir die gleiche Blutgruppe haben.

»Ich muss hier noch einiges … überprüfen.«

Er sieht mich nicht an, während er diese Ausrede ausspricht. Zu genau weiß er, dass ich diese Lüge enttarnen werde. Langsam nicke ich und versuche, nicht allzu enttäuscht zu wirken.

»Dad …«

Meine Stimme versagt, und die Worte rutschen mir einfach nicht über die Lippen.

»Hm?«

Ich vermisse dich. Ich vermisse Mom. Ich bin unglücklich. Und verliebt. Ich möchte mein Leben ändern. Aber ich will dich nicht enttäuschen. Verzeihst du mir, dass ich dich seit Moms Tod angelogen und so getan habe, als wäre alles gut?

»Ich habe dich schrecklich lieb.«

Jetzt sieht er mich doch an. Besorgnis hat die Traurigkeit in seinem Blick ersetzt.

»Ist alles okay?«

Ich wische die Tränen weg und lächle, so wie er es von mir kennt.

»Ich liebe dich auch, Kleines.«

Das glaube ich ihm sofort, weil er mich nie daran zweifeln lassen hat. Er lächelt sanft, und ich wette, vor seinen Augen verwandle ich mich gerade wieder in das kleine Mädchen von damals.

»Ich habe noch eine Bitte an dich, Jen.«

»Okay.«

»Halt dich fürs Erste von Patrick Steel fern, okay?«

Mit vielem hätte ich gerechnet, aber nicht damit. Ganz sicher nicht damit! Mein erster Impuls ist es, trotzig zu reagieren, ihm zu sagen, wo ich gestern war und wie wunderschön der Tag verlaufen ist – bis auf das Ende. Bis auf heute.

»Wie kommst du auf Patrick?«

Hat meine Stimme mich schon wieder verraten? Ich möchte tough und irgendwie unschuldig klingen, aber mein Gesicht glüht. Mein Vater mag vieles sein, aber er ist kein Mann, dem man leicht etwas vormachen kann. Er wird mich durchschauen.

»Tu mir einfach diesen Gefallen, okay?«

Er lächelt blendend und entschärft damit seine Aufforderung. Typisch für ihn! Das ist der Geschäftsmann, der so viele Partner und Geldgeber genau auf diese Weise überredet hat. Dad hat ihnen nie das Gefühl gegeben, er würde etwas von ihnen verlangen. Er scheint vergessen zu haben, dass ich genau diese Tricks auch alle beherrsche. Nicht, weil ich es will, sondern, weil es mir in Harvard beigebracht wird. In Harvard … dort, wo mich mein Dad immer sehen wollte, dort, wo ich nur wegen ihm bin und mich selbst Stück für Stück verliere. Wenn er nur wüsste, wie lebendig ich mich gestern mit Patrick gefühlt habe, er würde mich nicht um so etwas bitten. Aber er muss sich keine Sorgen machen. Patrick hat doch sehr deutlich gemacht, was er von mir hält.

»Natürlich, Dad. Wie du möchtest.«

Die Lüge klingt nicht nur erkennbar, sie schmeckt auch bitter, und irgendwie wird mir plötzlich schlecht. Mit der Bitte, mich von Patrick fernzuhalten, weckt er in mir nur das Verlangen, ihn in Schutz zu nehmen.

»Dad, tust du mir auch einen Gefallen?«

Es ist nur fair, wenn er mir nun auch etwas entgegenkommt.

»Was kann ich für dich tun?«

»Glaub nicht alles, was Kevin Bennett so erzählt.«

Es klingt vielleicht etwas kühler und härter, als ich es geplant habe, aber irgendwann ist der Punkt erreicht, an dem die Leute aufhören sollen, ihm Zucker in den Hintern zu pusten.

»Was meinst du?«

»Ich habe das Gefühl, du magst ihn zu sehr. Er ist nicht der tolle Junge, den du gern in ihm sehen würdest.«

Mein Vater verschränkt die Arme und lässt mich keinen Moment aus den Augen. An der Uni haben sie uns beigebracht, dass wir uns niemals einschüchtern lassen sollen. Einige von uns werden immerhin sogar mal als Strafverteidiger vor Gericht stehen. Die weniger Guten vielleicht als Staatsanwälte. Es ist an der Zeit, dass ich zeige, was ich gelernt habe.

»Wie kommst du auf Kevin?«

»Er hat dir irgendeinen Schwachsinn über Pat erzählt.«

»Pat?«

Wieder zieht er eine Augenbraue nach oben, und ich habe mich schon beim ersten Satz meines Plädoyers verraten. Schnelle Taktikänderung: Angriff!

»Kevin ist eifersüchtig. Also versucht er, Pat bei dir anzuschwärzen. Habe ich recht?«

Ich starre ihn wütend an, obwohl er nichts getan hat. Mein Ärger betrifft hauptsächlich Kevin – und ja, auch ein bisschen Patrick.

»Jennifer, was genau ist da zwischen dir und Patrick?«

Nichts. Weil die ganze Welt zwischen uns steht und wir durch Missverständnisse und alles andere getrennt sind.

»Ich mag ihn.«

Das kommt mir erstaunlich leicht über die Lippen. Der bittere Geschmack ist urplötzlich weg, und mein Magen flattert vor Aufregung. Bilder von uns beiden schießen mir unaufgefordert durch den Kopf. In Clearwater Bay hat es sich wie in einer anderen Welt angefühlt. Mein Dad sieht mich lang an, und ich halte seinem Blick stand. Diesmal werde ich nicht lügen oder die Wahrheit so verdrehen, dass sie allen anderen in den Kram passt. Ich mag Patrick. Viel zu sehr, als dass ich dabei zusehen könnte, wie er zu Unrecht schlecht behandelt oder schräg angesehen wird. Er hat gesagt, alle anderen würden wegschauen. Nicht ich! Nicht diesmal. Schließlich nickt mein Dad langsam und lächelt kurz.

»Vielleicht sehen wir uns ja doch noch am Strand, wenn ich hier fertig bin.«

Dabei schaut er zu seinem Rechner, als wären dort die Antworten auf alle Fragen versteckt. Als wüsste die Technik mehr über das Leben und die Welt als wir Normalsterblichen. Ich schenke ihm schnell ein falsches Lächeln und drehe mich zur Tür. Meine Gedanken überschlagen sich und wollen in dem Gehörten und Gesagten einen Sinn finden. Ist es okay für ihn, dass ich Patrick mag? Glaubt er Kevin womöglich doch nicht alles? Da mir keine Worte einfallen und mir die Konzentration für weitere Sätze fehlt, verlasse ich wortlos lächelnd das Büro meines Vaters. Als ich die Tür hinter mir schließe, weiß ich genau, was ich tun muss: auf mein Herz hören.

Patrick

»Hey.«

Ich zucke erschrocken zusammen. Das passiert mir sonst nie. Ich höre immer jeden kommen. Jeden! Auf eine Reaktion bin ich vorbereitet. Immer! Wieso habe ich ausgerechnet *sie* jetzt nicht kommen hören? Weil ich nicht mit ihr gerechnet habe. Nicht nach heute Morgen.

»Hi.«

Es fällt mir schwer, meiner Stimme die gewollte Gleichgültigkeit zu verpassen. Ich muss mich nicht umdrehen, ich kann ihr Gesicht im Spiegel, der an der Wand hängt, sehen. Sie sieht unglaublich gut aus, ihre Haare locken sich leicht, und sie trägt dezentes Make-up. Nur mit viel Mühe unterdrücke ich das Zucken meiner Lippen, das sich als Lächeln auf mein Gesicht stehlen will. Ihr Anblick macht mich fertig.

»Ich dachte …«

Sie verstummt, lächelt verloren und streicht sich schüchtern eine Haarsträhne aus dem Gesicht hinters Ohr. Gott, wenn sie wüsste, was sie mir antut. Nach diesem Tag heute habe ich nicht mehr viel Kraft, um mich weiter gegen das zu wehren, was ich auf keinen Fall zulassen darf.

»Ja?«

Meine Stimme klingt hohl und etwas zu laut, was bei Jen den gewünschten Effekt hervorruft. Ihr Lächeln verschwindet, und meine Rippen scheinen sich enger um meine Organe zu schrauben. Das Atmen fühlt sich wie beim Bankdrücken mit 280-Kilogramm-Hanteln an.

»Ich habe nachgedacht … vielleicht schulden wir einander eine Erklärung.«

Das tun wir allerdings, nur ist mir bisher keine eingefallen, mit der ich jetzt auftrumpfen könnte. Es gäbe immer noch die Wahrheit – und die Wahrscheinlichkeit, dass sie dann von hier verschwindet. Für immer. Doch dazu bin ich noch nicht bereit. Ein paar Tage möchte ich sie zumindest noch aus der Ferne ansehen und hoffen, dass sie etwas anderes in mir sieht.

»Musstest du wegen meines Vaters gestern so schnell zurück?«

Ihr Vater ist gerade mein kleinstes Problem.

»Ich habe doch gesagt, dass ich was klären musste.«

»Und hast du das jetzt geklärt?«

Weil ich ihrem Blick nicht länger standhalten kann und etwas tun muss, um sie nicht hier und jetzt zu küssen, greife ich nach einem ölverschmierten Lappen und einigen Werkzeugen. Wenn ich doch nur das Bild von Kevin und ihr aus dem Kopf kriegen würde! Dieser verdammte Kuss mag flüchtig gewesen sein, aber …

»Habe ich.«

»Können wir dann vielleicht endlich reden?«

Ihre Stimme hat einen leicht flehenden Unterton, und ich hasse es, so zu sein.

»Verpasst du nicht dein Date mit Kevin und den Film?«

Noch immer drehe ich ihr den Rücken zu. *Scheiße!* Diese Frau hat irgendwelche Superkräfte oder so was in der Art. Sie bringt mich schon mit ihrer puren Anwesenheit dermaßen aus dem Gleichgewicht, dass ich mir wie auf einem Hochseil mit verbundenen Augen vorkomme. Der nächste Schritt könnte den Absturz bedeuten.

»Den Film kenne ich auswendig. Und ich habe kein Date.«

Sie lehnt sich neben mich an die Werkbank, und ihre Nähe kappt alle Verbindungen von meinem Gehirn zum Rest des Körpers. *Nicht gut. Gar nicht gut!* Ich riskiere einen schnellen Seitenblick zu ihr und stelle fest, dass das leichte Sommerkleid ziemlich kurz ist und viel von ihren Beinen preisgibt. Meine Haut kribbelt, mein Herz hetzt von Schlag zu Schlag. Ich lasse meinen Blick über ihren Körper gleiten, unverhohlen und genüsslich. Wie, um alles in der Welt, soll ich mich da unter Kontrolle halten?

»Sprich mit mir, Pat!«

Alles, was ich zu sagen habe, wird sie nicht hören wollen.

»Kevin hat dich geküsst. Was soll ich da noch sagen?«

»Es war kein richtiger Kuss. Er hat mich überrumpelt.«

»Darum geht es nicht.«

Sie scheint wirklich nicht zu verstehen, wieso mich die Szene kalt und mit voller Wucht erwischt hat. Noch immer betrachte ich ihren Körper und spüre wieder das Verlangen, sie zu berühren.

»Dann erkläre es mir.«

Ich reiße meinen Blick von ihren Beinen los und sehe ihr direkt in die Augen.

»Kevin hat es einfach getan. Er musste nicht darüber nachdenken, was du sagen oder wie du reagieren wirst. Er hat sich einfach genommen, was er wollte.«

Jen rückt unmerklich dieses kleine Stück weiter zu mir und minimiert den Abstand auf eine kaum auszuhaltende Nähe. Klare Gedanken werden jetzt nur noch schwerer.

»Was *du* wolltest?«

Ihre Stimme ist nur ein Flüstern und setzt meinen Körper damit unter Strom. Langsam nicke ich, betrachte ihre Lippen, die so einladend nah sind, bevor ich erneut ihren Körper studiere, ihn mit meinen Augen streichle. Sie spürt meinen Blick, und ich bemerke, dass sie darauf reagiert, ob sie will oder nicht. Sie trägt keinen BH, und ich kann sehen, wie deutlich sich ihre harten Brustwarzen unter dem dünnen Stoff abzeichnen. Mein Blick wandert wieder ihren Hals entlang bis zu den Lippen, die leicht geöffnet sind. Sie atmet schneller, ihre Augen verraten jetzt unverhüllt ihre Sehnsucht.

»Und warum tust du nicht das, was du tun willst, Patrick?«

Meine Hand greift nach ihrem Handgelenk, und mit einer schnellen Bewegung ziehe ich sie an mich, spüre ihren Atem auf meinen Lippen. Ihr Körper schmiegt sich an meinen, und spätestens jetzt spürt auch sie, wie heftig ich auf sie reagiere. Sie streicht mit ihren Händen sanft über meine Arme, hinterlässt ein Brennen auf meiner Haut. Mit einer geschmeidigen Bewegung schiebt sie sich zwischen mich und die Werkbank, presst ihren Unterkörper härter gegen meinen, und ich schließe kurz die Augen. Ihre Lippen berühren meinen Hals, während meine Hände sich selbständig machen und ich mit den Fingerspitzen leicht über ihre Oberschenkel streiche. Ich spüre ihren Atem an meinem Hals, ihre Hand an meinem Gürtel. Langsam bewege ich meine Hände an ihrem Oberschenkel weiter nach oben, schiebe dabei das Kleid höher. Ich öffne meine Augen wieder und sehe das verräterische Funkeln in ihren Augen, das freche Lächeln auf den Lippen. Sie meint es ernst.

»Was willst du, Patrick?«

Statt zu antworten, nehme ich ihr Gesicht zwischen meine Hände und küsse sie. Tue das, was ich schon die ganze Zeit tun wollte. Sie erwidert meinen Kuss, lässt mich zu. Mit Leichtigkeit hebe ich sie auf die Werkbank und löse mich nur kurz von ihren Lippen. Jen ist ebenso atemlos wie ich, aber keiner von uns will hier und jetzt aufhören. Ich lasse meine Lippen über ihren Hals und das Schlüsselbein wandern, spüre ihren schnellen Puls und muss lächeln, als sie meinen Gürtel und den obersten Knopf meiner Jeans öffnet. Würde mein Gehirn noch ausreichend mit Sauerstoff oder Blut versorgt, könnte ich mich fragen, was, zum Henker, wir hier tun!? Aber wenn Jen mich so ansieht und berührt, kann ich nicht klar denken. Ich lasse meine Hände ihre Beine entlangwandern, bis ich ihren Slip zu fassen kriege. Jen stöhnt leise auf und beißt sich auf die Unterlippe. Mein Lächeln entspannt sie schnell wieder, und ihre Hände schieben mein T-Shirt ein Stück weiter nach oben.

»Jen, warte … wir sollten …«

Was genau sollten wir? Miteinander schlafen? *Ja! Jetzt!? Hier?* Sie legt ihren Finger auf meine Lippen und schüttelt den Kopf. Dann greift sie nach ihrer Handtasche und zieht ein kleines Plastikpäckchen heraus. Jen hat ein Kondom eingesteckt? Das hätte ich nicht erwartet, spüre aber sofort, wie mein Körper auf diesen Gedanken reagiert.

»Nicht nachdenken …«

Das sollte mir leichtfallen. Zumindest spüre ich mein Nicken. Dann zieht mir Jen das T-Shirt über den Kopf und lässt es achtlos zu Boden fallen. Ihr Blick wandert über meinen Oberkörper, ihr Lächeln wird breiter. Sie beugt sich zu mir und beginnt, meine Haut zu küssen. Ich atme scharf ein. Plötzlich glaube ich, ein Geräusch zu hören. Einbildung? Meine Konzentrationsfähigkeit sinkt mit jeder Berührung von Jens Lippen.

»Wusste ich doch, dass ich dich hier finde!«

Seine Stimme trifft uns wie ein rechter Aufwärtshaken von Mayweather, und sofort halten wir in unseren Bewegungen inne. Ich schiebe mich schützend vor Jen und versperre ihm so die Sicht. Vermutlich zu spät. Ich will sie vor seinen Blicken schützen, denn ich bilde mir ein, nur ich habe das Recht, sie so zu sehen.

Kevin Bennett steht grinsend da, an die offene Tür gelehnt, mit seinem Smartphone in der Hand. Das Klicken verrät, dass er mindestens ein Foto von uns in dieser Situation geschossen hat.

»Bennett! Du Wichser, was machst du hier?«

»Ich wollte meine Date-Partnerin abholen. Als sie nicht zu Hause war, wusste ich gleich, wo sie stecken könnte.«

Er winkt Jen zu und grinst dabei überlegen.

»Hi, Jenny!«

Sein schmieriges Grinsen wird noch breiter, und er steckt das Handy provokant in die Gesäßtasche seiner Hose.

»Ich wette, Mr. Main wird ganz entzückt sein, wenn er erfährt, mit wem es seine wohlerzogene Tochter so treibt!«

Ich mache einen Schritt auf ihn zu. Meine Hände sind zu Fäusten geballt, als Jen mich an der Schulter packt und von der Werkbank herabgleitet. Ihr Kleid ist wieder an die richtige Position gerutscht. Zwar verraten ihre geschwollenen Lippen und geröteten Wangen, was hier gerade passiert ist, aber sie hat ihre Fassung wiedergewonnen. Meine habe ich allerdings verloren, und mir steht auch nicht der Sinn danach, sie so schnell wiederzuerlangen.

»Was willst du, Kevin?«

Kevin lässt sich viel Zeit dabei, sie von oben bis unten zu mustern. Das dreckige Grinsen macht mich nur noch wütender. Bevor er antworten kann, gehe ich einen Schritt auf ihn zu.

»Stell dir nur mal vor, wie entsetzt die Stadt wäre, wenn die Bilder in der nächsten Ausgabe des *Oceanside Herald* erscheinen würden. Dein armer Dad, sein guter Ruf ruiniert. Die Erinnerung an deine großartige Mutter beschmutzt. Daddys kleines Mädchen fickt mit dem Mechaniker – und alle können es sehen.«

»Verpiss dich, Bennett, oder …«

»Oder was? Willst du mich verprügeln?«

»Vielleicht.«

»Weil du das immer tust, hä? Wenn man sich mit Worten nicht wehren kann, was?«

Ein kurzes Augenzwinkern, und meine Sicherung brennt durch. Nur drei Schritte, dann bin ich bei ihm, packe ihn am Kragen und hole aus – als Jen erneut nach meiner Hand greift.

»Nein! Patrick, bitte!«

Etwas in ihrer Stimme verwirrt mich, aber noch kann ich nicht klar genug denken, um zu verstehen, was es ist. Ich bin einfach nur wütend und der festen Überzeugung, dass ein gezielter Faustschlag in Bennetts Fresse genau das Richtige ist, um mich zu beruhigen. Die Panik in seinem Blick ist nur zu deutlich, aber er weiß auch genau, dass er uns mehr oder weniger in der Hand hat.

»Lass ihn, bitte!«

Zwar verstehe ich, was sie sagt, aber es macht keinen Sinn. Meine Hand zieht den Kragen von Kevins T-Shirt noch fester zusammen, als ich langsam begreife … als es langsam durchsickert … und erkenne, was in Jens Stimme zu hören ist: Es ist die gleiche Panik wie die in Kevins Blick. Und zwar die Angst davor, dass ihr Vater etwas erfährt. Mein Griff wird lockerer, und schließlich lasse ich Kevin los. Sein Grinsen kehrt augenblicklich zurück.

»Na siehst du, Steel, du bist doch nicht so blöd, wie ich dachte. Wenn du weißt, was gut für dich ist, lässt du mich in Ruhe.«

Ich starre ihn an, gelähmt von der Erkenntnis, dass diese Begebenheit hier ein großes Geheimnis ist – und es bleiben soll. Jen will nicht, dass ihr Vater davon erfährt. Nicht jetzt und auch nicht irgendwann. Meine Augen fangen an zu brennen, als ich mich zu ihr umdrehe. Wo ich eben noch Lust und Verlangen in ihrem Blick erkannt habe, ist nur noch Scham zu sehen. Schämt sie sich für mich? Oder wegen mir? Und was davon ist schlimmer? Ihr Blick wirkt heftiger als eine eiskalte Dusche.

»Es tut mir leid …«

»Ja. Klar. Natürlich.«

Um sie nicht länger ansehen zu müssen, gehe ich an ihr vorbei und greife nach meinem T-Shirt, das sie mir vor wenigen Minuten noch ausgezogen hat. Wie kann eine solche Situation nur so eine Wendung nehmen?

»Vielleicht wollt ihr euch ja noch verabschieden. Ich warte so lang draußen.«

Wenn er noch ein Wort sagt, kann ich für nichts mehr garantieren und schlage ihm sein Zahnpastalächeln aus der Visage. In der letzten Zeit habe ich solche Gedanken gut im Griff gehabt. Das Ziel scheint so nah. Mein Blick wandert zum Boot – und mehr denn je sehne ich mich nach dem Tag, an dem ich es endlich zu Wasser lassen kann. Als die Tür ins Schloss fällt, tritt Jen neben mich.

»Patrick …«

»Verschwinde! Und komm nie wieder!«

»Du verstehst nicht, mein Vater …«

»Was ist mit deinem Vater, hm? Ist es dir peinlich, wenn er weiß, dass du es mit dem Mechaniker treibst?«

Als ich mich zu ihr umdrehe, sehe ich die Tränen in ihren Augen und will sie an mich ziehen, sie küssen und nie mehr loslassen. Doch diese Gefühle lasse ich nicht gewinnen. Nicht dieses Mal. Nie mehr!

»Ruiniert das deinen tollen Harvard-Ruf, feine Lady?«

»Das ist unfair.«

Ihre Stimme zittert, und es tut weh, zu wissen, dass sie wegen mir weint. Es schmerzt so sehr, als würde mir jemand Salz in eine offene Fleischwunde reiben.

»Weil du Daddy immer alles recht machen willst, oder? Weil du deine kleine, feine Traumwelt nicht wegen einem Typen wie mir verlassen willst.«

»Das ist nicht wahr!«

»Verschwinde, Jen!«

Sie starrt mich aus großen Augen an und bewegt sich keinen Millimeter. Noch nie machte sie einen so verlorenen Eindruck. Mein Gehirn überschlägt sich bei dem Versuch, passende Worte zu finden. Ich muss eine Entscheidung treffen. Jetzt!

»Hau ab!«

Ich schreie ihr die Worte entgegen, wieder zuckt sie erschrocken zusammen. Sie muss gehen, bevor ich hier alles kurz und klein schlage und noch weitere Dinge sage, die ich nicht mehr zurücknehmen kann. Jen schüttelt weinend den Kopf, will gehen, verharrt dann aber in ihrer Bewegung.

»Du bist ein Arschloch, Patrick!«

»Verschon mich mit dem Gequatsche! Du bist hierhergekommen, weil du mit mir schlafen wolltest! Nicht mehr und nicht weniger. Morgen früh wärst du wieder zurück in das schicke Strandhaus verschwunden und hättest deinen Freundinnen erzählt, wie es ist, wenn es dir ein echter Mann besorgt. Kein Preppy wie Kevin und seine Leute.«

Die Erinnerung brennt in meinem Kopf, Gefühle von damals kochen wieder hoch und Monicas Gesicht blitzt vor meinem inneren Auge auf. Ihre Worte hallen durch mein Inneres: schmerzhafte Nadelstiche der Vergangenheit. Mein Körper ist wie gelähmt. Wir Menschen sind und bleiben Gewohnheitstiere. Zu lang habe ich gelernt, mich selbst zu schützen. Ich musste! Jen kann nicht erwarten, dass ich mich binnen weniger Tage verändere. Sie bemerkt, dass ich nicht zu ihr komme, sie nicht in den Arm nehme. Ihr letzter Blick, bevor sie das Bootshaus und mich verlässt, zertrümmert all meine Hoffnung. Wütend schleudere ich die Tür ins Schloss und spüre, wie der Zorn sich nicht mehr unterdrücken lässt. Nur nicht ausrasten! Jetzt nur nicht völlig ausrasten! Als mein Blick auf den Kompass fällt, verliere ich die Kontrolle. Mit einem kraftvollen Wurf schmettere ich den Kompass gegen die Wand, wo er in kleine Teile zersplittert, die sich überall auf dem Boden verteilen. Fast so ergeht es auch meinem Herz.

Jen

Meine Schritte sind Kraftanstrengungen, die körperlichen Schmerz erzeugen. Kevin lehnt draußen am Steg und sieht zum Strand hinüber, wo sich immer mehr Gäste tummeln. Als er mich kommen hört, dreht er sich zu mir um. Doch bevor er auch nur eine Silbe über die Lippen bringt, gehe ich einfach an ihm vorbei. Nach wenigen Schritten hat er mich bereits eingeholt und greift nach meinem Arm.

»Keine Sorge, ich werde die Fotos nicht deinem Daddy zeigen.«

Glaubt er wirklich, dass mit diesem dämlichen Spruch, begleitet von einem noch dämlicheren Grinsen, alles wieder gut ist? Kevin hat keine Ahnung, was er da gerade kaputt gemacht hat. Patricks Blick, als er mich angesehen hat – das war wie der Volltreffer eines Scharfschützen, der genau weiß, wie man einen tödlichen Schuss abfeuert. Natürlich ist daran nicht Kevin schuld. Nein, ich hätte einfach abwarten sollen. Patrick hätte Kevin verprügelt, und dann wäre ich bei Patrick geblieben. Wir wären zurück nach Clearwater Bay gefahren, zurück zum Leuchtturm, dort hätte ich ihn wieder so geküsst. Und hätte ihm gesagt, dass ich ihn wirklich gernhabe und mich eigentlich schon längst in ihn verliebt habe. Nicht, weil er es hören will, sondern, weil er es hören muss. Weil ich es sagen muss, bevor mein Inneres zerreißt. Weil ich diesen Gedanken mit mir trage, ihn aber nicht ausspreche. Weil mein ganzer Körper das herausschreit und nur mein Kopf es verschweigt.

»Du bist das größte Arschloch, das ich kenne. Weißt du das, Kevin?«

»Ach, komm! Ich bin nicht schlimmer als der Kerl da drinnen.«

Er blickt zum Bootshaus und zuckt die Schultern, als hätte er nicht die Situation gerade für eine Erpressung benutzt, um Patrick zu verletzen.

»Du kennst ihn nicht! Du weißt gar nichts über Patrick!«

Ich bleibe stehen und ziehe endlich meinen Arm zurück. Es ist genug! Vielleicht benötige ich für meine Reaktionen immer ein wenig Zeit und mein Protest kommt zu spät, aber er kommt wenigstens. Wütend funkle ich Kevin an und bin kurz davor, ihm eine zu verpassen.

»Oh, komm schon, Jenny! Reicht ein Wichser in engen Shirts, um deinen Blick fürs Wesentliche zu trüben?«

»Tu nicht so, als ob du mich kennst!«

»Ich kenne dich, seitdem du ein Kind warst!«

Vielleicht glaubt er, eine Jennifer zu kennen, die an der Hand ihrer Mom über die Straßen gelaufen ist, oder ein Mädchen, das mit ihrem Dad zum Hafen gegangen ist und alles über Boote weiß. Anscheinend hat er aber die Erkenntnis verpasst, dass es diese »Jenny« nicht mehr gibt. Sie ist mit meiner Mom gestorben. Mich kennt niemand mehr. Patrick war gerade auf einem guten Weg, mich kennenzulernen. Ihm würde ich mich öffnen.

»Du hast keine Ahnung, wer ich bin!«

»Im Ernst, deine pubertäre Rebellion kommt ein paar Jahre zu spät, Jenny.«

Er verdreht genervt die Augen und will wieder nach meiner Hand greifen, was ich verhindere, indem ich ihm ausweiche.

»Fass mich nicht an!«

»Hast du bei Steel auch auf ›schwer zu haben‹ gemacht?«

Die schallende Ohrfeige trifft Kevins Wange mit voller Wucht und hinterlässt einen dunkelroten Abdruck auf seiner Haut. Das hat sich ziemlich gut angefühlt. Am liebsten würde ich ihm noch eine verpassen. Und noch eine! Und dann noch eine!

»Das war ein großer Fehler, Jenny. Dein Dad wird schwer enttäuscht sein. Seine perfekte kleine Tochter lässt sich von einem dahergelaufenen Mechaniker ficken.«

Er schüttelt angewidert den Kopf und starrt mich wütend an. So habe ich Kevin noch nie erlebt. Was bezweckt er mit dieser gemeinen Aktion?

»Wie die Leute wohl reagieren werden?! Was deine Mutter wohl sagen würde?!«

»Halt dein Maul, Kevin!«

»Glaubst du, Mommy wäre stolz auf dich?«

Die Tränen kehren zurück, und mein Herz zuckt. Das ist die billigste Karte, die Kevin ausspielen konnte. Ich lasse mich sicher mit vielen Dingen erpressen, aber niemals mit meiner Mutter. Meine Mutter, die in Boston einen jungen Mann kennengelernt hat, während sie als Kellnerin ihr Studium finanzierte. Dieser junge Mann wollte noch am ersten Abend ein Date mit ihr und hat sie einige Jahre später geheiratet. Meine Mutter, die mir immer von der großen Liebe erzählt hat. Noch heute höre ich ihre Stimme in meinem Kopf, sehe, wie sie mich anschaut, lächelt und meine Hand drückt. *Jen, eines Tages wird es dich wie ein Sommersturm erwischen. Dann klopft dein Herz bis zum Hals und du weißt: Dieser Junge ist es! Egal, was um dich herum passiert. Make it count.*

Ich weiß ganz genau, wenn sie noch hier wäre, dann hätte sie Patrick gemocht. Oder ihm auf jeden Fall eine faire Chance gegeben. Für sie hat es nie eine Rolle gespielt, woher ein Mensch kommt. Mein Lächeln, wenn ich von ihm spreche, hätte ausgereicht, um sie davon zu überzeugen, dass Patrick ein toller Kerl ist. Ich sollte meinem Dad auch die Chance geben, ihn zu mögen. Dazu muss ich nur endlich den Mut finden und ihm die Wahrheit sagen.

»Lass meine Mutter aus dem Spiel, sonst …«

Mir fällt nichts ein, was sonst passieren würde oder womit ich ihm drohen könnte. Was kann ich schon Großartiges tun, um ihn davon abzuhalten? Er wird mich auslachen. Kevin beugt sich zu mir vor und hält mir mutig die andere Wange hin. Dazu grinst er dreckig, und seine Augen zeigen, wie wütend er wirklich ist.

»Los, schlag mich noch mal! Vielleicht stehe ich ja drauf!«

Den Gefallen werde ich ihm ganz sicher nicht tun. Ohne ihn auch nur eines Blickes zu würdigen, lasse ich ihn stehen und marschiere mit festen Schritten auf den Strand zu. Ich bin wütend! Auf Kevin. Auf Patrick. Auf mich. Auf die ganze Welt! Wieso können wir nicht einmal lösbare Aufgaben bekommen? Früher in der Schule war es leicht: Textaufgaben, die genau das abgefragt haben, was vorher gelernt worden war. Im echten Leben wird immer etwas verlangt, das wir gerade nicht bewältigen können. Die Hürden werden immer höher, man erwartet von uns einen gekonnten Sprung über das Hindernis, eine 1-a-Landung und beste Haltungsnoten. Wann aber habe ich gelernt, wie man mit einem hinterhältigen Schweinehund wie Kevin umgehen soll? Und was soll man tun, wenn man sich bis über beide Ohren in den Mann verliebt hat, von dem einem der Vater abrät?

Der feine Sand knirscht unter meinen Sohlen, als ich am Strand direkt auf die Bar zusteuere und bekannte Leute, die mich grüßen, gekonnt ignoriere. Im Leben haben wir keinen Spickzettel, der uns die richtige Lösung verrät. Wir haben nur Alkohol.

»Ich hätte gern einen Caipirinha.«

Ich kenne den Typen hinter der Bar, aber mir fällt sein Name nicht ein. Er arbeitet schon den zweiten oder dritten Sommer in Oceanside. Mein Dad wüsste bestimmt sofort, wie er heißt, denn er hat ein Namensgedächtnis wie ein Elefant. Mir kommen nur seine Augen und das Lächeln bekannt vor.

»Kommt sofort, Miss Main.«

Natürlich kennt er meinen Nachnamen. Weil mich hier jeder kennt. Weil ich die Tochter meines Vaters bin. Weil jeder meine traurige Geschichte kennt. Der Tod meiner Mom war fast ein ganzes Jahr lang Gesprächsthema Nummer eins. Wenn ich ein Restaurant oder ein Café betreten habe, verstummten alle Gespräche, und die Blicke zeigten nur Mitleid. Wie mein Vater damit leben konnte?

Kaum steht der Cocktail vor mir, nehme ich auch schon einen großen Schluck. Zum Glück ist das Getränk so süß, dass ich den Alkohol nicht schmecke. Ich vertrage nicht viel, und ich trinke auch sehr selten Hochprozentiges. Okay, ich weiß schon – nicht gerade das, was man von einer Studentin erwartet. Heute Abend will ich das Klischee erfüllen. Ich werde das tun, was alle anderen hier auch tun: trinken, feiern und vergessen. Ist das nicht überhaupt Sinn und Zweck von solchen Partys? Das Glas fühlt sich eiskalt in meiner Hand an, aber mein Rachen brennt, und mein Magen wird warm. Wie schmeckt Vergessen? So süßlich wie dieser Cocktail? Dann brauche ich sofort noch einen.

»Jen?«

Und wieder jemand, der ganz stolz ist, mich zu kennen. Noch eine Person, für die ich eine »Perfekte-Tochter-Show« abziehen soll? Aber als ich aufschaue, sehe ich ein freundliches und attraktives Männergesicht. Eines, das ich schon eine ganze Weile nicht mehr gesehen habe.

»Andrew?«

»Dachte ich mir doch, dass du das bist.«

Er nimmt mich, ohne zu fragen, fest in den Arm. Ganz kurz spiele ich mit dem Gedanken, in Tränen auszubrechen und mich von Andrew MacDougall, einem Mann, dem die halbe weibliche Einwohnerschaft von Oceanside schon hinterhergerannt ist, trösten zu lassen. Als er sich von mir löst und ich ihn mir genauer ansehe, bemerke ich, wie markant sein Gesicht in den letzten Jahren geworden ist. Andrew wird von Jahr zu Jahr attraktiver, und ich wette, er ist sich dessen nicht nur bewusst, sondern genießt die damit verbundenen Vorzüge in vollen Zügen. Er deutet zu dem Glas in meiner Hand.

»Früher hast du nie getrunken.«

Klar, das passt nicht ins Bild der perfekten Jen. Gut erkannt! Finde den Fehler …

»Früher war ich jung und dumm.«

Schnell nehme ich einen weiteren Schluck, um zu demonstrieren, dass ich viel vertrage und quasi ständig trinke. Die Mischung macht es mir leicht – es schmeckt zuerst wie Soda, später kommt dieses leichte Brennen im Hals. Andrew nickt unbeeindruckt und fährt sich durch seine dunklen Haare. Ich bin mir sicher, mit dieser einfachen Geste bricht er reihenweise Frauenherzen. Und dann noch dieses Lächeln. Würde ich ihn nicht schon so lang kennen, wäre ich sicher eine von den Frauen, die ihn anhimmeln. Er lehnt sich an die Bar und lässt mich keine Sekunde aus den Augen.

»Deine plötzliche Flucht in den Alkohol hat wohl nichts mit dem Typen zu tun, mit dem ich dich gesehen habe?«

»Kevin?«

»Nein. Das war ganz sicher nicht Kevin. Unten am Steg.«

Sofort brennt mein Gesicht, und ich kann nur hoffen, dass Andrew die verräterische Färbung meiner Haut nicht bemerkt, aber sein Lächeln wird breiter.

»Habt ihr Streit?«

»Das ist nur ein Angestellter von meinem Dad.«

Ich bin froh, dass Patrick mich nicht so reden hört. Das würde ihn verletzen. Es tut mir ja auch weh. Warum, das kann ich nicht einfach sagen. Interessiert es mich wirklich so sehr, was Andrew von mir denkt?

»Es sah eher so aus, als wäre das dein Freund oder so was.«

»Was?«

»Na ja, dein Blick war recht eindeutig, Jen.«

»Mein Blick? Nein, ich … wir … er …«

Andrews Lachen klingt, anders als bei Kevin, kein bisschen gehässig, sondern einfach nur ehrlich amüsiert über meinen stotternden Versuch, das zu verheimlichen, was für andere bereits offensichtlich ist. Andrew sieht mich inzwischen nur noch im Sommer oder wenn wichtige Veranstaltungen anstehen, zu deren Besuch er – ebenso wie ich – von seiner Familie genötigt wird. Jetzt genügt ihm ein kurzer Blick, um zu erkennen, was Patrick alles durcheinandergebracht hat.

»Ist schon okay. Weißt du, eigentlich darf man verliebt sein.«

Er zwinkert mir kurz zu und nimmt einen Schluck aus seiner Bierflasche. Wie gern würde ich ihm glauben. Er scheint sich nicht daran zu stören, dass Patrick kein reicher Typ von der Ostküste ist. Wieso auch?

»Ach, Andrew! Wenn es doch nur so einfach wäre …«

Etwas in seinem Blick verändert sich schlagartig, und ich ziehe nachdenklich die Brauen zusammen.

»Wie? Ist Andrew MacDougall etwa verliebt?«

Männer wie Andrew erröten nicht, dafür sind sie viel zu cool und viel zu gefestigt. Nein, Andrew zuckt nur die Schultern und weicht meinem Blick aus. Was bei ihm allerdings nicht minder verräterisch ist, als hätte er einen hochroten Kopf.

»Wer ist die Glückliche? Ich kann mich nicht erinnern, dass du jemals dein Herz verloren hast.«

»Und dabei sollte ich bleiben.«

Als er wieder zu mir sieht, ist der Zweifel aus seinem Blick verschwunden. Trotzdem meine ich zu erkennen, dass es ihm ein bisschen so wie mir ergeht.

»Alkohol ist keine Lösung. Rede mit deinem … Angestellten und kläre das, was zu klären ist.«

Er stupst sanft meinen Arm an und grinst, bevor er wieder verschwindet. Diesen Sommer werde ich ihn wohl nicht so schnell wiedersehen. Andrew ist bekannt für seine Abenteuer, seine abgebrochenen Uniaufenthalte und seine wechselnden Frauengeschichten. Als wäre er immer auf der Suche nach etwas. Ich sehe ihm einen Augenblick nach, bevor ich Kevin in einer Gruppe Jungs erkenne. Sie lachen laut über seine Erzählungen und prosten sich gegenseitig mit Bierflaschen zu. Ich kann nur hoffen, dass es bei seinen Sprüchen nicht um mich geht. Das wäre noch schlimmer, als wenn er mit den Fotos zu meinem Vater rennen würde. Wieder will ich einen Schluck aus dem Glas nehmen und bemerke, dass es leer ist.

Huch, das ging schneller, als ich dachte. Vorsichtshalber bestelle ich noch einen Cocktail und frage mich, was Patrick wohl gerade macht …

Patrick

»Verstehst du? Sie ist genau wie alle anderen! Wie alle! Kein Stück besser! Für sie bin ich auch nur Luft! Sie ist gar nicht so toll, wie du denkst!«

Es kostet mich enorm viel Kraft, nicht zu laut zu werden, obwohl ich am liebsten schreien will. In meinem Inneren tobt ein Sturm, der so ziemlich jedes Schiff auf allen Weltmeeren in Seenot bringen würde. Ein Bier hat ausgereicht, um mich zumindest so weit zur Vernunft zu bringen, dass ich diese Energie nicht dafür verwende, noch andere Dinge zu zerstören. Nein, ich nutze sie. Mein T-Shirt klebt verschwitzt an meinem Rücken, ich stehe auf einer kleinen Leiter und kratze den alten Lack vom Bug des Bootes. Buddy liegt unter mir auf dem Boden und sieht mich aus großen, dunklen Augen an – als würde er nicht verstehen, warum ich so wütend bin.

»Im Ernst, sie ist eine so tolle Frau. Ihr Lachen … hast du es gehört? Es klingt wie … keine Ahnung. Es klingt toll. Wäre ich ein Autor, würde ich darüber schreiben.«

Buddy legt den Kopf schief, als hätte ich endgültig den Verstand verloren.

Habe ich auch! Da mache ich mir schon lang nichts mehr vor. Wütend kratze ich weiter den Lack ab, der zu Boden rieselt.

»In Clearwater war alles perfekt. Okay, bis auf meinen kurzen Ausraster. Aber sonst war alles … Sie hat mich angesehen. Fast hätte ich ihr alles erzählt, und dann …«

Ich halte in meinen Bewegungen inne und schließe für einen Moment die Augen. Jens Haut, ihre Lippen, das Lächeln. Wieso kann das alles nicht einfacher sein? Ich will diese Frau. Ich will sie! Ich will ihr alles erzählen und hören, dass es okay ist. Was hier passiert – oder fast passiert – ist, das hat sich zu gut angefühlt, um es aufzugeben. Ja, sie ist gegangen, aber wenn ich jetzt zu ihr gehe und ihr alles sage, dann kann sie entscheiden, ob sie bleiben oder gehen will. Ob sie so sein will wie alle anderen auch. Oder ob sie bei mir bleiben möchte. Ganz ohne Zweifel hat auch sie sich bei mir wohl gefühlt. Sicher, wenn man sich öffnet, wird man verletzlich. Aber vielleicht, wenn man verdammt viel Glück hat, wird man auch aufgefangen. Das kann doch passieren, oder?

Ich sehe wieder zu Buddy, der mir nicht von der Seite gewichen ist, als würde er mir im Moment nicht trauen.

»Glaubst du, sie ist die Richtige?«

Er hebt den Kopf – und ich schwöre, wenn Hunde wirklich lächeln können, dann tut es Buddy jetzt.

»Ja? Du magst sie, oder?«

Lautes Bellen, dazu eifriges Schwanzwedeln. Fast muss ich grinsen und steige langsam von der Leiter herab. Buddy nimmt mich in Empfang, noch immer bellt er fröhlich vor sich hin und springt um mich herum.

»Okay, okay. Ich habe es verstanden.«

Hunde haben ein gutes Gespür für Menschen. Buddy hier hat mich noch nie im Stich gelassen. Er war für mich bereits Wachhund, Wärmflasche, Nervensäge und Lebensretter. Heute muss ich ihm vertrauen und glauben, dass er auch ein

Menschenkenner ist. Bei Monica hätte er niemals so gebellt. Vermutlich hätte er geknurrt und versucht, mich zu warnen. Jen ist nicht Monica. Ich habe für Monica nie etwas empfunden, das sich auch nur im Ansatz mit meinen Emotionen für Jen vergleichen lässt. Ich habe überhaupt noch nie für jemanden solche Gefühle entwickelt.

»Ich rede mit ihr.«

Das klingt ein bisschen heldenhaft. Nur ein bisschen. Ich bin bei weitem kein Held. Aber wenn ich jemals einer sein könnte, dann bitte heute Nacht. Ein kurzer Blick auf meine Klamotten lässt keinen Zweifel aufkommen, dass ich mich so nicht blicken lassen kann. Meine Garderobe bietet mir nicht besonders viel Auswahl: Als bestes Kleidungsstück habe ich ein schwarzes, kurzärmliges Hemd, das gut zu meinen schwarzen Jeans passt. Ich fahre mir durch die Haare, verwandle damit aber nur das strubbelige Vogelnest auf meinem Kopf in ein etwas weniger strubbeliges Vogelnest. Warum bin ich so nervös? Ich habe einen ganzen Tag mit Jen verbracht, und vorhin kamen wir uns verdammt nah. Was soll das also jetzt? Nein, nicht die Tatsache, dass ich sie gleich wiedersehe, macht mich so nervös. Während ich die Knöpfe am Hemd schließe und einen kurzen Blick in den halben Spiegel über dem rostigen Waschbecken werfe, erkenne ich mich kaum wieder. Ein Tag an Jennifer Mains Seite – und schon fühle ich mich so, als könnte ich es mit der ganzen Welt aufnehmen. Nur um sie zu beeindrucken. Ich bin bereit, für sie zu kämpfen, sie davon zu überzeugen, dass ich es wert bin. Zum ersten Mal in meinem Leben verlange ich eine faire Chance. Ich will Jennifer Main!

Als ich das Bootshaus verlasse, möchte Buddy mir folgen, doch das ist keine so gute Idee.

»Du wirst nur Ärger kriegen, wenn die dich da unten sehen.«

Wieder legt er den Kopf schief und scheint nicht zu verstehen, wieso er nicht der Partner an meiner Seite sein kann, sozusagen mein Wingman auf vier Pfoten.

»Sorry, Kumpel, das nächste Mal, versprochen.«

Das scheint ihm zu genügen, und er lässt sich neben der Tür nieder. Wenn ich später wieder nach Hause komme, wird er genau hier auf mich warten. In genau dieser Position. Buddy ist eine treue Seele, auch wenn er ganze Tage verschwindet. Irgendwie findet er mich immer wieder, auch wenn uns Meilen trennen.

»Wünsch mir Glück!«

Ein Blick zum Strand reicht aus, um zu wissen, dass ich dort nicht nur auf Freunde treffen werde. Jackson ist dort irgendwo, unterhält die Gäste und flirtet mit manchen Mädchen, die dann kichernd ihre Zahnspange mit der Hand verbergen wollen. Nach der Saison werden sie auf den Fluren ihrer Highschool von dem süßen Animateur erzählen, der sie wie verrückt angebaggert hat. Ich kenne das leider zu gut. Das war in Vermont nicht anders als hier in Oceanside. Je näher ich dem bunten Treiben komme, desto lauter wird die Musik. Wie soll ich Jen hier finden? Vielleicht ist sie ja auch direkt nach Hause gegangen und schämt sich wegen mir, allein in ihren vier Wänden. Das kurze Auflodern meiner Wut vorhin verdränge ich in andere Bereiche meines Innenlebens.

Jungs in hellen Poloshirts mit hochgeklapptem Kragen, Mädchen in Bikini-Oberteilen und Hotpants, wenige Erwachsene, schlechte Musik und billige Cocktails, die nur einen Zweck erfüllen sollen: die meist minderjährigen Jugendlichen zum Kauf von noch mehr zu verführen. Kennt man eine Party, kennt man alle. Vor allem, wenn die Kinder der reichen Familien sich hier wie die Könige der Welt aufführen.

Mein Blick wandert über die vielen Decken, die am Strand verteilt liegen, und weiter bis zum Pier. Überall entdecke ich Pärchen, Grüppchen und vereinzelt auch einsame Gestalten, die unsicher zu den anderen Besuchern schielen. Wer diese Veranstaltung hier unter »Spaß« verbucht, der muss betrunken oder von allen guten Geistern verlassen sein. Von Jen keine Spur …

»Sieh einer an! Dulden sie jetzt schon Loser bei der Party?«

Ich erkenne seine Stimme sofort. Auch der neue, mutige Unterton ändert nichts daran, dass es sich bei Kevin um ein Weichei handelt. Er will mich doch nur provozieren und aus der Reserve locken. Den Gefallen werde ich ihm ganz sicher nicht tun. Als ich mich zu ihm umdrehe, steht er in der Mitte seiner lächerlichen Clique: vier Jungs, in ihrem Look alle eine Kopie von Bennett, die um die Wette grinsen, als gäbe es eine Rolle in einem Zahnpasta-Werbespot zu gewinnen.

»Suchst du etwa Jenny?«

Er weiß ganz genau, dass ich das tue. Es würde auch keinen Sinn machen, das abzustreiten. Ich mustere ihn kurz, so wie er auch mich anschaut.

»Hast du sie gesehen?«

Meine Stimme gibt sich nicht die geringste Mühe, zu verheimlichen, wie angewidert ich von ihm bin. Sein Blick soll mich beeindrucken, aber das scheitert kläglich. Er müsste ungefähr vier Kilo an Muskelmasse zulegen, um mich auch nur im Ansatz körperlich einschüchtern zu können. Obwohl ich es nicht nötig habe, richte ich mich auf und straffe die Schultern.

»Vielleicht. Wenn ich Sehnsucht nach ihr habe, schaue ich mir einfach ein paar Fotos von ihr an …«

Die Jungs neben ihm brechen wie auf Kommando in Gelächter aus und stoßen sich gegenseitig an, als hätte Kevin einen unanständigen Witz gerissen. Was er indirekt auch hat. Er versucht, damit bei mir einen Schalter umzulegen. Dieser Vollidiot denkt wirklich, er hätte mich in der Hand. Er wird sogar noch mutiger, kommt einen Schritt näher an mich heran und zupft kurz am Kragen meines Hemdes.

»Wie schick du dich gemacht hast.«

»Nimm deine dreckigen Finger weg!«

»Weil du mich sonst verprügeln wirst?«

Seine Freunde rücken auf und versuchen, die eindrucksvolle Imitation von harten Kerlen darzustellen, indem sie die Arme vor der Brust verschränken. *Wow, ist das eine Drohgebärde? Echt jetzt?*

»Ach, Kevin, ihr seid doch nur Witzfiguren. Hast du Jen gesehen, ja oder nein?«

Ein breites Grinsen überzieht seine Lippen.

»Als ich sie das letzte Mal gesehen habe, hat sie noch meinen Namen gestöhnt.«

Wieder das einstudierte Lächeln, und wieder trifft er den richtigen Punkt. Er ist viel zu leicht zu durchschauen, damit erwischt er mich nicht. Das ist kindisch, und ich stehe drüber. *Tue ich nicht!* Wenn er mich noch einmal anfasst, werde ich ihm jeden Finger einzeln brechen. Allein schon seine Art macht mich krank, wie er mit diesem überheblichen Grinsen vor mir steht.

»Also nein.«

»Nein! Und jetzt verzieh dich wieder in die Mülltonne, aus der du gekrochen bist, Steel. Belästige uns nicht mit deiner Anwesenheit.«

Vielleicht nur ein gezielter Schlag? Wirklich nur einer? Ich könnte behaupten, dass er in meine Faust gerannt oder unglücklich gefallen ist. Seine bescheuerten Freunde würden natürlich das Gegenteil behaupten, und ich wäre am Arsch.

»Leck mich, Bennett!«

Damit lasse ich ihn stehen und will noch den hinteren Teil des Strandes bei den Schaukeln nach Jen absuchen, als er plötzlich meinen Arm packt. Ein Fehler. Ein großer Fehler!

»Halt dich von Jenny fern, sonst werde ich dich zerquetschen lassen wie eine Kakerlake. Geh uns hier aus dem Weg oder verpiss dich aus Oceanside!«

Ich starre auf seine Hand, die sich um meinen Unterarm gelegt hat. Die schicke, silberne Uhr wirkt viel zu groß an seinem Handgelenk und bietet die perfekte Angriffsfläche. Sicher, ich sollte nicken und den Mund halten. Nur so kriegen Jackson und schließlich auch Jen keinen Ärger. Nur so kann ich den Job behalten und mein Boot fertig bekommen. Aber nur so bin ich auch ein Schlappschwanz, und in dieser Rolle fühle ich mich nicht besonders wohl. Mit einer blitzschnellen Bewegung greife ich Bennetts Hand und verdrehe sie ruckartig, bis ich das verräterische Knacken höre. Kevin schreit auf und sinkt auf die Knie.

Ich drehe mich zu ihm um und drücke ihn weiter zu Boden, bis sein Gesicht den Sand berührt.

»Halt *du* dich von uns fern, Arschloch! Lass Jen und mich in Ruhe, dann lasse ich deinen Arm in Ruhe!«

Meine Hand greift in Kevins Gesäßtasche, und ich fische das Handy heraus. Bevor er oder einer seiner Freunde reagieren kann, schleudere ich es mit einem weiten Wurf ins Meer hinter uns, wo es zuerst von der Dunkelheit und dann vom Wasser verschluckt wird. Ich lasse Kevin los und stehe auf.

»Damit sollte das ja geklärt sein, oder?«

Kevin krümmt sich übertrieben vor Schmerzen und hält sich die Hand.

»Du hast mir den Arm gebrochen, du Scheißkerl!«

»Ich bin nicht mal bis zu deinem Arm gekommen, Bennett!«

Kopfschüttelnd wende ich mich ab und … spüre den Schlag, bevor ich ihn kommen sehe. Einer der ganz Mutigen hat mir in einer hilflosen Aktion auf den Hinterkopf gehauen. Das tut zwar weh, erschüttert mich aber kaum. Langsam drehe ich mich zu ihm um und erkenne den Anflug von Panik in seinem Gesicht, weil ich nicht zu Boden gehe.

»War das dein bester Schlag?«

Keine Antwort.

»Der erste Schlag sollte immer der beste Schlag sein. Du kriegst gern noch einen Versuch …«

Ich breite die Arme aus und warte, ob er sich traut und mir einen Grund gibt, ihn ungespitzt in den Boden zu rammen, aber er zögert und schüttelt schließlich den Kopf.

»Clevere Entscheidung.«

Wenn Jen nicht mehr hier ist, dann …

Die Wucht eines Körpers reißt mich diesmal zu Boden, und ich kann den Sturz nur mit viel Mühe abfangen. Kaum pralle ich auf den Sand, treffen mich mehrere Schläge auf den Hinterkopf, dazu kriege ich zwei überraschend gut gezielte Hiebe in die Nierengegend, bevor ich es schaffe und mich umdrehe. Kevins Augen sind weit aufgerissen, und er holt gerade wieder aus. Diesmal blocke ich den Schlag und verpasse ihm einen Treffer mit dem Ellbogen. Das dürfte dann ein Nasenbeinbruch gewesen sein. Er rollt von mir weg und hält sich die blutende Nase. Kaum richte ich mich wieder voll auf, trifft mich ein Haken, diesmal an der Schläfe, und ich torkele benommen zurück. Natürlich! In der Gruppe sind sie stark. Zwar gelingt es mir, zwei weiteren Schlägen irgendwie auszuweichen, aber dann packt mich ein Kerl im Klammergriff, und ein anderer rammt mir sein Knie in den Magen. Das alles passiert sehr schnell, es dauert maximal dreißig Sekunden, und die Schlägerei ist in vollem Gang. Meine Verteidigung ist ausgeschaltet, also trifft mich wieder ein Schlag, und ich schmecke Blut in meinem Mund. Ich habe Mühe, die Orientierung zu bewahren, und sehe das grinsende Gesicht eines Angreifers, der schon zum nächsten Schlag ausholt, aber nicht weiterkommt. Ein junger Mann schubst ihn wütend zur Seite, ein anderer folgt ihm. Die rettende Kavallerie ist also tatsächlich kein Märchen.

»Hey!! Was soll der Scheiß? Vier gegen einen, oder was?«

Ich spüre, wie sich der Griff um meine Arme plötzlich lockert und ich zu Boden sinke, wo ich kurz meine Sinne wieder zusammensuche.

»Habt ihr sie noch alle?«

»Aber er hat angefangen!«

Die Stimmen vermischen sich in meinem Kopf, und ich kann nicht mehr genau sagen, welcher Kumpel von Kevin sich rausreden will.

»Wieso fällt es mir so schwer, das zu glauben?!«

»Andrew, Mann! Er hat Kevins Handy ins Meer geworfen.«

Der Name meines Retters ist also Andrew. Bei Gelegenheit werde ich mich bei ihm bedanken. Sobald ich wieder klar denken kann und sich nicht mehr alles wie verrückt dreht.

»Ich bin mir sicher, dass Bennett sich ein neues leisten kann.«

Einer der beiden anderen Männer greift nach meinem Arm und zieht mich langsam auf die Beine.

»Wie heißt du?«

Ist das eine Probe, um herauszufinden, ob ich noch ganz bei mir bin? *Wie ich heiße? Patrick!* Alles, woran ich denken kann, ist aber Jen.

Kevins Handy ist vorerst kein Problem mehr, und das würde ich ihr gern sofort sagen, wenn der stechende Schmerz in meiner Brust sich nicht bei jeder Bewegung melden würde.

»Patrick.«

Mühevoll schaffe ich es zurück auf die Beine und bin ziemlich froh, dass ich noch immer Unterstützung von den beiden bekomme. Meine Erfahrung ist eher, dass man mich einfach auf dem Boden liegen lässt, mich bestenfalls zur Seite schiebt – aber Hilfe? Das ist neu.

»Bist du auf seiner Seite, oder was?«

Kevin hat seine Sprache also wiedergefunden. Inzwischen hält er sich ein vom Blut rot gefärbtes Taschentuch vor die offensichtlich gebrochene Nase. Bei dem Anblick kann ich nicht anders: Ich muss grinsen, was aber noch mehr Schmerzen verursacht.

»Ich nehme einfach mal an, dass das keine ernst gemeinte Frage war.«

Andrews Stimme klingt scharf, er scheint Bennett nicht gerade auf seiner Freundesliste zu haben. Das macht ihn mir noch sympathischer.

»Er ist aber doch nur …«

»Nur was, hmh?«

Andrew starrt Bennett geradezu in den Boden. Auch die anderen Jungs scheinen von ihm eingeschüchtert. Egal, wer er ist, ich bin ihm dankbar.

»Schieb dir deine Reiche-Familie-Scheiße in den Arsch, Bennett! Da bist du bei mir an der falschen Adresse!«

Kevin holt tief Luft für einen Widerspruch oder um besser atmen zu können – das werde ich wohl nie erfahren, weil Andrew ihm das Wort abschneidet.

»Ich weiß, was ich gesehen habe, Kev. Du und deine Lackaffen sind auf ihn losgegangen. Ihr habt ihn provoziert.«

»Wir sehen das anders. Nicht wahr, Jungs?«

Natürlich! Sie werden sich ihre Version der Geschichte ausdenken und sich absprechen, und schon sitze ich in der Scheiße.

»Ihr könnt das sehen, wie ihr wollt.«

»Das letzte Wort ist hier noch nicht gesprochen.«

Fast niedlich, wie Kevin versucht, sich vor Andrew aufzubauen, aber seine Körpergröße gibt einfach nicht genug her. Andrew sieht noch immer auf ihn herab, wirkt ziemlich gelassen.

»Wenn ich an deiner Stelle wäre, würde ich mir einen wirklich guten Anwalt nehmen. Ich wette, dein Dad wird hocherfreut sein, ein paar Infos über dich zu bekommen.«

Kevins Auge zuckt. Keine Ahnung, welchen Dreck er am Stecken hat, aber Andrew scheint einige unschöne Infos über ihn zu haben. Vielleicht weiß er ja jetzt, wie sich das anfühlt. Einen kurzen Moment starren sie sich noch an, dann wird es Andrew zu blöd.

»Und jetzt verpisst euch endlich!«

Kaum ist die Bennett-Gang verschwunden, dreht sich Andrew mir zu.

»Alles okay so weit?«

Ich nicke, was mir fast schmerzfrei gelingt. Die beiden Männer sehen mich prüfend an, vermutlich gebe ich gerade nicht das beste Bild von mir ab.

»Danke! Ohne euren Einsatz wäre das wohl noch ein bisschen so weitergegangen.«

»Die fühlen sich nur in der Gruppe stark. Arschlöcher!«

Er wirft einen skeptischen Blick in mein Gesicht, das bestimmt schon mal besser ausgesehen hat.

»Wir sollten dich unauffällig von hier wegschaffen, bevor das unnötige Wellen schlägt.«

Der Plan klingt gut, und ich würde jetzt auch lieber sitzen als stehen. Der Weg zum Bootshaus erscheint mir plötzlich unendlich weit, aber irgendwie werde ich das schon hinkriegen. Andrew und sein Kumpel führen mich an die Seite, weg von der Menge und der Aufmerksamkeit.

»Soll ich dich vielleicht besser zu einem Arzt bringen?«

Ich winke ab. *Zum Arzt? Sicher!* Ohne Krankenversicherung wird das nicht so einfach klappen, und dann folgen doch wieder nur Fragen.

»Ich denke, das bekomme ich hin. Vielen Dank!«

Ein kurzes, aber ehrliches Lächeln – und dann will ich möglichst unauffällig verschwinden. Ohne Jen. So, wie ich jetzt aussehe, kann ich ihr keinen Besuch zu Hause abstatten. Ihr Vater wird nicht gerade begeistert sein, einen blutenden Schlägertypen vor der Tür zu finden. Denn genau so muss ich jetzt aussehen. Wie, um alles in der Welt, kann an einem einzigen Tag so viel schiefgehen? Ist es wirklich zu viel verlangt, wenn ich mir ein kleines Wunder wünsche? Eine Schiffsglocke, die laut genug klingt, dass *sie* mich hören kann?

Jen

Ein Caipi hat gereicht, und schon wollte mein Kopf ordentlich Schwung für eine weitere Runde nehmen. Ich bin auf Wasser umgestiegen. Weil ich den Film schon kenne, immerhin wird er jedes Jahr gezeigt, entferne ich mich immer weiter vom Strand. Jetzt sitze ich am Hafen auf einer Bank, die Beine an den Körper gezogen, den Blick aufs dunkle Meer gerichtet. Ob ich dort Antworten finde? Der Alkohol hat nicht geholfen. Aber tut er das jemals?

Der Leuchtturm aus Clearwater Bay wirft immer wieder sein Licht bis zu uns und erinnert mich an den heutigen Tag. An meine Zeit mit Patrick, als alles wie in einer schillernden Seifenblase war. Nichts war wichtig, nur wir beide. Ich habe ihm alles erzählt und ihn ganz nah an mich herangelassen. In seinen Armen habe ich mich sicher gefühlt. Und jetzt? Er wird nicht mehr mit mir reden, nachdem ich einfach so gegangen bin. Am liebsten würde ich mich selbst ohrfeigen. Stattdessen versuche ich, die Tränen von meinen Wangen abzuwischen.

»Bist du okay?«

Mein Herz nimmt Anlauf, mein Körper kribbelt, und ich habe die Hoffnung, dass es Patrick ist, der mich hier gefunden hat. Doch als ich aufsehe, erkenne ich einen jungen Mann, den ich nicht kenne, der mich aber besorgt ansieht. Irgendwas in seinem sanften Blick, den dunklen Augen, berührt mich tief. Manchmal ist ein Fremder genau der richtige Gesprächspartner. Er weiß nicht, wer ich bin, und er ist auch nicht aus Oceanside, sonst würde ich ihn kennen.

»Nein.«

Das ist die Wahrheit. Ich bin nicht okay und war es schon lang nicht mehr.

Er zeigt auf die Bank neben mir, und ich nicke. Fragen beantworten sich selten von allein. Außerdem sieht er so aus, als könne er selbst auch ein bisschen Ablenkung vertragen. Ist heute die Nacht der gebrochenen Herzen?

»Wie heißt du?«

Ich will ihm nicht meinen ganzen Namen nennen, weil er sonst sofort weiß, wo ich einzuordnen bin.

»Jen. Und du?«

»Jake.«

Jake … Wir sitzen stumm einfach nur da und schauen aufs Meer hinaus. Ihm werden die zahlreichen Boote auffallen, ich hingegen sehe nur eines. Obwohl wir schweigen, fühlt es sich gut an, nicht allein zu sein. Kurz werfe ich ihm einen Seitenblick zu. Nein, sein Abend ist ohne Zweifel auch nicht so gelaufen wie erhofft.

»Was ist passiert?«

Er lacht kurz bitter auf.

»Karma.«

»Klingt groß.«

»Ja, so fühlt es sich auch an.«

»Lass mich raten …«

Erst jetzt reißt er den Blick von den Booten los und sieht zu mir. Er ist leichter zu durchschauen, als er annimmt.

»Eine Frau.«

»Ist das so offensichtlich?«

Oh, wenn er wüsste, wie offensichtlich er seine Gefühle zeigt. Ich muss lächeln.

»Na ja, geht es nicht immer um eine Frau?«

»Bei mir ging es nie nur um eine Frau.«

»Ah, verstehe. Deswegen auch Karma.«

Sein Blick zeigt Überraschung, und er wirkt fast ein wenig beeindruckt. Wenn er wüsste, dass ich ein Harvard-Law-Mädchen bin, er würde sich nicht mehr wundern.

»Was ist? Warum schaust du mich so an?«

»Einfach so.«

Er lügt, aber ich lasse es ihm durchgehen.

»Also, was ist mit dieser einen Frau?«

»Ich will dich nicht langweilen …«

»Das tust du nicht.«

Wieder mustert er mein Gesicht. Wenn ich ehrlich bin, nehme ich gerade jede Ablenkung dankend an. Vielleicht hilft es ja uns beiden, wenn wir uns alles von der Seele reden. Doch er sagt nichts, schweigt. Ich stupse ihn mit der Schulter an und schenke ihm ein aufmunterndes Lächeln.

»Komm schon, wer ist sie?«

Ein Lächeln legt sich über seine Lippen. Vollkommen egal, um wen es sich handelt, er ist hoffnungslos verloren. Das weiß er nur noch nicht. Männer wissen nie so genau, wie verloren sie in der Liebe zu einer Frau sein können. Jake dreht sich zu mir und holt tief Luft. Das scheint eine längere Geschichte zu werden …

Patrick

Ich war nur eine Stunde weg, und trotzdem sieht mein Spiegelbild ganz anders aus als vorhin. Da ist noch immer das schwarze Hemd und die unordentliche Frisur. Neu im Angebot: eine aufgeplatzte Lippe und der Cut an der Augenbraue. Kevin hat keinen besonders wuchtigen Haken, aber die anderen haben den Rest für ihn erledigt. So kennt man das. Ich spucke Blut in das schmutzige Waschbecken vor mir und wasche mir die Hände. Buddy weicht nicht von meiner Seite und wirkt besorgt.

»Mach dir keinen Kopf, Kumpel, war nur eine Schlägerei.«

Eine von vielen. Auseinandersetzungen, die ich auf dem Meer nicht vermissen werde. Kopfschüttelnd greife ich nach dem Handtuch und sehe wieder zu Buddy.

»Und bevor du fragst – nein, ich habe sie nicht gefunden.«

Erschöpft lasse ich mich auf den Hocker neben der Werkbank fallen und schaue zum Boot. So viel fehlt ihm gar nicht mehr. Sicher, fertig ist es noch nicht: Es fehlt die Farbe, es fehlt ein neues Segel, es fehlen die Kleinigkeiten, die ein Boot perfekt machen. Aber wenn alle Stricke reißen, könnte das Baby lossegeln. Ich könnte abhauen. Jackson würde mir helfen, es zu Wasser zu lassen … und bevor es jemand bemerkt, bin ich weg. Nicht heute Nacht und auch nicht morgen, aber bald. Auf den Sommerbonus werde ich jetzt wohl sowieso verzichten müssen. Die Schlägerei haben nicht nur Kevins Freunde mitbekommen, und wenn Andrews Warnung an Kevin nicht ausreicht, dann steht Mr. Main bald vor meiner Tür und schmeißt mich hochkant raus. Ich sorge für Ärger, wird es heißen, und dass ich nicht zuverlässig genug wäre. Und das alles, obwohl ich mir im Job nie etwas habe zuschulden kommen lassen. Alle Boote laufen besser als in den Saisons zuvor. Das hat Main selbst zu mir gesagt. Das Trinkgeld der Bootsbesitzer ist ziemlich üppig, und ich kann mich nicht beschweren, denn die meisten Leute verhalten sich anständig. Zwar tut es mir manchmal weh, wenn ich sehe, wie lieblos sie ihre Boote behandeln, aber nun gut. Mit dem Geld kommt die Gleichgültigkeit. Dinge werden nicht mehr repariert, sie werden ersetzt. Vermutlich wird mich Jen auch ersetzen. Hoffentlich nicht durch einen Idioten wie Kevin, aber spätestens im nächsten Sommer wird sie einen neuen Typen haben, mit dem sie ins *Shell Shack* geht. Das versuche ich mir einzureden. Denn ich weiß nur zu genau, dass Jen nicht so ist. In Clearwater Bay hat sie einen ziemlich guten Blick auf *die* Jen freigegeben, die sie nicht immer sein kann, die sie aber gern öfter wäre. Und diese Jen wirft sich nicht jeden Sommer in die Arme eines anderen Mackers.

Buddy legt seinen schweren Kopf auf meinen rechten Fuß, und ich werfe ihm ein Lächeln zu.

»Sei froh, dass du dich nicht mit diesem ganzen Quatsch abgeben musst, Kumpel.«

Ich würde gern den Kopf schütteln, aber das führt nur zu einem noch lauteren Pochen in meinem Schädel. Irgendwo habe ich bestimmt Aspirin herumliegen. Ich müsste nur aufstehen und … aufstehen erscheint mir zu kräftezehrend. Außerdem will ich Buddy nicht stören.

»Weißt du, Frauen können toll sein. Und wir Männer brauchen sie ja auch irgendwie. Aber wenn du dich verliebst – scheiße, dann ist Ärger angesagt.«

Es klingt so, als hätte ich viel Ahnung davon. Als wüsste ich, wie man sich benimmt, wenn man verliebt ist. War ich schon mal verliebt? Ja, irgendwie schon. Ein bisschen. Damals in Vermont … da war ich nah dran und bin ziemlich tief abgestürzt bei dem Versuch, jemandem zu vertrauen. Mein Trick, mit solchen Erfahrungen abzuschließen, ist ganz einfach: Ich sperre sie in meinen emotionalen Safe. Dorthin, wo ich alle Erlebnisse wegsperre, an die ich mich nicht erinnern möchte. Geöffnet habe ich diesen Panzerschrank nur kurz und nur ein bisschen, als ich mit Jen gesprochen habe. Selbst dieser kurze Moment hat schon ausgereicht, um Emotionen zu entfesseln, die ich auch jetzt nicht zulassen will. Buddy betrachtet mich unsicher, als wüsste er nicht so genau, ob ich jetzt noch ernst zu nehmen bin oder gerade nur verliebtes Gerede daherquatsche. Könnte an den Kopfschmerzen liegen. Irgendwo hier habe ich bestimmt einen Erste-Hilfe-Kasten. Jetzt weiß ich, wie Bruce Wayne sich fühlen muss. Als *Batman* rettet er Gotham City, aber niemand weiß es. Jen muss sich keine Sorgen mehr um die Fotos auf Kevins Handy machen. Nur weiß sie es nicht. Und ich werde es ihr sicher nicht erzählen. Das machen Helden nämlich nie.

Jen

Einen Moment sehe ich Jake einfach nur an. Seine Geschichte klingt berührend und ebenso verwirrend. Ich kann verstehen, warum es nicht einfach ist für ihn.

»Aber wenn sie ihn wirklich liebt, warum hat sie dich dann geküsst? Ich meine …«

»Jen, er liebt sie seit Ewigkeiten.«

»Macht das seine Gefühle stärker als deine?«

Ein Lächeln huscht über Jakes Lippen.

»Nein, nicht unbedingt.«

»Ich kenne dich nicht, Jake, aber deine Gefühle kenne ich nur zu gut.«

Tränen steigen in meine Augen. Ich will nicht zugeben, wie sehr ich mich danach sehne, die Sache mit Patrick zu klären, mein Leben aufzuräumen und endlich das zu tun, was ich schon immer wollte. Vor allem eines: nicht mehr nachdenken. Jake scheint auf meine Worte zu warten.

»Weißt du, man denkt immer, man hätte so viel zu verlieren. Aber vielleicht stimmt das gar nicht.«

»Er würde mir das nie verzeihen.«

»Das weißt du nicht. Und du kannst ihm nichts wegnehmen, was ihm nie gehört hat.«

Seine Stimme ist nur noch ein Flüstern, als er sich wieder mir zuwendet.

»Sie … Jen, sie liebt ihn.«

»Und was, wenn nicht? Was ist, wenn sie dich liebt?«

Wie kann Jake nur zusehen, wie er die Frau, die er liebt, an einen anderen Mann verliert? Wie kann man überhaupt dabei zusehen, wie das eigene Glück von anderen verhindert wird? Ich meine, für wen hält sich Kevin eigentlich? Und wieso lasse ich ihn immer und immer wieder gewinnen? Egal, wer irgendwas sagt – Patrick ist es wert, dass ich um ihn kämpfe! Und ich bin es wert, dass er um mich kämpft.

»Ist alles okay?«

»Ja, ich …«

… muss zu Patrick und mit ihm reden. Jetzt. Sofort. Nicht morgen oder übermorgen.

Nicht später. Jetzt!

»Jake, ich muss gehen.«

Jake nickt nur, als ob er genau nachvollziehen könnte, was ich zu tun habe. Weil er dasselbe tun muss.

»Verstehe.«

Ist es verrückt, dass man einem Fremden alles erzählt und er einen versteht? Vermutlich. Aber etwas an Jake hat mir gesagt, dass ich ihm vertrauen kann. In seinen Augen haben sich die gleichen Emotionen gespiegelt wie in meinen.

»Ich muss unbedingt etwas klären.«

»Ich weiß.«

»Es hat gutgetan, mit dir zu reden, Jake.«

Er nimmt meine Hand und führt sie an seine Lippen.

»Danke, Jen. Für alles.«

Patrick

Das Klopfen an der Tür reißt mich aus meinen Gedanken und dem Schmerz. Jackson hat sich noch nie so angekündigt, aber wenn ich jemandem zutraue anzuklopfen, dann ist es Jackson. Ich nehme an, der kleine Zwischenfall wird seine Runde gemacht haben. Natürlich könnte ich der zaghaften Hoffnung in meinem Inneren nachgeben und mir einreden, dass es nicht Jackson ist. Doch wie hoch ist die Fallhöhe bei einer Enttäuschung?

»Es ist offen! Ist es doch immer!«

Ich bin einfach zu müde, um mich an die Tür zu quälen. Der Weg erscheint mir nicht besonders lohnenswert. Buddys fröhliches Schwanzwedeln kündigt freundlichen Besuch an. Nur vorsichtig drehe ich meinen Kopf, bedacht darauf, ihn möglichst wenig und nicht zu schnell zu bewegen.

»O mein Gott …«

Der Schock steht ihr nur zu deutlich ins Gesicht geschrieben. Mit weit aufgerissenen Augen kommt sie langsam auf mich zu. Und was mache ich? Ich lächle.

»Was ist passiert?«

»Ich hatte eine kleine …«

Moment mal! Sie weiß nicht, was passiert ist? Sie ist nicht hier, um sich das Ausmaß der Schlägerei anzusehen? Weswegen ist sie dann gekommen? Wie erlangt man die Kontrolle über seinen Körper zurück? Wie wehrt man sich gegen ein Lächeln, das sich auf schmerzende Lippen stiehlt? Jen bleibt direkt vor mir stehen, geht in die Hocke und berührt sanft mein Gesicht, was sofort zu einem Stromschlag führt. Zumindest in der Nähe meines Herzens.

»Nichts weiter. Nur eine kleine Meinungsverschiedenheit.«

Ihr Blick huscht über mein Gesicht, sie verschafft sich einen ersten Eindruck von meinen Verletzungen und entspannt sich nur langsam. Es mag jetzt schlimm aussehen, aber in den nächsten zwei bis drei Tagen sind nur noch eine Schwellung und ein paar bläuliche Färbungen zu sehen. Leider kenne ich mich mit dem Heilungsprozess von solchen Blessuren besser aus, als mir lieb ist.

»Mit wem? Kevin!? War er das?«

»Wir haben uns nicht so recht über die korrekte Benutzung von Fotohandys einigen können.«

Okay, ich wäre ein schlechter Held, denn ich gebe jetzt schon mit meiner Tat an. Das ist vielleicht nicht der passende Stil für eine Hauptfigur mit wehendem Cape, aber nur so kann ich erklären, warum ich so aussehe.

»Und nein, ich habe nicht angefangen.«

Als ich das sage, klingt meine Stimme schärfer. Vermutlich denkt Jen, ich bin mit voller Absicht losgezogen, um Bennett – und Ärger – zu suchen. Noch mehr Gründe, sich für mich zu schämen.

»Das habe ich auch nicht angenommen.«

»Gut.«

Kopf und Herz führen gerade eine ähnliche Schlacht, wie Bennett und ich es vorher getan haben. Soll ich sie in den Arm nehmen? Sie küssen und darum bitten, nicht wie die anderen zu sein? Soll ich ihr alles sagen?

»Du musst ihn anzeigen.«

»Er wird den besseren Anwalt und die besseren Zeugen haben.«

»Damit darf er aber nicht durchkommen, Patrick!«

Es ist schön, zu sehen, dass sie sich diesmal leidenschaftlich für mich entscheidet. Gegen Kevin.

»Mach dir keine Gedanken. Ein gewisser Andrew hat das geregelt.«

»Andrew MacDougall?«

Sie sieht überrascht aus, und ich zucke ahnungslos die Schultern. Den Nachnamen von Andrew kannte ich nicht.

»Keine Ahnung. Dieser Andrew und einige seiner Kumpels sind dazwischengegangen, als Kevin und seine ...«

Alle Worte, die eben noch die Prügelei beschreiben sollten, verebben irgendwo zwischen Sprachzentrum und Mund. Jens Hand berührt mein Gesicht, sanft und zärtlich. Einen kurzen Moment schließe ich reflexartig die Augen, konzentriere mich ausschließlich auf ihre Berührung. Ihre Fingerkuppen streicheln langsam über meine Haut, und ich atme tief ein. Das wirkt besser als jedes Schmerzmittel, das man legal in diesem Bundesstaat erwerben kann.

»Es tut mir leid, Pat.«

Als ich die Augen wieder öffne, ist sie noch immer da, ihre Berührungen sind noch immer real. Jens Blick trifft mich direkt ins Mark. Ihre klaren, warmen Augen, dazu die Hand an meiner Wange. Noch nie hatte ich das Gefühl, jemandem meine Geschichte so dringend erzählen zu müssen. Als könnte ihre Berührung vielleicht auch die Wunden von damals heilen.

»Jen, ich muss dir was erklären ...«

Doch Jen schüttelt den Kopf, während Tränen ihre Augen füllen und sie schwer ausatmet.

»Nein, du musst mir gar nichts erklären.«

»Aber …«

»Kein Aber, bitte. Ich will dir sagen, dass ich mich in dich verliebt habe. Schon beim Tanzen. Und dann noch mehr, als ich dich am Strand gesehen habe. Und dann noch mehr, als du mich nach Clearwater Bay gebracht hast. Bei *Jenkins* war es schon längst um mich geschehen. Und im *Shell Shack* wusste ich es …«

Sie spricht schnell, und ihre Stimme zittert. Langsam umschließt meine Hand ihre, die auf meinem Oberschenkel liegt.

»Und was war am Leuchtturm?«

Mein Lächeln soll sie beruhigen und vielleicht auch zugeben, dass es mir nicht sehr viel anders ging.

»Da hättest du mich haben können.«

Ihre Stimme ist nur noch ein Flüstern, und ich muss mich zusammenreißen, um sie nicht schon wieder zu küssen. Ihre Lippen werden mich eines Tages noch um den Verstand bringen. Alles, was ich spüre, ist Jens Hand an meiner Wange. Ich spüre die Wärme ihres Körpers, glaube sogar, ihren Herzschlag hören zu können.

»Es ist mir egal, was die Leute sagen. Oder mein Vater. Oder Kevin.«

Sie spricht wieder so schnell, als hätte sie Angst, dass ich sie unterbrechen könnte. Dabei bin ich viel zu überrascht, um zu widersprechen.

»Es war mein Fehler, dass ich nicht schon vorhin gesagt habe, was ich wirklich denke.«

»Jen, ich …«

»Ich will mit dir zusammen sein. Weil du mich glücklicher machst als jeder andere Mensch. Ich glaube nicht, dass man sich ein halbes Leben kennen muss, um zu wissen, ob man sich verliebt hat. Du warst plötzlich da. Immer und immer wieder bist du aufgetaucht, und jedes Mal hat mein Herz einfach einen Sprung gemacht. Jedes Mal, wenn du da warst, ging es mir besser. Ich glaube, das Herz weiß sofort, ob es verliebt ist. Es hat mich erwischt. *Du* hast mich erwischt …«

Jens Augen funkeln, aber ihr Lächeln ist schüchtern. Die Art und Weise, wie sie mich ansieht, trifft mich mit einer Wucht, auf die ich nicht vorbereitet bin. Sie sieht mich!

»… wie ein Sommersturm.«

Sie kennt vielleicht nicht die ganze Wahrheit, aber sie erkennt mich. Und trotzdem sagt sie solche Sachen. Ich nehme ihre Hände in meine und betrachte ihre zarten Finger, die sie sofort mit meinen verhakt, als wäre es das Natürlichste auf der Welt. Ganz ohne Schmerzmittel vergesse ich trotzdem alles, was heute Abend passiert ist. Vor allem vergesse ich die Dinge, die zwischen uns stehen könnten.

»Ich habe mich in dich verliebt, Patrick Steel.«

Die Wärme, die aus allen Ecken des Körpers in mein Inneres strömt, macht mir im ersten Moment fast Angst. Als ich wieder zu ihr aufsehe, klopft mein Herz viel zu schnell. Es gibt bestimmt viele Worte, die eine passende Antwort auf das eben Gehörte sein könnten. Doch mein Kopf ist wie leer gefegt – deswegen tue ich das, was mein Herz mir aufträgt: Ich packe sie an den Handgelenken, ziehe sie mit mir hoch und küsse sie. Alles kribbelt, und Gänsehaut breitet sich auf meinem Rücken aus, als ihre Lippen meinen antworten. Sie schlingt ihre Arme um meinen Hals und hält sich an mir fest. Ich spüre ihre Brüste und ihren heißen Atem, höre die Geräusche, die unsere Lippen verursachen, rieche ihren Duft. Sie lehnt sich in diesen Kuss, lässt sich in meinen Armen fallen. Ich blende alles aus, spüre nur ihren Mund, ihre sanfte Haut und wie ihre

Hände unter meinem Shirt verschwinden. Unser Atem vermischt sich. Die Art, wie sie mich anfasst, treibt mich in den Wahnsinn. Ihre Brüste pressen sich an meinen Körper, und sie seufzt mir in den Mund. Uns trennt nur der dünne Stoff ihres Kleides und mein Shirt. Ich spüre den Schauer, der sie erfasst, spüre, wie sich ihre Brustwarzen zusammenziehen. Dieser Moment ist wie ein Rausch. Sie gibt sich mir hin, vergräbt ihre Hände in meinen Haaren, atmet schnell. Gott, ich will sie! Ich wollte sie vom ersten Moment an. Bei diesem Gedanken ziehe ich sie noch fester an mich, und der stechende Schmerz zwischen meinen Rippen holt mich in die Realität zurück. Wir sollten das nicht tun. Nicht hier. Nicht so.

»Jen, warte …«

Mit einem tiefen Seufzer versuche ich, sie sanft von mir zu schieben.

»Jen …«

Sie schüttelt nur den Kopf.

»Wir sollten das diesmal nicht überstürzen.«

Sie sieht mich an und nimmt mein Gesicht zwischen ihre Hände, dann küsst sie mich wieder. Alles in mir will sie. Alles ballt sich zusammen. Ich will nachdenken, aber ich spüre nur diese Lippen. Spüre, dass sich meine Vernunft jeden Augenblick verabschieden wird.

»Wir sollten nachdenken …«

»Ich habe einen Großteil meines Lebens nur nachgedacht …«

»Hör mir zu …«

Meine Stimme ist nur noch ein atemloses Flüstern. Sie legt mir ihren Zeigefinger auf die Lippen und lächelt mich an. Vor diesem Lächeln kapitulieren meine Gedanken. Sie macht mich fertig – sie und diese eindeutige Einladung in ihrem

Blick. In den Tiefen ihrer Augen schimmert etwas, das mich unwiderstehlich anzieht. Was macht diese Frau mit mir? Jen sieht mich an, während ich ihr dabei zuschaue, wie sie nach dem Kondom greift und langsam in Richtung des Bootes geht. Dieser Anblick gibt mir den Rest. Sie schlüpft aus ihren Schuhen, dreht sich um und steigt die Stufen hoch. Ich folge jeder ihrer Bewegungen, beobachte jeden Schritt, sehe ihr zu, wie sie sich die Träger ihres Kleides über die Schultern streift. Der dünne Stoff gleitet über ihre gebräunte Haut und fällt zu Boden. Sie schaut über ihre Schulter. Ich kann kaum atmen, nicht mehr denken, habe nur noch Augen für sie. Ich betrachte ihren Rücken, ihre wunderschöne Haut, die schmale Taille und die sanften Rundungen. Dann finden sich unsere Blicke. Jen lächelt mich an und verschwindet in der Kajüte.

Ich greife nach meinem Bier und nehme einen großen Schluck. Und dann folge ich ihr. Weil ich nicht anders kann. Weil ich noch nie eine Frau so sehr wollte. Weil keine mich jemals mehr berührt hat. Weil ich sie liebe.

Jen

Wir sitzen einander gegenüber. Das schummrige Licht umhüllt sanft unsere Körper. Mein Herz rast, und meine Hände kribbeln. Seine Augen gleiten über meine Brüste, über meinen Bauch. Sie berühren mich so intensiv, als wären es Hände. Ich hätte nie gedacht, dass ich so sein könnte: so unbefangen, so frei. Jeden Millimeter meiner Haut genieße ich, wenn er mich so ansieht. Ich spüre meinen flachen Atem, während mein Blick über Patricks nackten Körper wandert, sehe ihm dabei zu, wie er das Kondom langsam abrollt, und genieße den Schauer, der mir in diesem Moment über den Rücken läuft. Er sieht mich fragend an. Dann drücke ich ihn sanft auf die Decken und gleite auf seinen Schoß. Unsere Blicke halten einander fest, während ich langsam auf ihn sinke. Ich spüre ihn in mir, spüre, wie wir eins werden. Alles zieht sich zusammen. Der angespannte Ausdruck in Patricks Gesicht spiegelt meinen wider. Als ich anfange, mich langsam zu bewegen, vergesse ich mich. Da sind nur seine Hände, die mich halten, dieses Verlangen in seinen Augen, das Pochen tief in meinem Bauch. Ich gebe mich hin, gebe meinem Körper nach, höre mit dem Denken auf. Ich spüre jede Zelle in meinem Körper, jeden Millimeter. Mit ihm vereint, werde ich zu einer anderen Person. Ich entdecke mich neu, vertraue meinem Gefühl, vertraue ihm … Sein schweres Atmen dröhnt durch meinen Körper. Ich höre mich stöhnen, während seine Hände über meine Haut gleiten. In diesem Augenblick verliere ich mich in der intimen Zweisamkeit. Jede Bewegung trägt mich näher an den Abgrund. Ich warte auf den freien Fall, auf den Moment der Erlösung. Kaum kann ich noch atmen, seufze fast verzweifelt, während seine Hände mich immer fester halten. Patrick atmet flach, seine Muskeln spannen sich an. In der Sekunde, als ich es kaum noch aushalte, öffne ich die Augen und sehe ihn an. Dann finden sich unsere Blicke, und wir fallen.

♡

Wenn ich die Augen schließe und mir das Geräusch der Wellen vorstelle, könnte man fast meinen, wir wären mit diesem Boot schon irgendwo ganz weit draußen, weit weg von allem, was uns einzuengen droht. Ich spüre das Lächeln auf meinem Gesicht, als Patrick meine Schulter küsst und seine Hand über meinen Bauch streicht.

»Woran denkst du?«

Seine Stimme dringt durch alle Gedanken und Träume an mein Ohr.

»Ich denke nicht. Ich träume.«

Langsam rolle ich mich auf die Seite und öffne die Augen, um ihn ansehen zu können. Sein Gesicht, so nah an meinem. Sein Lächeln entspannt – auch wenn es noch etwas schief aussieht, was der Platzwunde geschuldet ist. Vorsichtig küsse ich ihn, bedacht darauf, ihm nicht weh zu tun. Dieser Moment fühlt sich *perfekt* an. Zu schön, um wahr zu sein. Kurz habe ich Angst, dass es sich nur um einen Tagtraum handelt. Wache ich in meinem Bett daheim auf und muss einen ganz gewöhnlichen Tag durchleben? Ich schmiege mich enger an Patrick und bin mir sicher: Das hier ist Realität. Meine neue Realität. Er legt einen Arm um mich, und ich fühle mich so sicher wie noch nie in meinem Leben. Nein, das hier kann niemals und unter keinen Umständen ein Fehler sein.

»Und wovon träumst du?«

Sofort muss ich wieder lächeln und küsse sanft seinen Hals.

»Von diesem Boot. Von dir. Von uns. Vom Ozean.«

Mehr sehe ich nicht. Das mag nicht nach besonders viel klingen, für mich fühlt es sich aber nach der bestmöglichen Version der Zukunft an.

»Klingt gar nicht so übel.«

Ich drehe meinen Kopf, damit ich ihn besser ansehen kann. Wenn mir Kevin Bennett das nächste Mal über den Weg läuft, werde ich ihm mit allen juristischen Mitteln drohen, die mir einfallen. Mit dem Finger streiche ich vorsichtig über die Wunde an Patricks Augenbraue. Dabei lässt er mich keinen Moment aus den Augen.

»Ich habe noch nie jemanden wie dich kennengelernt, Jennifer Main.«

»Das muss ja noch nichts Gutes bedeuten, oder?«

Patrick lächelt.

»O doch! Das ist sogar ziemlich gut.«

Mir fällt wieder die kleine Narbe an seinem Schlüsselbein auf. Gestern Nacht habe ich viele dieser Narben geküsst und mir gewünscht, ich hätte ihm das alles ersparen können. Er scheint meinen Blick zu bemerken.

»Eine dumme Geschichte. Ich habe mir das Schlüsselbein gebrochen. Schon ewig her.«

Patrick gibt sich große Mühe, abgeklärt und unberührt zu klingen, aber damit unterschätzt er mich gewaltig. Wenn er sich so anhört, versucht er, eine Rolle zu spielen, die er in den letzten Jahren perfektioniert hat, die aber nicht nach dem Patrick klingt, den ich zwischen all den Emotionen heraushören durfte.

»Du scheinst ziemlich viele Schrammen im Leben davongetragen zu haben.«

Sein Körper zuckt kurz unter der Berührung meiner Hand. Ich streiche über die Narbe auf der Innenseite seines Unterarms.

»Mag sein.«

Er schluckt hart und schließt für einen kurzen Moment die Augen. Ich will ihn unter keinen Umständen drängen, er soll nur wissen, dass ich da bin, wenn er jemanden zum Zuhören braucht.

»Manchmal ging es etwas … rauh zu.«

Er spricht mit geschlossenen Augen, ich beobachte sein Gesicht genau. Was auch immer er gerade sieht, es ist keine schöne Erinnerung.

»Bei deinen Pflegeeltern?«

Ein kurzes Nicken.

»Aber da bin ich nicht besonders lang geblieben.«

Noch nie habe ich verstanden, wie man Kinder schlagen kann. Vor allem nicht so. Das waren keine Klapse oder einfache Ohrfeigen. Die Narben sprechen eine deutlich andere Sprache. Wut kriecht durch meinen Körper.

»Sag mir bitte, dass sie dafür bezahlen mussten.«

Patrick schüttelt kurz den Kopf und öffnet die Augen wieder. So, wie er mich jetzt ansieht, ist er nicht der Held, der Kevin Bennett für mich verprügelt und ihm das Handy abgenommen hat. Er ist ein trauriger, junger Mann, der den Glauben an so vieles in seinem Leben verloren hat.

»Nicht alle Narben sind von ihnen.«

»Ich verstehe nicht …«

Er atmet schwer aus und setzt sich schließlich im Bett auf. Ich werde das Gefühl nicht los, dass es doch noch eine Menge Dinge gibt, die ich nicht über ihn weiß.

»Zuerst waren es nur einfache Ohrfeigen. Irgendwann kam der Gürtel mit der schweren Schnalle. Ich dachte, das wäre alles besser, als gar keine Familie zu haben.«

Ein trauriges Lächeln setzt sich auf Patricks Lippen fest, während die Wut in mir noch größer wird und ich das Bedürfnis, ihn zu umarmen, kaum noch unterdrücken kann.

»Du weißt ja, als Teenager sucht man seinen Weg, braucht Vorbilder und so. Mein Dad, also mein richtiger Dad, der war ein toller Mann. Ich wäre gern so geworden wie er.«

Kurz unterbricht er sich selbst und sieht sich in der Kajüte des Bootes um. Meine Mom fehlt mir jeden Tag, aber ich habe noch meinen Dad. Auch wenn wir nicht ganz so offen über unsere Gefühle sprechen können, ist er doch immer für mich da. Es ist nicht seine Schuld, dass ich nicht den Mut finde, um ihm die Wahrheit über mich und meine Gedanken zu sagen. Wie muss es erst sein, auf einen Schlag beide Eltern und dadurch den Halt im Leben zu verlieren?

»Er hat immer über Boote gesprochen. Er war immer am Wasser, stets bereit, die Segel zu hissen.«

Patricks Blick ist nach innen gerichtet und durch die Tränen wie wolkenverhangen. Ich taste nach seiner Hand und umschließe sie fest. Die Frage, wo genau sie ans Wasser zum Segeln gefahren sind, verdränge ich.

»Als das mit meiner neuen Familie nicht so gut geklappt hat, wollten sie mich wieder ins Heim stecken und mir ein anderes Zuhause suchen.«

Das klingt so, als würde man einen Hund zurückgeben, weil er auf den Teppich macht. Klar, man will lieber einen anderen, sauberen Hund, der niedlicher ist und nicht bellt. Wie, um alles in der Welt, kann man einen Menschen wie Patrick nicht von ganzem Herzen lieben?

»Aber das wollte ich nicht noch mal mitmachen. Ich bin abgehauen …«

Er sagte, seine Eltern wären gestorben, als er dreizehn war. Das ist zu früh, um auf sich allein gestellt zu sein. Viel zu früh.

»Und dann?«

Es rutscht mir nur so raus. Nicht, weil ich neugierig bin oder auf eine gute Story hoffe. Ich wünsche mir einfach so sehr ein Happy End für Patrick, eine Wendung des Schicksals, ein Zeichen dafür, dass es sich lohnt, an eine höhere Macht zu glauben.

»Nichts dann.«

Als würde Patrick eine Tür zuschlagen, sieht er mich wieder an und zuckt die Schultern.

»Das war's.«

Er schweigt und sieht mich abwartend an, skeptisch und unsicher. Keine Ahnung, welche Reaktion angemessen ist oder welche er erwartet. Ich kann ihm nur die hier anbieten: eine feste Umarmung.

Patrick

Jens Körper fühlt sich wie ein Geschenk an. Als wäre sie das Ziel gewesen, die ganze Zeit. Als hätte ich die Prügel einstecken müssen, um jetzt hier zu sein. Dennoch kann ich ihr einfach nicht die ganze Wahrheit sagen. Ihr Blick ist jetzt schon voller Mitleid, auch wenn ich weiß, dass sie es nicht so meint. Ich will nicht, dass sie mich ansieht und denkt, ich wäre ein bemitleidenswerter Kerl. Monica hat mich manchmal so angesehen. Natürlich ist mir das erst im Nachhinein bewusst geworden. Nein, so sieht mich Jen nicht an. Ihr Blick ist noch immer voller Bewunderung und Wärme. Eine Mischung, die ich so schon viel zu lang nicht mehr gespürt habe. Und genau so muss das bleiben. Wenn sie nicht nachfragt, muss ich nicht lügen. Ich verrate nur nicht die ganze Wahrheit. Das ist keine Lüge, oder?

»Du passt viel zu gut hierher.«

Sie sieht mich überrascht an. Ungefähr so, wie ich mich selbst ansehen würde, wenn ich könnte.

»Findest du?«

Verdammt, ja, das tue ich! Als ich das Boot vor ein paar Monaten auf dem Schrottplatz entdeckt habe, da wusste ich noch nicht, dass es so vollkommen werden würde, sogar ohne Lack und ohne letzten Feinschliff. Weil nicht die Farbe oder das perfekte Segel es zu meinem Zuhause machen kann – aber

Jen in meinen Armen, in dem viel zu kleinen Bett, das fühlt sich zu gut an, um sie jemals wieder loszulassen.

»Magst du nicht mitkommen?«

Wenn ich sie jetzt nicht frage, dann werde ich es nie tun. Und dann hat sie nie die Chance, darüber nachzudenken.

»Das musst du nicht jetzt entscheiden. Vielleicht auch nur für ein paar Tage? Wenn ich es fertig habe. Nur die Küste entlang. Nur du und ich.«

Ich muss sofort mit dem Gerede aufhören, weil ich mich um Kopf und Kragen quatsche. Jen rollt sich auf mich, stützt die Hände neben meinem Kopf auf und lächelt mich an. Das Gewicht ihres Körpers auf meinem fühlt sich unverschämt gut an.

»Du sagst mir, wann. Ich werde am Steg warten.«

Das sagt sie einfach so, ohne zu zögern, ohne nachzudenken. Mein Herz klopft schneller, und sie kann es zweifellos spüren, so nah ist sie mir.

»Ist das dein Ernst?«

»Ist es. Wenn du mich mitnehmen willst.«

Wenn manche Menschen von Glück sprechen, dann beschreiben sie es als allumfassendes Gefühl, als Explosion in unserem Inneren. Doch das stimmt nicht. Glück kommt ohne Fanfaren, ohne Konfetti und große Gesten. Es legt sich viel mehr wie eine wärmende Decke um uns und lässt uns entspannen. Vor allem verdrängt es die Angst. *Meine* Angst vor so vielen Dingen: das Gefühl, mich ständig umdrehen zu müssen, zu überprüfen, ob mir jemand folgt und was dieser Jemand von mir will. Das ist jetzt verschwunden. Hier auf diesem Boot, in einem Bootshaus in Oceanside, nur wenige Meter vom Wasser entfernt, finde ich endlich nach Hause. Ich küsse Jen auf eine Art, als würde mein Glück auf sie überspringen können. Wie gern würde ich noch Stunden wach bleiben. Mit ihr reden, sie küssen, mit ihr schlafen. Jede Sekunde mit ihr im Wachzustand verbringen. Doch so langsam kriecht die Müdigkeit in meine Knochen.

»Nicht einschlafen, Pat.«

Ihre Lippen sind ganz nah an meinem Ohr. Mit voller Kraft kämpfe ich gegen den sich heranpirschenden Schlaf an. Ein Kampf, den ich verlieren werde. Das weiß ich jetzt schon.

»Pat?«

»Hm?«

»Nicht einschlafen.«

»Hm …«

Ich spüre das Lächeln auf Jens Lippen, als sie aufgibt, mich auf die Wange küsst und sich an mich kuschelt.

»Sag mir, dass es morgen nicht vorbei ist.«

Ich lege beide Arme um sie wie ein Sicherheitsgurt.

»Es wird morgen nicht vorbei sein.«

Jen

Der Duft von Kaffee steigt mir in die Nase, als ich langsam die Augen öffne und einen Augenblick brauche, um zu realisieren, wo ich bin. Doch schon nach wenigen Sekunden muss ich lächeln. Die Erinnerungen an gestern Nacht überfallen mich, das Kissen neben mir riecht noch immer nach Patrick.

Patrick …

Ich strecke mich genüsslich im Bett aus und sehe mich dann in der Kajüte um. Gestern habe ich mich dafür deutlich weniger interessiert, denn da lag Patrick neben mir. Es kribbelt, wenn ich daran denke, wie er mich angesehen und berührt hat. Wie sein Blick mich an Stellen gestreichelt hat, die für andere Männer nicht erreichbar waren. Mit Patrick zu schlafen, das hat sich so anders angefühlt. So viel besser. So vollkommen. Es war weit mehr als nur Sex. Diese Nacht werde ich mit Sicherheit nie mehr vergessen. Mein Sommerkleid liegt draußen im Bootshaus, irgendwo auf dem Boden neben der Werkbank. Also entscheide ich mich, erst mal nur das karierte Hemd zu tragen, das neben mir an der Wand hängt. Auf diese Weise kann ich das Gefühl, in Pats Umarmung zu liegen, noch um einige Momente verlängern. Das Einzige, was diesen Morgen noch perfekter machen könnte: mit Patrick und diesem Boot wirklich auf hoher See zu sein. Bald! Gestern Nacht, nachdem Patrick einschlafen ist und ich sein Gesicht studiert habe, wurde mir alles klar. Wir bekommen keine Generalprobe für unser Leben. Keine zweite Chance. Wir haben nur dieses Leben, und für manche Menschen ist es kürzer als für andere. Meine Mom ist zu früh gestorben. Patricks Eltern sind mitten aus dem Leben gerissen worden. Wer weiß schon, was morgen ist? Oder nächsten Sommer? Ich kann nicht weiter so tun, als würde ich Dinge, die mich unglücklich machen, voller Freude erleben. Ich liebe meinen Vater – aber es bringt weder ihm noch mir etwas, wenn ich mein Leben aufgebe, um ihn glücklich zu machen. Vor allem, wenn das, was ich tue, für ihn selbst auch nicht zufriedenstellend ist. Nein, ich werde mit ihm reden und ihm endlich alles sagen.

Ich schiebe die Bettdecke zur Seite und greife nach Patricks Hemd. Alles hier trägt seine Handschrift. Von außen betrachtet braucht das Boot noch einige Stunden harter Arbeit, bevor es sich mit den anderen Hochglanzyachten messen kann. Hier drinnen aber ist es schon perfekt. Das liegt vor allem an Patrick. Er scheint hier zu leben, und das nicht erst seit gestern.

Ich steige die kleine Leiter nach oben und wünsche mir wieder, nur das Meer um uns zu sehen. Patrick gießt eine weitere Tasse Kaffee ein und dreht sich zu mir um, als er mich hört.

»Hey!«

Er trägt ein weißes Unterhemd und Jeans, die er bis zu den Waden hochgekrempelt hat, dazu schlichte Flip-Flops. Die Schwellung über seinem Auge färbt sich bereits leicht blau, die Lippe sieht nach wie vor mitgenommen aus.

»Guten Morgen.«

Sein Lächeln passt nicht so recht zu den Verletzungen in seinem Gesicht. Müsste er nicht mit hämmernden Kopfschmerzen den Tag im Bett verbringen? Stattdessen leuchten seine Augen, das Lächeln ist strahlend und ehrlich. Irgendwas ist gestern Nacht passiert.

»Hast du irgendwo noch eine frische Boxershorts für mich?«

Ich zupfe das zu kurze Hemd etwas tiefer, als mir plötzlich bewusst wird, wie nackt ich bin. Patricks Lächeln wird breiter, sein Blick streift meine Beine.

»In der Kiste neben dem Bett. Aber wenn es nach mir ginge ...«

»Schon klar.«

Ich zwinkere ihm zu. Solange er voll bekleidet vor mir steht, fühle ich mich einfach zu nackt. Obwohl wir uns gestern näher waren, als ich mir vorgestellt habe, muss ich mich an den Gedanken erst gewöhnen. Unsere gemeinsame Nacht hat eines ziemlich klargemacht: Patrick wusste genau, was er tat. Jede seiner Bewegung war perfekt und hat keinen Zweifel über seine Erfahrung zugelassen. Ich will mir gar nicht vorstellen, wie viele Frauen schon in den Genuss gekommen sind ... Mit einem Kopfschütteln verscheuche ich die Gedanken an Patricks Bettgeschichten und steige wieder hinunter in die Kajüte, wo ich die Kiste finde und aufklappe. Hier befinden sich Socken, Boxershorts, T-Shirts und Handtücher – sorgfältig zusammengelegt. Ich entscheide mich für die weite, schwarze Shorts und schlüpfe hinein. Ich in Patrick Steels Kleidung! Wie sehr habe ich mir das heimlich gewünscht, wie weit weg ist es mir noch vor ein paar Tagen vorgekommen? Ein Blick zum Bett genügt, um wieder Standbilder der letzten Nacht aufleben zu lassen. Seine Küsse, seine Lippen, sein Körper, der sich perfekt bewegt, der mich langsam, aber sicher dem Höhepunkt entgegenbringt. Noch nie hat sich Sex so angefühlt. Noch nie habe ich einem Mann so sehr vertraut.

»Mr. Steel?«

Die Stimme meines Vaters schüttet einen ganzen Eimer Eiswasser über mich, über meine Gedanken und das Kribbeln in meinem Unterleib. Ich halte den Atem an, als könne er mich hören.

»Mr. Main … was … ähm … führt Sie hierher?«

Mein Herz trommelt wie verrückt gegen meinen Brustkorb, aber ich versuche, mich nicht zu bewegen und ruhig zu atmen. Nur kein Geräusch verursachen. Ich werde ihm alles über Patrick und mich erzählen. Dieser Moment ist jedoch nicht der richtige für eine solche Offenbarung, ganz sicher nicht! Vaters einzige Tochter in den Kleidungsstücken seines Angestellten, nach einer gemeinsamen Nacht. *Mein Kleid! Verdammt!* Er wird es erkennen. Bei dem Gedanken legt mein Herz noch einmal enorm an Geschwindigkeit zu.

»Ich habe gehört, dass Sie gestern Ärger mit einem der Gäste hatten.«

Zu gern würde ich die Szene nicht nur hören, sondern auch sehen können.

»Das war ein Missverständnis.«

Patricks Stimme klingt gefasst, als würde er nicht gerade die Tochter seines Chefs in seinem unfertigen Boot versteckt halten.

»Das dachte ich mir schon. Ihr Gesicht sieht aber ziemlich mitgenommen aus.«

Pause … Stille … *Panik! Verrät mich mein Herzschlag?*

»Ich bin gegen eine Tür gefallen.«

Gegen eine Tür, die Fäuste hat? Niemals wird mein Dad ihm diese billige Lüge abkaufen.

»Hieß diese *Tür* zufälligerweise Mr. Bennett?«

»Vielleicht.«

»Wie viele *Türen* waren es denn?«

»Das weiß ich nicht mehr so genau.«

Wenn mein Dad eine Sache hasst, dann sind es Lügen. Er sagt immer, man kommt nur mit der Wahrheit weit genug, um stolz zu sein. Mein Magen zieht sich zusammen. Patrick wird Ärger bekommen.

»Würde es Ihnen etwas ausmachen, nachher mal in mein Büro zu kommen?«

O mein Gott! Er wird ihn doch nicht etwa feuern, weil Kevin eine seiner Lügengeschichten über ihn verbreitet hat. Ich muss mit Andrew sprechen. Mein Dad mag Andrew, er wird ihm glauben. Patrick hat gesagt, dass er ihm geholfen hat.

»Mr. Main, das war eine dumme Sache. Ich wollte Ihnen keinen Ärger machen …«

»Dessen bin ich mir bewusst, Mr. Steel. Dennoch gibt es einige Dinge, die ich gern klären würde.«

»Ich verstehe.«

Patricks Stimme klingt plötzlich erschreckend kühl. Ich kenne diesen Tonfall bei ihm. Jedes Mal hört es sich so an, wenn er sich zurückzieht und eine dicke Mauer zwischen sich und die Außenwelt schiebt.

»Und das von gestern Nacht, das kommt nicht noch mal vor. Haben wir uns verstanden?«

»Sir, ich wollte nur …«

»Es ging dabei um mich.«

Meine Stimme klingt fremd in meinen Ohren, als ich über die Leiter wieder von Deck klettere. In Patricks Sachen. Unsichtbar zu bleiben ist jetzt einfach unmöglich, weil niemand die Wahrheit über das sagt, was wirklich passiert ist.

»Jennifer! Was machst du hier?«

Der Blick meines Vaters lässt das Spektrum seiner Emotionen nur zu deutlich erkennen. Die Überraschung, die Verständnislosigkeit und dann die Erkenntnis, was hier gerade vorgeht. Ein kurzer Blick zu Patrick, der ebenfalls zu mir sieht, sein Lächeln ist traurig. Diese Frage ignoriere ich.

»Kevin wollte mich bloßstellen. Vor dir und den anderen. Patrick hat das verhindert. Dabei sind sie auf ihn losgegangen und haben ihn so zugerichtet.«

»Ich denke, wir sollten das zu Hause in Ruhe besprechen.«

Von hier oben sieht mein Vater gar nicht mehr wie der großartige Mr. Main aus. Er ist einfach nur mein Dad, der wirklich gedacht hat, mich ewig beschützen, mein Leben für mich Jahre im Voraus planen und mich vor jeder Fehlentscheidung bewahren zu können. Patrick ist keine Fehlentscheidung.

»Ich finde, wir sollten es jetzt besprechen.«

Mein Blick weicht seinem nicht aus. Ich muss es jetzt sagen, bevor ich den Mut verliere.

»Kevin ist eifersüchtig auf Patrick.«

»Ich glaube, du irrst dich, Jen. Und jetzt lass uns nach Hause gehen.«

Seine Stimme klingt bereits etwas ungehaltener, aber noch immer ruhig. Ich kenne ihn zu gut, um nicht zu wissen, dass er ziemlich sauer ist.

»Mr. Main, ich würde gern erklären, was alles passiert ist und wieso …«

»Zu Ihnen komme ich noch, Mr. Steel. Sie erscheinen in Ihrer Pause in meinem Büro, dort besprechen wir alles. Jetzt geht es um meine Tochter.«

Wieder sieht Dad zu mir, sein Gesichtsausdruck macht klar, dass er keinen Widerspruch duldet.

»Zieh dir was an und komm mit mir nach Hause.«

Patrick

Es klingt nicht wie eine Bitte, eher wie eine Art Befehl. Mr. Main geht einige Schritte zur Tür, um zu verdeutlichen, dass das Gespräch beendet ist. Was weiß er über mich? Wieso will er mit mir sprechen? Und was denkt er über die Sache mit Jen? Begeistert scheint er nicht zu sein, aber er hat mir auch keinen rechten Haken verpasst. Dafür hat er sich zu gut im Griff.

»Dad, ich werde nicht zurück nach Harvard gehen.«

»Und ob du das wirst! Aber das besprechen wir bestimmt nicht hier. Und jetzt zieh dir was Anständiges an und komm mit mir nach Hause.«

»Aber …«

Jens Augen füllen sich mit Tränen, der Mut verlässt sie, und bevor alles eskaliert, muss ich etwas tun.

»Ich bringe sie gleich nach Hause, Mr. Main.«

Jetzt ist garantiert der Punkt erreicht, an dem er mir sagen wird, dass ich mich von seiner Tochter fernhalten soll und mich gar nicht erst in seinem Büro blicken lassen brauche. Ich bin so gut wie gefeuert. Doch Main nickt nur und verlässt das Bootshaus. Einfach so. Irgendwas in seinem Blick hat sich nicht so angefühlt, wie ich es erwartet habe. Da war keine Abscheu und keine Wut. Nicht mal Enttäuschung, nur Verwunderung und Hilflosigkeit. Jen klettert vom Boot herunter und kommt barfuß auf mich zu. Sie sieht so aus, als würde sie dringend eine Umarmung vertragen können.

»Das kann er nicht machen. Er kann dir wegen Kevin keinen Ärger machen. Oder wegen mir. Es ist mein Leben!«

Ich nehme sie in den Arm, biete ihr den Halt, den sie jetzt braucht. So habe ich mir den Morgen danach nicht vorgestellt. Ich hatte angenommen, das Leben wäre so fair und würde uns zumindest ein paar Stunden Verliebtheit gönnen.

»Es tut mir leid. Ich weiß nicht, wieso ich etwas gesagt habe …«

Ich schiebe sie ein bisschen von mir weg, um sie besser ansehen zu können, nehme ihr Gesicht sanft zwischen meine Hände und lächle sie an.

»Du hast aber etwas gesagt. Für mich. Und dafür bin ich dir dankbar.«

»Aber wenn mein Dad jetzt …«

»Dein Dad wird mich sicher nicht wegen dir feuern.«

Dafür hat er bestimmt auch genug andere Gründe, die ihm Kevin und seine Hinweise geliefert haben. Wirklich großartig! Da öffnet man kurz mal die Pforte zu einer idealen Zukunft, und gerade, als man es sich bequem machen will, schleudert jemand die Tür wieder zu. Jens Gesicht ist wunderschön. Ihre Augen, die Lippen, das Lächeln … ich könnte sie ewig ansehen.

»Jen, hör mal …«

»Ich werde mit ihm reden. Er wird es verstehen. Sein Problem bist nicht du.«

»Das meine ich nicht.«

»Willst du immer noch, dass ich mit dir aufs Boot komme?«

Diese Frage ist unfair, weil sie mir mein Herz zerfetzen kann. Wenn Jen mich so ansieht, würde ich sie überallhin mitnehmen. Langsam nicke ich und lasse meinen Körper das sagen, was mein Herz schreit.

»Ganz gleich, was passieren wird, ich werde am Steg sein, sobald die *Freedom* fertig ist.« Diese Frau fegt alle Zweifel beiseite und holt das zurück, was ich verloren hatte: das Gefühl eines Zuhauses, Geborgenheit und Liebe. Aussprechen kann ich es nicht, weil Männer über solche Dinge nicht reden. Ich kann nur hoffen, dass sie es auch so weiß.

»Ich werde heute mit Andrew sprechen. Er kann die ganze Sache aufklären.«

Natürlich kann er das. Sie macht sich noch immer Sorgen wegen Kevin, den ich schon längst abgehakt habe. Mein Gefühl sagt mir, dass er kein Problem mehr sein wird. Nein, etwas an Mains Gesichtsausdruck lässt mich erahnen, dass es um ein anderes Thema geht. Ich dachte, ich käme damit durch. Dabei war mir von Anfang an bewusst, wie gefährlich das wackelige Gerüst der Lüge ist. Wenn es einstürzt, bricht nicht nur unter meinen Füßen der Boden weg. Ich reiße Jackson mit, auch wenn er immer behauptet hat, sich des Risikos bewusst zu sein. Und jetzt steht Jen auch noch auf dem Spiel.

»Du solltest trotzdem nach Hause. Dein Dad soll nicht sauer auf dich sein. Ich habe gesagt, dass ich dich hinbringe.«

Sie nickt, obwohl ich sehen kann, dass sie nicht weg will – und sie muss wissen, dass ich sie nicht gehen lassen will. Wenn es nach mir ginge, könnten wir sofort mit dem Boot raus und müssten uns nicht einmal umsehen. Noch ist es nicht ganz fertig. Ich bin so nah dran. Bald! Bald ist es einsatzbereit. Wenn ich meine Konzentration wiederfinde und mich darauf besinne, *Freedom* fertigzustellen, dann hat sich das alles vielleicht gelohnt. Jen küsst meine Lippen, legt ihre Arme um meinen Nacken und drückt ihren zierlichen Körper gegen meinen. Sofort schließe ich die Augen und lasse die Erinnerung an die gestrige Nacht wieder aufleben. Wie wunderbar hat sich ihre Haut auf meiner angefühlt, wie phantastisch waren ihre Berührungen, wie gern würde ich sie sofort wieder spüren. Wenn ich richtig viel Glück habe, gibt das Leben mir eine zweite Chance für all das.

Jen

Patrick küsst mich auf den Stufen vor unserem Haus. So, als wären wir wieder Teenager und als hätte er mich nach einem Date nach Hause gebracht. Als wäre es das Normalste auf der Welt. Ich bemerke Pats Blick, während er sich das Haus ansieht. Natürlich weiß er, dass ich hier wohne. Die ganze Stadt, jeder Angestellte, alle wissen es. Noch nie war mir das peinlich. Heute fühlt es sich zum ersten Mal merkwürdig an. Die Größe des Hauses, die weiße Fassade, der Pool, der Wintergarten. Hier bin ich aufgewachsen. Ich blicke wieder zu Patrick und bin mir nicht mehr sicher, dass es eine gute Idee war, ihn herzubringen. Mein Lächeln soll ihn überzeugen.

»Das ist nur ein Haus.«

Er nickt und gibt sich weiterhin Mühe, sich nichts anmerken zu lassen.

»Ich sehe dich dann nachher …?«

»Sicher.«

Wieder küsst er mich und drückt meine Hand.

»Heute ist es noch nicht vorbei, das habe ich dir versprochen.«

Ein Augenzwinkern folgt, obwohl es weh tun muss, und sein Lächeln ist ebenfalls nicht ganz schmerzfrei, wie ich annehme. Dann geht er den Weg zurück zur Straße. Bevor er am Gartentor ankommt, dreht er sich noch einmal zu mir um.

»Am Steg?«

Ich nicke und spüre, wie die Hoffnung meinen Körper durchflutet. Als könnte ich die Richtung meines Lebens einfach so ändern. Die Segel umsetzen und mit dem Wind gehen.

Ich schiebe die Tür auf und betrete das kühle Innere unseres Hauses. Früher erklang hier stets Musik. Mom hat immer Musik gehört. Sogar als sie krank war, lief immer irgendwo im Haus Musik. Jetzt hallen meine Schritte durch den Eingangsbereich, und ich werfe einen Blick ins Wohnzimmer, wo mein Dad auf der Couch sitzt und Zeitung liest, als wäre alles völlig in Ordnung. Um diese Uhrzeit ist er aber eigentlich im Büro.

»Hi.«

Er sieht kurz auf, lächelt schmallippig und legt die Zeitung zur Seite. Unwillkürlich streiche ich den Saum meines Sommerkleides glatt.

»Hast du schon gegessen?«

»Ich bin nicht hungrig.«

Eigentlich habe ich ziemlich großen Hunger, aber ich möchte das hier lieber so schnell wie möglich hinter mich bringen. Ich setze mich auf die Lehne der Couch und sehe meinen Dad an.

»Ich könnte uns Sandwiches machen.«

Mein Dad hat ewig keine Sandwiches mehr für mich zubereitet. Wir haben dabei früher immer lang geredet, ich saß auf der Arbeitsplatte und habe zugesehen, wie er die wildesten Kreationen gezaubert hat. Okay, nur knapp dreißig Prozent davon waren genießbar, aber allein sein guter Wille zählte. Und die Zeit, die wir zusammen verbracht haben.

»Oder wir reden einfach hier.«

Er nickt unsicher.

»Dann reden wir hier. Welches Thema schlägst du vor?«

Typisch Dad! Der Geschäftsmann, der alle in Grund und Boden redet, aber nicht über seine oder meine Gefühle sprechen kann.

»Patrick Steel.«

»Du magst ihn.«

»Ich glaube, *mögen* ist nicht mehr so ganz das richtige Wort.«

Wieder nickt er.

»Ich mag ihn sehr, Dad.«

»Nun, er scheint ein … interessanter Kerl zu sein.«

Das Wort »interessant« klingt aus seinem Mund nicht ganz so positiv, wie ich es mir erhofft habe.

»Du kennst ihn nicht gut genug. Dann würdest du ihn auch mögen, Dad.«

»Ich habe nicht gesagt, dass ich ihn nicht mag.«

Und dann ist es plötzlich da. Wie aus dem Nichts, ohne Vorwarnung. Sein Lächeln! Wie früher: ehrlich und väterlich. Da sind wieder die Emotionen, die ich die ganze Zeit vermisst habe. Am liebsten würde ich ihn umarmen, also tue ich es. Ich rutsche von der Lehne auf den Platz neben ihm.

»Er macht ziemlich gute Arbeit. Versteht sehr viel von Booten.«

»Er ist ganz verrückt danach! Du müsstest erst mal sehen, wie er ein Boot repariert. Außerdem weiß er ganz genau, was sein Traum ist. Und er arbeitet sehr hart dafür.«

»Eine gute Charaktereigenschaft.«

»Am Ende der Saison will er mit dem Boot weg. Einfach frei sein.«

Klingt meine Stimme nur in meinen Ohren so hoffnungsvoll? Seit gestern Nacht glaube ich daran, dass Patricks Vision von seiner Zukunft auch die von meiner sein könnte.

»Ihr habt also einen ganzen Sommer.«

»Und hoffentlich noch mehr!«

Dad drückt meine Hand und lächelt. Es muss sehr schwer für ihn sein, mich loszulassen.

»Wir waren in Clearwater Bay und …«

Ich verstumme, denke an unseren Tag, den Laden. Alle Erinnerungen scheinen mir so vertraut, als würden wir uns nicht erst seit diesem Sommer kennen.

»Mom würde ihn mögen.«

Ich spreche das aus, was ich die ganze Zeit wirklich denke. Weswegen ich mir so sicher bin, dass Patrick der Richtige sein könnte. Meine Mom und er, sie hätten jede Menge Gesprächsstoff gehabt. Ich glaube, sie hätte ihn wirklich sehr gemocht.

»Da bin ich mir sicher.«

Er legt einen Arm um mich, und ich lehne mich an die Schulter meines Vaters, fühle mich wieder wie ein Teenager und schließe kurz die Augen.

»Dad … ich gehe nicht zurück nach Harvard.«

»Jen, ich weiß … du denkst, das ist jetzt die ganz große Liebe …«

Bevor er weitersprechen kann, öffne ich die Augen und sehe ihn ernst an. Es gibt keinen besseren Zeitpunkt, um mich mit ihm darüber zu unterhalten.

»Das mit Harvard hat nichts mit Patrick zu tun. Sondern mit dir.«

Der Ausdruck von Überraschung huscht über das Gesicht meines Vaters, als er sich aufrichtet und mich genauer ansieht.

»Mit mir?«

»Versprichst du mir, dass du mich ausreden lässt?«

»Natürlich. Schieß los!«

Noch einmal auf Harvard verlassen. Nur noch dieses Mal.

Schnell hole ich tief Luft.

»Ich führe das Leben, das *du* für mich ausgesucht hast. Und es ist kein schlechtes Leben, Dad. Es ist sogar ziemlich gut. Es ist aber nicht meines. Seit Moms Tod habe ich alles versucht, um dich glücklich zu machen. Ich wollte dich nie enttäuschen.«

Sofort steigen mir Tränen in die Augen, die ich schnell wegblinzeln will.

»Du bist ein toller Dad, und ich liebe dich sehr, aber ich kann nicht mehr so weitermachen. Ich möchte etwas tun, das mich glücklich macht. Und zwar nur mich.«

Meine Offenbarung erwischt ihn eiskalt und unvorbereitet. Das ist nicht seine Schuld. Ich hätte schon viel früher offen mit ihm reden sollen. Dabei wollte ich immer alles richtig machen. Zu dumm, dass ich mich auf diese Weise selbst aus den Augen verloren habe.

»Und eine Bootstour mit Patrick macht dich glücklich?«

Vielleicht nicke ich zu euphorisch, aber es ist die Wahrheit.

»Es wäre ein guter Anfang.«

»Und was kommt anstelle von Harvard?«

Auch hier hat er die Wahrheit verdient. Deswegen zucke ich die Schultern.

»Das weiß ich noch nicht. Vielleicht Kunstgeschichte …?«

Obwohl ich noch nicht erkennen kann, wie mein Dad das alles aufnimmt – sein Gesicht zeigt keine Regung –, fühlt es sich so an, als ob jemand einen schweren Stein von meinen Schultern nimmt. Auch das Atmen fällt mir viel leichter.

»Okay.«

»Okay?«

»Deine Mom wollte immer, dass du glücklich bist. Und ich habe ihr versprochen, dafür zu sorgen. Wenn Patrick dich glücklich macht, zumindest im Moment, dann soll es so sein.«

Ich rutsche wieder neben ihn und kuschle mich in seine Umarmung.

»Tust du mir einen Gefallen, Dad?«

»Hm?«

»Bitte sei nett zu ihm, ja?«

Patrick

»Herein!«

Schnell noch einmal durchatmen, Schultern straffen und dann los.

Ich schiebe die schwere Tür zu Mr. Mains Büro auf und versuche, mich richtig seriös zu geben. Hier geht es nicht nur um meinen Job. Zum ersten Mal seit Ewigkeiten will ich jemanden beeindrucken. Jemanden, der glauben soll, ich wäre gut genug für seine Tochter. Zu meiner Überraschung steht Jackson in seiner typischen Uniform mitten im Raum und sieht mich kurz an.

»Da sind Sie ja, Mr. Steel. Ich habe mich gerade mit Mr. Reed unterhalten.«

Verdammt! Jetzt habe ich Jackson tatsächlich auch mit in die Scheiße geritten.

»Er hat mir erklärt, warum ich Probleme habe, Sie unter der von Ihnen angegebenen Adresse zu finden.«

Main lehnt am Schreibtisch, sieht zwischen Jackson und mir hin und her. Als Chef kommt er direkt zum Punkt. Kein Gerede um den heißen Brei. Er weiß es.

»Sir, das kann ich erklären …«

Ganz sicher werde ich Jackson nicht über die Klinge springen lassen. Nicht für mich.

»Wie erwähnt, das hat Mr. Reed bereits getan.«

Würde mich Jackson wirklich verraten? Würde er wirklich alles über mich erzählen, um seinen eigenen Arsch zu retten?

»Das wäre dann alles, Mr. Reed. Ich möchte mich gern einen Moment mit Mr. Steel allein unterhalten.«

Jackson nickt wortlos, wirft mir einen warnenden Blick zu, der so ziemlich alles bedeuten kann, und marschiert dann zur Tür.

»Ich wünsche Ihnen viel Glück in New York, Mr. Reed.«

New York. Die Schauspielschule. Natürlich! Jackson hat die Wahrheit gesagt, mich verpfiffen – und damit seinen großen Traum gerettet. Wie wunderbar. So viel zu den großen Worten: Freundschaft, Vertrauen und Loyalität. Überbewerteter Scheiß! Die Tür fällt hinter ihm ins Schloss, und ich spüre meine Anspannung, als würde ich einen Schlag auf den Solarplexus erwarten.

»Wollen Sie sich setzen? Kann ich Ihnen irgendwas anbieten? Wasser? Eistee?«

»Nein danke.«

Zugegeben, ich bin in solchen Dingen nicht besonders gut.

»Sie waren heute Morgen an meinem Boot.«

Er blickt nach draußen zum Hafen. Obwohl es über ein Dutzend Boote gibt, die dort ankern, weiß ich ganz genau, welches davon er meint. Mein Blick fällt auf das Foto auf seinem Schreibtisch. Die Ähnlichkeit ist wirklich verblüffend: *Annie Main*, Jens Mutter, sieht ihr zum Verwechseln ähnlich. Auf diesem Foto ganz besonders. Es ist auf dem Boot aufgenommen, irgendwo weit draußen. Da ist nur der Ozean, ein geblähtes Segel und ihre im Wind flatternden Haare.

»Sie haben mir den Auftrag gegeben, dass ich jeden Tag nach dem Boot sehen soll.«

»Ich weiß. Und ich stehe jeden Morgen hier und beobachte Sie dabei. Sie sind sehr sorgfältig.«

»Das ist mein Job.«

»Vor Ihnen haben schon andere diesen Job gehabt. Keiner von denen war so gründlich.«

Ich zucke die Schultern, will nicht zugeben, dass Jen mir mehr erzählt hat und ich die Liebe zu diesem Boot nur allzu gut nachvollziehen kann.

»Sie reparieren also gerade Ihr eigenes Boot.«

Mr. Main dreht sich zur großen Fensterscheibe.

»Ja, Sir.«

Von hier oben hat man wirklich einen wunderbaren Blick über den Hafen, die Bucht und den halben Strand, wo sich die Badegäste auf ihren Liegestühlen und Strandhandtüchern tummeln, das kühle Nass und den sonnigen Tag genießen. Nur der Wind bläst heute kräftiger als gestern. Die Warnungen vor dem Sturm »Cynthia« laufen im Radio. Wenn wir Glück haben, zieht er an Oceanside vorbei.

»Soll das Ihr neues Zuhause werden?«

Er weiß es. Meine Hände zittern leicht, und ich spüre den Schweiß, der mir den Rücken entlangläuft. Er will mich nur in Sicherheit wiegen und dann zuschlagen. Oder?

»Ja.«

»Weil Sie nicht länger mit Mr. Reed in einer Zweck-WG wohnen wollen?«

Wovon, zum Teufel, redet er da? Eine WG mit Jackson? Nein, ich habe noch nie mit ihm zusammengewohnt, und obwohl ich ihn schwer in Ordnung finde, könnte ich mir eine WG mit ihm nicht vorstellen. Main sieht noch immer aus dem Fenster, die Gedanken in meinem Kopf überschlagen sich. Was, zum Henker, hat Jackson ihm erzählt?

»Die Adresse auf der Bewerbung …«

Erst jetzt dreht er sich wieder zu mir.

»… ist nicht Ihre. Dort ist kein Patrick Steel gemeldet.«

»Nein, Sir.«

»Da Sie dort nicht wohnen.«

»Nein.«

Ich halte seinem Blick stand, will nicht wegsehen, weil er dann gewonnen hat.

»Eine … Notlüge?«

Ich nicke, meine Stimme klingt belegt, ich kann kaum laut sprechen. Ja, ich habe gelogen, aus reiner Not.

»Es tut mir leid, Mr. Main. Ich wollte keinen Ärger machen.«

»Dennoch haben Sie gelogen. Wieso?«

Als ob er die Antwort darauf nicht schon kennen würde. Seine Recherche wird ihm das – und vieles mehr – bereits offenbart haben.

»Weil ich eine faire Chance wollte.«

Main sieht mich durchdringend an, fast so, als wolle er mich und meine Aussagen durchleuchten. Er prüft mich gerade auf Herz und Nieren, das steht fest. Wenn er mich feuern wollte, hätte er das schon längst getan. Hier geht es nicht mehr um mich in meiner Rolle als sein Angestellter. Ich bin der Mann, der etwas mit seiner Tochter angefangen hat.

»Die hätten Sie bekommen können, wenn Sie mir die Wahrheit erzählt hätten. Es war rührend, zu hören, wie Mr. Reed Sie schützen wollte.«

»Ich habe ihn nicht darum gebeten.«

»Nein. Er scheint einfach nur sehr viel von Ihnen zu halten.«

Jackson wollte mich also schützen. Das sieht ihm ähnlich: seinen Kopf für andere hinhalten. Seine Chance auf

New York aufgeben, um mir meine zu retten. Fast will ich lächeln.

»Ich denke, es ist in unseren Sinn, wenn Jennifer davon nichts erfährt.«

Langsam sickern seine Worte zu mir durch. Ist das sein Ernst? Er will es ihr nicht sagen? Er will mich ebenfalls decken?

»Sie sollten sich trotzdem mal um einen festen Wohnsitz bemühen.«

Sollte ich wirklich. Wenn das nur so einfach wäre. Um eine Wohnung zu bekommen, braucht man einen Job. Um einen Job zu bekommen, braucht man einen festen Wohnsitz. Bis vor kurzem hatte ich beides nicht. Jetzt könnte ich den Bootsschuppen als Adresse angeben und auch diesen Job hier. Ein Anfang, um mein Leben auf die Reihe zu bekommen. Mr. Main kommt um den Schreibtisch herum und bleibt vor mir stehen.

»Eine Sache noch, Mr. Steel. Wenn Sie meiner Tochter das Herz brechen, werde ich Ihnen auch Schmerzen zufügen.«

Das Lächeln bleibt nach wie vor höflich – die Art und Weise, wie er seine Drohung ausspricht, lässt aber keinen Zweifel daran, wie ernst er es meint.

»Das werde ich nicht.«

»Jen ist ein besonderer Mensch.«

»Das weiß ich, Sir.«

»Nein, das wissen Sie nicht. Jen hat ein Herz, so groß wie der Ozean. Sie ist warmherzig, aufmerksam, liebevoll und eine treue Seele.«

Es würde ihn überraschen, wenn er wüsste, wie sehr ich ihm in allen Punkten recht geben möchte. In der kurzen Zeit habe ich Jen als genau diesen Menschen kennengelernt, den er beschreibt.

»Sie stimmen mir also zu, wenn ich sage, dass sie nur das Beste verdient hat?«

Ein Kloß bildet sich in meinem Hals, als ich Mains schweren Blick auf mir spüre. Natürlich hat Jen das Beste verdient, und selbstverständlich würde ich mich anstrengen, ihr genau das zu schenken. *Das Beste.* Irgendwie beschleicht mich der Zweifel, dass Mains Definition von »das Beste« mit meiner übereinstimmt.

»Jen hat eine gute Zukunft verdient.«

»Absolut, Sir.«

Er nickt zufrieden, schätzt meine Antwort als schicksalsergeben ein.

»Aber bedeutet ›das Beste‹ nicht auch, dass sie glücklich ist?«

»Natürlich. Und sie ist glücklich.«

»Sir, entschuldigen Sie, aber da muss ich widersprechen …«

Mr. Main verschränkt die Arme vor der Brust und sieht mich abwartend an. Zumindest gibt er mir die Chance, mich zu erklären, bevor er mich auf die Straße setzt. Ich habe im Laufe der Jahre begriffen, dass manche Dinge es wert sind, dass man dafür kämpft.

»Jen hat Träume. Sie möchte einiges in ihrem Leben ändern.«

»Natürlich. Ich möchte auch einiges in meinem Leben ändern, Patrick.«

Zum ersten Mal nennt er mich nicht bei meinem Nachnamen. Ich weiß nicht, ob das ein gutes oder ein schlechtes Zeichen ist.

»Doch das vergeht. Weil das Leben keine Ansammlung von sich erfüllenden Wünschen ist. Ihnen muss ich das ja wohl nicht sagen.«

»Nein, Sir.«

»Jen hat einen klaren Plan von der Zukunft. Sollte meine Tochter für Sie nur eine Sommerliebe sein, stehen Sie ihr dabei bitte nicht im Weg.«

Da liegt der Haken: Mr. Main befürchtet, dass wir nur so etwas wie eine »Sommerliebe« füreinander sind. Ich nicke und strenge mich an, nicht zu offensichtlich meine Enttäuschung zu zeigen. Für ihn als Chef bin ich in erster Linie ein guter Angestellter, deswegen wird er mich auch nicht feuern, weil ich gelogen habe. Nein, ich habe keinen Wohnsitz. Ja, ich lebe auf der Straße. Trotzdem darf ich den Job behalten und Jen daten. Aber, auch das macht er deutlich, am Ende des Sommers geht sie zurück nach Harvard – und ich darf mit meinem Boot absegeln. Eine Win-win-Situation.

»Sollten Sie Hilfe bei einigen Ersatzteilen Ihres Boots brauchen, Mr. Steel, dann … kann ich sicherlich etwas für Sie tun.«

Er will sicherstellen, dass ich am Ende der Saison tatsächlich in See steche. Nicht, um mir einen Gefallen zu tun. Damit Jen nur »das Beste« bekommt.

»Danke für das Angebot.«

»Haben wir einen Deal, Mr. Steel?«

Er reicht mir die Hand. Ich erstarre bei dieser Geste, mit der James Main ganz großzügig seinen Vorschlag bekräftigt. Mein Herz schlägt so langsam und unregelmäßig, dass ich glaube, es könnte jeden Moment stehenbleiben. Dann nehme ich seine Hand.

Jen

Auch an den nächsten Tagen kann ich noch nicht so ganz glauben, was alles passiert ist. Ich bin mit einem breiten Lächeln neben Patrick aufgewacht. Schon wieder. Nirgendwo ist es schöner als in seinen Armen, auf seinem Boot, eingehüllt in seinen Duft, umgeben von all den vielen Kleinigkeiten, die ihn ausmachen.

Dazu Patricks Lächeln, wenn er neben mir liegt, das Gefühl seiner Hand, die meine umschließt. Dieser Sommer führt alle Puzzlestücke zusammen, die bisher gefehlt haben.

Buddy und ich sehen ihm zu, wie er an dem Boot arbeitet und sein Traum von Tag zu Tag immer mehr Form annimmt. Er fragt nach meiner Meinung und lächelt stolz, wenn er wieder einen Schritt weitergekommen ist. Mit jeder Stunde, die ich bei ihm verbringe, sehne ich das Ende des Sommers mehr herbei, den Tag, an dem wir zusammen in See stechen. Vorher muss ich allerdings noch ein klärendes Gespräch führen und einer maßgeblichen Person einen Besuch abstatten. Ich habe das Jahre aufgeschoben, doch jetzt gibt es keine Ausreden mehr.

Patrick und ich sitzen am Pier bei *Joe's Burger Place* zusammen und lassen uns einen der sagenhaft leckeren Burger schmecken. Hier tummeln sich zahlreiche junge Paare, die den Sonnenuntergang gemeinsam genießen. Wir sind eines davon. Am Horizont toben Wellen, die auf ihrem Weg ans Ufer an Kraft verlieren. Dennoch wirken sie einschüchternd, und die Boote am Hafen schaukeln heftiger als sonst. Der Sturm nähert sich. Die Rettungsschwimmer am Strand hissen schon die rote Fahne und raten davon ab, zu weit hinauszuschwimmen. Für gewöhnlich ist die Bucht von Oceanside sicher, und wenn man sich mit den Strömungen auskennt, kann man ungefährdet einen schönen Strand- und Badeurlaub verbringen. Seit ich denken kann, war es hier ruhig und wir wurden von den fiesen Stürmen verschont. Es bleibt nur zu hoffen, dass die Meteorologen recht behalten und wir auch diesmal unbeschadet aus diesem Sommersturm herauskommen.

»Sieht nach ziemlich viel Wind da draußen aus.«

Patrick folgt meinem Blick auf den Ozean, beobachtet eine Weile schweigend die Wellen und nickt nachdenklich.

»Sieht nicht nach Spaß aus. Vermutlich habe ich die kommenden Tage nicht besonders viel zu tun. Bei dem Wetter werden nicht viele Leute mit ihren Booten rausschippern wollen.«

»Im Radio haben sie gesagt, dass der Sturm Sunset Creek wohl am heftigsten erwischen wird.«

Er nickt. Während er an seinem Boot gearbeitet hat, lief im Hintergrund fast nonstop Radio OSCB, und immer wieder hieß es, die Anwohner von Sunset Creek sollten sich mit Taschenlampen, Kerzen und den nötigen Lebensmitteln eindecken.

Ich greife nach Patricks Hand.

»Ich glaube, morgen rede ich noch mal mit meinem Dad.«

Wenn der Sturm nach Oceanside kommt, wird auch er nicht ins Büro gehen, sondern zu Hause bleiben. Dann kann er mir nicht mehr ausweichen, und wir können reden. Meine letzten beiden Versuche, ihn auf das Thema »Mom und Harvard« anzusprechen, sind an seinen Meetings und Terminen gescheitert. Patrick sieht mich von der Seite an.

»Bist du sicher? Ich meine, das hat doch noch Zeit.«

»Ich habe mir schon zu viel Zeit damit gelassen. Manchmal fühlt es sich an, als würde ich zerplatzen, wenn ich die Segeltour mit dir nicht bald plane.«

»Er wird nicht begeistert sein.«

Dessen bin ich mir bewusst. Es wird nicht einfach werden, aber ich hatte auch Angst davor, wie er auf die ganze Sache mit Patrick reagieren würde – und die beiden kommen gut miteinander aus. Dad scheint ihn als meinen Freund zu akzeptieren. Lächelnd küsse ich Patricks Wange.

»Er wird mir trotzdem zuhören müssen.«

Patrick nickt. Bisher war er ja auch der Meinung, ich müsste mit meinem Dad reden, mich für mein Leben einsetzen und meine Zukunft so gestalten, wie ich es mir in meinen kühnsten Träumen vorstelle. Nicht so, wie mein Vater es sich wünscht.

»Du willst doch immer noch, dass ich mit dir aufs Boot komme, oder?«

Sein Schweigen verunsichert mich, und so löse ich mich von ihm, um ihn besser ansehen zu können. Patrick betrachtet mich einen Moment lang nachdenklich, dann nickt er.

»Natürlich will ich das, Jen. Ich wünsche mir nichts mehr, als mit dir und dem Boot rauszusegeln.«

»Gut. Denn das wünsche ich mir auch.«

»Aber vielleicht …«

»Nein! Kein vielleicht. Ich habe so oft *vielleicht*, so oft *mal sehen* gesagt und gedacht. Aber du hast meinen Blick fürs Wesentlich geschärft.«

Ich drücke kurz seine Hand, die sich etwas leblos in meiner anfühlt. Ein Gefühl, das mir Angst macht. Zweifelt er?

»Du hast deinen Traum nie aus den Augen verloren, ganz gleich, wie schwer es war. Oder?«

»Jen, das kannst du nicht vergleichen. Bei mir war es eine Art Überlebenstraining. Ohne die Hoffnung auf das Boot wäre ich …«

Er verstummt, weicht meinem Blick aus. Nicht gerade eine Aussage, die das kalte Gefühl von Panik beruhigt, das durch meinen Körper schießt, obwohl ich mit größter Mühe dagegen ankämpfe.

»Wärst du was?«

Er holt tief Luft, bevor er mich wieder ansieht.

»Du und ich, wir sind sehr unterschiedlich. Das kann man nicht vergleichen.«

»Das sage ich ja auch nicht. Auf jeden Fall hast du mir aber den Mut gegeben, an meine Träume zu glauben. Verdammt, Patrick, du solltest ein Vorbild für so viele Menschen sein!«

Er will den Kopf schütteln, aber ich greife schnell nach seinem Gesicht und zwinge ihn, mich anzusehen.

»Doch! Doch, das solltest du! Du hast diesen einen Traum niemals losgelassen. Und das, obwohl ziemlich viel dagegengesprochen hat … Patrick, du bist so viel besser, als du denkst.«

»Wie schade, dass manche Leute das anders sehen.«

»Ich sehe es aber so.«

Wie immer, wenn man Patrick Steel ein ehrliches Kompliment macht, mustert er sein Gegenüber einen kurzen Moment, als wollte er zuerst einmal zu verstehen versuchen, wie man in ihm überhaupt etwas Großartiges sehen kann. Etwas, für dessen Erkenntnis er zu blind ist, weil er nie diese Sichtweise auf sich selbst kennengelernt hat. Langsam verziehen sich seine Lippen zu einem Lächeln, und seine Augen hellen sich wieder auf. Dann küsst er mich sanft und zieht mich an sich.

»Du bist das Beste, was mir jemals passiert ist, Patrick.«

Patrick

»Und wenn du noch mal mit ihm redest? Main ist doch ein fairer Typ.«

Jackson lehnt an der Werkbank und sieht mir dabei zu, wie ich das neue Segel befestige. Es kam heute Morgen an, und ich bin heilfroh, dass das Wetter heute so mies ist, da deswegen kaum jemand am Hafen mich oder meine helfende Hand benötigt. Der Wind peitscht kalt über Oceanside, und die meisten Leute haben es sich im Hotel oder zu Hause gemütlich gemacht. Jackson und die anderen Animateure sind heute so gut wie arbeitslos. Eigentlich will er mir helfen, die Fertigstellung des Bootes ein großes Stück voranzutreiben. Im Moment trinkt er ein Bier und sieht mir dabei zu, wie ich das Segel zu bändigen versuche.

»Er weiß Bescheid. Auch wenn deine Version, dass wir WG-Partner wären, echt überzeugend rüberkam.«

Ich schenke Jackson ein kurzes Grinsen. Gut zu wissen, dass ich nicht allein bin bei diesem Trip durch die schicke Welt von Oceanside. Natürlich habe ich ihm nicht erzählt, dass Jen mein Herz so schnell schlagen lässt, dass ich zu kollabieren drohe, wenn ich in ihrer Nähe bin. Ganz sicher werde ich ihm auch nicht sagen, dass ich Angst vor dem Tag habe, an dem ich ohne sie von hier verschwinden werde. Und wie schmerzvoll es ist, wenn das Herz allmählich und nicht mit einem einzigen, heftigen Schlag zerbricht. Dennoch weiß er, wie ich für sie empfinde, und die Tatsache, dass er mir Mut macht, rechne ich ihm einmal mehr hoch an.

»Du liebst sie, sie liebt dich. Wo ist das Problem?«

»Jackson, dir ist doch auch nichts in den Schoß gefallen. Du weißt genau, wie das läuft. Arschgeigen wie Bennett, die kriegen alles, was sie wollen.«

»Kevin ist aber nicht bei Jen gelandet.«

Ich hake das Segel am Mast ein und halte einen Moment inne. Nein, Kevin konnte nicht bei Jen landen, obwohl er das wollte, mehr als alles andere. Zwar ist er mir in den letzten Tagen aus dem Weg gegangen, dennoch warte ich immer noch auf eine hinterhältige Attacke. Ich traue dem Frieden nicht. Die Situation erinnert mich zu sehr an die Ruhe vor dem Sturm. Ein gutes Stichwort. Jackson dreht das Radio lauter und sieht zu mir hoch.

»Die liebe ›Cynthia‹ vermasselt dir deine Probefahrt, oder?«

Die Stimme aus dem Radio verkündet keine guten Neuigkeiten.

»Hurrikan ›Cynthia‹ ist gestern Abend wie erwartet auf die Küste von Sunset Creek getroffen und hat eine Schneise der Verwüstung hinterlassen. Ob der Sturm Todesopfer gefordert hat, ist zur Stunde noch nicht bekannt. Es steht aber fest, dass Zehntausende infolge schwerer Überschwemmungen ihr Zuhause verloren haben und auch weiterhin ohne Strom sind. Wann genau ›Cynthia‹ auf Oceanside und Clearwater Bay treffen wird, ist unklar. Die Meteorologen rechnen damit, dass uns die ersten Ausläufer bereits in der nächsten Stunde erreichen. Experten sind sich zwar einig, dass ›Cynthia‹ bis dahin an Kraft verlieren wird, dennoch sollte mit Hagel, Sturmböen, Starkregen und großflächigen Überschwemmungen gerechnet werden. Decken Sie sich mit ausreichend

Batterien ein, sorgen Sie für Taschenlampen und genug Nahrungsmittel. Vor allem: Füllen Sie Ihre Wasservorräte auf! Auf www.Unwetter-USA.com können Sie ›Cynthias‹ Route verfolgen. Sollten Sie sich in einer der roten Zonen befinden, bringen Sie sich bitte umgehend in Sicherheit. Denken Sie auch an ältere Nachbarn oder Verwandte. Es wird Zeit, zusammenzurücken. Wir von Radio OSCB halten Sie selbstverständlich auf dem Laufenden …«

Tatsächlich hätte ich *Freedom* gern mal probeweise zu Wasser gelassen und zumindest gecheckt, wie es sich anfühlt, welche Feinjustierungen noch fehlen und was es noch zu verbessern gilt. Mit dem Sturm ist dieser Plan gescheitert, wobei meine Gedanken auch so immer wieder durcheinandergewirbelt werden.

»Pat, rede mit Mr. Main. Oder mit Jen …«

»Ich will nicht, dass sie denkt, ich wäre …«

Mit einem festen Zug rutscht das Segel bis nach oben, bläht sich einen Moment auf und zeigt sich in seiner ganzen Schönheit. Für den Bruchteil einer Sekunde kann ich erahnen, wie es sich anfühlen wird, mit diesem Schiff auf dem Meer zu sein.

»Du wärst was? Ein Loser?«

»Ein Obdachloser.«

Zum ersten Mal, seitdem ich in Oceanside bin, habe ich dieses Wort ausgesprochen. Das Stigma, das mir anhaftet – egal, was ich tue. Ja, ich bin ein Obdachloser. Ja, ich lebe auf der Straße. Und ja, ich habe kein festes Zuhause.

»Patrick … du hast dir das ja nicht ausgesucht. Außerdem hast du oft genug versucht, da rauszukommen.«

»Ja, und wie oft hat es geklappt?«

»Das spielt doch keine Rolle. Schau dich an: Du hast einen Job, du hast dieses Boot. Du hast jeden Job angenommen und immer versucht, die Kurve zu kriegen.«

Natürlich hat er recht. Mein Kopf sagt mir, dass Jen mich nicht anders ansehen würde und wir alles besprechen könnten. Im Unterschied zu den Menschen davor hat sie mich nie anders behandelt.

»Ich bin dein Freund, richtig?«

Jackson kommt auf das Boot zu, streckt mir eine kühle Flasche Bier entgegen und sieht mich offen an. Für Jackson ist das einfach. Er freundet sich mit anderen an, wenn auch nur für einen Sommer, er ist offen, geht auf die Leute zu und lässt sie in sein Leben. Zu gern würde ich sagen, dass er mein Freund ist. Aber die Sache mit der Freundschaft, das ist so wie mit der Liebe: Man wird zu leicht angreifbar.

»Du kommst einem Freund verdammt nah, ja.«

»Okay, gut, damit kann ich leben. Für mich bist du ein Freund. Ein guter Freund. Und ob du in einem schicken Haus am Ocean Boulevard wohnst oder auf einem Boot oder auf einer Parkbank in Boston liegst – das spielt für mich keine Rolle. Du bist du! Und Jen hat sich in dich verliebt. Also sei ein Mann und sag ihr, dass du sie liebst.«

Mein erster Impuls ist, dem zu widersprechen. Mein Mund öffnet sich, aber ich sage keinen Ton, sondern sehe Jackson an, der mich schief angrinst, noch immer das Bier in der Hand.

»Sag es ihr einfach. Erzähl ihr deine ganze Story.«

Woher nimmt er nur dieses Vertrauen in die Menschen? Jackson wurde doch auch schon oft genug enttäuscht. Er müsste selbst nur allzu gut wissen, dass der Schuss nach hinten losgehen kann.

»Habe ich dir mal von Monica erzählt?«

Ich nehme das Bier endlich entgegen und setze mich an den Rand des Bootes, lasse meine Beine über die Reling baumeln.

»Patrick, du hast mir so gut wie gar nichts von dir erzählt. Wer ist Monica?«

»Ich hab in Vermont gearbeitet. Über den Sommer. Die hatten dringend nach neuen Mitarbeitern gesucht, und ich habe gelogen, gesagt, meine Papiere wären mir geklaut worden. Ich dachte, einfach mal frech sein. Es hat geklappt, und ich hatte den Job, keiner hat nachgefragt.«

»Schwein gehabt. Main hätte das nicht geschluckt.«

»Und dort habe ich Monica getroffen. Tochter einer schicken Familie. Ihrem Vater gehört so eine Computerfirma. Dicker Fisch.«

»Lief was zwischen dir und dieser Monica?«

Ich nicke langsam, auch wenn die Erinnerungen an damals verschwommen sind. Vermutlich würde sie sich nicht mal mehr an mich erinnern oder mich erkennen. Für sie war es ein Sommerding.

»Was ich nicht wusste: Ich war ihr Mitleidsfick. Sie hatte so eine Art Wette mit ihren Freundinnen laufen.«

Jackson verzieht das Gesicht, als hätte er verdorbenen Fisch gegessen.

»Das kennt man doch sonst nur von uns Kerlen.«

»Sie wollte wissen, ob ein Typ wie ich es ihr anders besorge.«

»Spitze! Was für eine Schlampe.«

»Natürlich hat sie es so gedreht, als ob ich sie ausgenutzt hätte. Hat ein paar Tränchen bei Daddy verdrückt, und ich bin rausgeflogen. Tschüss, Sommerbonus!«

»Scheiße!«

»Kannst du laut sagen. Das Schlimme war, dass ich sie *gemocht* habe. Ein paar Dinge habe ich ihr erzählt und … na ja …«

»Die hat sie natürlich gegen dich benutzt.«

»Ich war der Penner von der Straße.«

»Autsch!«

Schnell nehme ich einen großen Schluck Bier und spüle damit das Gefühl von damals hinunter. Für Monica habe ich nicht das empfunden, was bei Jen mit meinem Herz passiert. Umso größer ist die Angst, dass sie anders reagiert, als ich es mir erhoffe.

»Auch wenn Jen es versteht und es für sie keine Rolle spielt, wird es in Oceanside die Runde machen.«

»Quatsch!«

»Einer wie Bennett wird es rauskriegen und herumerzählen, und ihr Dad wird das nicht gern sehen. Ein Sommerflirt, klar, aber nicht mehr.«

Jetzt schweigt Jackson und starrt auf seine ausgelatschten Turnschuhe, die er garantiert nicht erst seit diesem Sommer trägt.

»Ich kann es ihr nicht sagen.«

»Dann brichst du ihr das Herz.«

Und genau dafür würde ich mich am liebsten ohrfeigen!

»Patrick, du kannst nicht einfach so am Ende des Sommers verschwinden. Das kannst du nicht machen.«

»Vielleicht bleibe ich ihr dann aber nicht als der Penner von der Straße in Erinnerung.«

»Nein, dann bist du das Arschloch mit dem Boot, das ihr Herz zertrümmert hat. Ich würde lieber den Obdachlosen nehmen.«

Nicht auf das Herz hören! Nicht hinhören, wie es langsam zerbricht. Nicht den Schmerz zulassen, der mich lähmen will …

Das Bild einer weinenden Jen, die nicht verstehen kann, wieso ich einfach verschwunden bin, mit nur einer Postkarte zum Abschied, ist schwer zu ertragen. Die Vorstellung legt sich wie ein Betonklotz auf meine Brust und droht, mich zu erdrücken. Nein! Mein Körper schreit und wehrt sich gegen dieses Gefühl. Es fühlt sich falsch an. Die Version meiner Zukunft ohne Jen fühlt sich grausam an.

»Okay. Ich rede mit ihr.«

Jen

Der Himmel ist fast pechschwarz, die Sonne scheint verschluckt worden zu sein, sogar die Möwen sind verstummt. Nur der Wind peitscht die Wellen an den Strand. Viel lieber würde ich daheim auf der Couch sitzen, als mit einer Windjacke, Jeans und Gummistiefeln den rutschigen Pier entlangzulaufen. Die Wellen spritzen immer wieder bis zu meinen Füßen hoch, und ich halte die kleine, braune Papiertüte fest umklammert. Obwohl das Szenario düster ist, spüre ich das Lächeln auf meinen Lippen. Ich bin auf dem Weg zu Patrick, bringe ihm die letzten Sandwiches – *Made by Dad* – und sorge damit nicht nur für eine kleine Stärkung, sondern habe auch eine gute Ausrede, wieso ich ihn schon wieder besuche. Wir wollen bald das Boot einweihen, nur eine kleine Tour durch den Hafen. Weil *Freedom* nicht mehr länger nur im Bootshaus ausharren soll …

»Sieh an, sogar bei diesem Scheißwetter musst du deinen Loverboy treffen, was?«

Kevin kreuzt meinen Weg, er trägt ebenfalls eine Windjacke – natürlich mit seinen Initialen auf die Brust gestickt – und grinst mich an. In seinem sonst so makellosen Gesicht fällt der dicke Gips über seiner Nase und die bläuliche Färbung unter den Augen sofort auf. Auch er hat deutliche Spuren von dem Faustkampf mit Patrick davongetragen. In den letzten Tagen habe ich ihn bestimmt nicht vermisst, und es schien ganz so, als wären Andrews Worte bei ihm angekommen. Jetzt ähneln seine sonst klaren, blauen Augen allerdings mehr dem verdunkelten Himmel über uns. Er ist wütend.

»Lass mich in Ruhe, Kevin!«

»Du bist so dumm, Jenny! Und sag ja nicht, dass ich dich nicht gewarnt hätte.«

»Das Radio warnt uns seit Tagen.«

»Das meine ich nicht!«

Weitergehen. Einfach weitergehen. Nicht umdrehen. Nicht stehen bleiben. Doch ich bleibe stehen.

»Wovon redest du?«

»Ich frage mich, ob du die Erste bist? Also, in diesem Sommer …«

Extrem genervt drehe ich mich zu ihm um, spüre die heiße Wut in meinem Körper.

»Wenn du was zu sagen hast, dann spuck es aus!«

Kevin genießt diesen kurzen Moment des Triumphs noch einen Augenblick, bis er einen Schritt auf mich zukommt und sein Lächeln die perfekten Zähne präsentiert.

»Dein Traumprinz scheint das gern und oft zu machen: Mädels aufreißen, flachlegen, vielleicht sogar etwas Kohle abstauben und dann … auf Nimmerwiedersehen verschwinden!«

»Du redest Blödsinn!«

»Du kennst doch Martha Hobbs, oder?«

Jeder kennt Martha Hobbs. Ihrem Mann gehören fast alle Computerfirmen an der Ostküste. *Hobbs Enterprises.* Sie ist so gut wie jeden Sommer hier, um sich bei einer Art Kur zu erholen. Angeblich tut die gute Seeluft ihren Lungen gut. Gerüchte besagen, sie würde sich mit einem Mr. Pierce treffen, der sich um ganz andere Organe bei ihr zu kümmern scheint.

»Ihre Tochter Monica kennt deinen *feinen* Mr. Steel.«

»Und?«

Nur nicht aufhören zu atmen, Jen, nicht zeigen, wie sehr mich seine Worte verwirren.

»Ihr seid wohl beide in den Genuss seiner Fähigkeiten gekommen. Er hat bei dir die gleiche Masche abgezogen wie bei ihr.«

»Und das weißt du so genau, weil …?«

»… Monica es mir erzählt hat. Sie hat ihn wiedererkannt.«

»Ach, so ein Zufall. Sie ist also in Oceanside?«

»Nein, sie hat euch in Clearwater Bay gesehen. *Shell Shack*. Na, wie findest du das?«

Mein Magen verkrampft sich auf so schmerzhafte Weise, dass ich befürchte, in die Knie zu sinken. Woher sollte Kevin sonst wissen, dass wir dort waren? Von meinen Bekannten hat uns keiner gesehen.

»Hat er dir auch die traurige Geschichte von seinen Eltern erzählt?«

Kevin kommt noch ein kleines Stück näher auf mich zu. Ich halte die Papiertüte in meiner Hand so fest, dass ich mir die Fingernägel in die Handflächen drücke. Ein Glück, denn dieser Schmerz lenkt von dem Krampf in meinem Inneren ab.

»Der traurige, kleine Pat, der seine Kindheit an den Great Lakes vermisst. Das Segeln mit seinem Daddy …«

»Wovon redest du?«

Überrascht zieht Kevin eine Augenbraue hoch.

»Ach, schau an. Wo er herkommt, das hat er dir nicht erzählt?«

»Er hat gesagt, er stammt aus Missouri.«

»Tja, Jenny, noch eine Lüge. Steel kommt aus Green Bay. Das liegt am Lake Michigan!«

Seinen Triumph über dieses Wissen kann er nicht verbergen. Mit breiter Brust, überlegenem Lächeln und leuchtenden Augen sieht er mich an. Seine Worte schießen durch meinen Kopf wie die Kugel in einem Flipperautomaten und treffen dabei ganz genau ihr Ziel: Zweifel. Zweifel an der Wahrheit. Wieso sollte Pat mich anlügen? Nach allem, was zwischen uns passiert ist, hat er dafür keinen Grund.

»Das ist eine Lüge.«

Allerdings verleihe ich meiner Stimme nicht genug Kraft, um Kevin oder mich zu überzeugen.

»Bestimmt. Geh und frag ihn.«

Dabei zeigt er zum Bootshaus, wo Patrick auf mich wartet, an seinem Boot arbeitet und auf diese Weise das Zuhause für seinen großen Traum baut. Ein Augenzwinkern, ein letztes Lächeln – und dann schlendert Kevin lässig davon. Meine Gedanken spielen weiterhin Flipper in meinem Kopf, mein Herz kann sich nicht entscheiden, ob es stillstehen oder weiterschlagen soll.

»Was meinst du damit?«

Doch Kevin dreht sich nicht mehr zu mir um. Schnell folge ich ihm.

»Kevin, warum tust du das?«

Endlich bleibt er stehen und wendet sich mir zu. In seinem Blick spiegelt sich geballte Wut.

»Ich kriege sonst immer, was ich will! Immer! Aber dieses Jahr musste es mir ausgerechnet dieser Penner wegschnappen!«

Kevin wollte mich. Er wollte mich nicht, weil er sich in mich verliebt hat. Er wollte mich einfach so. Jetzt, da er mich nicht haben kann, will er alles kaputt machen.

»Und wenn du schon dabei bist, frag ihn auch gleich noch, wieso er lügt, wenn es um seinen augenblicklichen Wohnort geht.«

»Was meinst du?«

»Frag ihn einfach!«

Ihn fragen. Das klingt so simpel. Er wird mir alles erklären und Kevin als intriganten Lügner enttarnen. Dann lachen wir über diesen Schwachsinn, er nimmt mich, so wie er es immer tut, fest in den Arm, vertreibt alle Zweifel – und sobald morgen der Sturm vorbei ist, wird auch diese Episode nur noch eine hässliche Erinnerung sein.

Oder …?

Der Zweifel hämmert wie ein Buntspecht gegen meinen Hinterkopf, als ich mit unsicheren Schritten über den rutschigen Pier auf das Bootshaus zusteuere. Fast will mich meine Kraft verlassen, als ich das Tor aufschiebe und Patrick und Jackson im Inneren entdecke. Sie schrauben irgendwas am Boot fest. Als Patrick mich bemerkt, wischt er sich die verschwitzten Haare aus der Stirn und lächelt. Nein, er ist kein Lügner. Kevin muss sich irren. Er hat irgendwas missverstanden. Patrick würde mich nicht anlügen. Niemals!

»Hi, Jen.«

Alles in diesem Raum fühlt sich so vertraut an. Hier, wo wir das erste Mal miteinander geschlafen haben. Hier, wo wir gestritten haben. Hier, wo wir uns versöhnt haben. Buddy liegt faul in der Ecke und hebt den Kopf zum Gruß. Nein, das alles kann keine Lüge sein! Trotzdem spüre ich eine erste Träne auf meiner Wange. Mit wenigen Schritten ist Patrick bei mir und sieht mich besorgt an.

»O hey, was ist passiert? Alles okay?«

»Sag du mir, dass alles okay ist.«

Er nimmt meine Hände in seine, und ich spüre, wie kühl meine Haut im Vergleich zu seiner ist.

»Jen, du machst mir Angst. Was ist passiert?«

Mein Herz schlägt bis zum Hals, als würde es die beiden Wörter, die ich aussprechen muss, lieber übertönen.

»Green Bay.«

Patrick müsste mich jetzt verwirrt ansehen und fragen, was ich damit meine. Er müsste lächelnd den Kopf schütteln und mir von Missouri erzählen.

»Jen …«

Doch er versteht. Er ist nicht verwirrt. *Ertappt!* Mein Herz hört auf zu schlagen. Zumindest fühlt es sich so an.

»Es stimmt also. Du kommst gar nicht aus Missouri.«

Patrick gibt sich Mühe, meinem Blick standzuhalten, weicht mir aber schließlich aus.

»Ich komme aus Green Bay.«

»Und wer ist Monica?«

Kaum habe ich den Namen ausgesprochen, dreht er den Kopf zu Jackson, den ich fast vergessen hatte. Doch auch dessen Gesichtsausdruck spricht Bände.

»Du hast es auch gewusst …?«

Jackson will etwas sagen, aber ich möchte es gar nicht hören. Schnell entziehe ich Patrick meine Hände und trete einen Schritt zurück.

»Er hat es also auch gewusst?«

»Nein! Jackson und ich … Wir … Woher weißt du von ihr?«

»Wohnst du überhaupt in Boston?«

Hat er das nicht gesagt? Oder habe ich das nur angenommen, weil er mit Jackson von dort kam? Weil er Ryan dort kennengelernt hat? Was ist das hier überhaupt? Ein mieses Theaterstück, in dem ich ohne mein Wissen eine Hauptrolle ergattert habe? Mein Blick huscht zwischen Jackson und Patrick hin und her.

»Ihr habt das alles eingefädelt, oder?«

Patrick und Jackson, die sich einen blöden Scherz erlaubt und eine perfekte Geschichte gebastelt haben: genug traurige Kindheit und genug Phantasie darin, um mich zu täuschen.

»Jen, lass mich das alles erklären, okay?«

»Ich bin sehr gespannt!«

Vielleicht gibt es ja doch eine ganz einfache Erklärung. Aber Patrick sieht mich nur an, schluckt hart und sucht offensichtlich die richtigen Worte. Die Frage ist: Was sollen diese Worte bezwecken? Die hässliche Wahrheit zugeben – oder eine weitere Lüge spinnen?

»Ich wohne nicht wirklich in Boston. Dort bin ich bloß manchmal.«

»Okay.«

»Ich habe … also, ich meine … keine Wohnung.«

Was für einen Unsinn redet er denn da? Er hat keine Wohnung? Oder er hat keine Wohnung in Boston? Wie viele Lügen kommen noch, und welche wird mich k. o. schlagen?

»Weißt du, ich bin vielleicht nicht gern in Harvard, aber zumindest habe ich dort gelernt, einen Lügner zu erkennen, wenn ich einen sehe.«

»Er lügt nicht!«

Jackson hat seine Sprache also auch wiedergefunden. Und natürlich muss er seinem Kumpel zur Seite springen. Zu dumm nur, dass es jetzt nichts mehr bringt.

»Er hat nur nicht die ganze Wahrheit erzählt.«

»Ach, ist das so? Okay, dann folgt jetzt ein kleines Frage-und-Antwort-Spiel …«

Meine Unsicherheit wird durch die brennenden Gefühle von Wut und Enttäuschung ersetzt. Meine Wangen glühen, und die Tränen fühlen sich viel zu heiß an.

»Kommst du aus Green Bay, Wisconsin? Bist du am Michigansee aufgewachsen?«

»Ja.«

»Demnach hast du gelogen, als du Missouri gesagt hast?«

»Ja.«

»Wieso?«

»Weil Green Bay viele Erinnerungen mit sich gebracht und Erklärungen erfordert hätte.«

»Ach, du meinst so was wie: ›Hey, ich habe dort segeln gelernt, und meine Eltern sind gar nicht gestorben …‹ War das auch gelogen?«

»Meine Eltern sind gestorben. Ein tragischer Unfall, wie ich es dir erzählt habe.«

»Und wer ist Monica?«

»Ich habe sie während eines Sommers in Vermont kennengelernt.«

»Hast du mit ihr geschlafen?«

Ich will eigentlich nicht, dass er diese Frage beantwortet. Und doch muss ich es hören, weil ich sonst nicht weiß, wem ich glauben soll: Kevins bösartigem Lächeln oder Patricks traurigen Augen?

»Ja.«

»Weißt du noch, was du in Clearwater Bay zu mir gesagt hast? Als ich dich gefragt habe, ob das deine Masche wäre …?«

»Es ist nicht so, wie du denkst.«

»Das ist das Dümmste, was du sagen kannst. Du hast mich ausgenutzt, nicht wahr?«

»Nein.«

»Und du hast mich angelogen!«

Es gelingt mir nicht mehr, meine Wut zu verbergen oder nicht zu schreien. Fast so, als hätte dieses Gefühl, hintergangen worden zu sein, Besitz von meinem Körper ergriffen.

»Was hätte ich dir denn sagen sollen? Hey, ich bin Patrick, der obdachlose Typ, der einen Sommer lang was mit einer gewissen Monica hatte?«

Seine Worte prallen an mir ab wie Regentropfen vom Ölzeug der Fischer.

»Du hast mich angelogen!? Und meinen Dad auch?«

»Dein Dad weiß das inzwischen alles. Er hat recherchiert. Deswegen wollte er ja mit mir reden, weil Bennett ihm gequirlte Scheiße über mich erzählt hat!«

»Weißt du was, Patrick?«

Er sieht mich einfach nur an, und kurz gerät alles ins Wanken. Alles, woran ich geglaubt habe. Alles, worauf ich mich diesen Sommer verlassen wollte. Patrick Steel war einfach zu gut, um wahr zu sein.

»Ich wünschte, dass ich dir nicht vertraut hätte. Ich bin so dumm!«

Damit drehe ich mich um, aber Patrick greift nach meiner Hand.

»Jen, warte …«

»Fass mich nicht an!«

Heftig schüttle ich seine Berührung ab und funkle ihn verletzt an. Bevor ich noch mehr sage und ihm damit wirklich weh tue, stürme ich aus dem Bootshaus, nur weg von hier! Weg von ihm – und weg von diesen Lügen!

Patrick

»Jen, bitte warte … ich wollte dir das so oft sagen!«

Der Regen prasselt auf unsere Köpfe, und ich muss gegen den Wind anschreien, aber Jen rennt einfach weiter. Plötzlich fallen mir so viele Worte ein, die vielleicht das erklären könnten, was ich die ganze Zeit über hätte sagen sollen.

»Ich wollte nicht, dass du schlecht über mich denkst. Oder Mitleid hast. Mich so ansiehst wie alle anderen, die es wissen …«

Als ich sie einhole, greife ich erneut nach ihrer Hand und zwinge sie, stehen zu bleiben. Der Regen vermischt sich mit ihren Tränen, und ich würde sie so gern wegküssen, dann Jen in den Arm nehmen und ihr alles erklären.

»Du hättest es mir jederzeit sagen können. Alles! Immer!«

»Der richtige Zeitpunkt war irgendwie nie da.«

»Also dachtest du, es wäre besser, wenn du es gar nicht erst sagst!?«

Wieder entzieht sie sich mir und schüttelt nur den Kopf, ihre Augen wirken so erschreckend leer.

Jetzt oder nie!

Auf die Gefahr hin, dass es zu spät ist und es nur noch Worte sein werden, die der Wind verschluckt, bevor sie Jen erreichen.

Jetzt oder nie!

Jetzt!

»Ich liebe dich, Jen.«

Ihr Gesicht zeigt keinerlei Reaktion. Kurz glaube ich, dass mein Geständnis einfach abprallt. Doch ihre Augen verraten sie: Durch die Leere zuckt ein Funken Hoffnung.

»Lass mich bitte in Ruhe, Patrick. Bitte!«

Ihre Stimme hat einen flehentlichen Unterton angenommen. Der erste krachende Donner lässt sie zusammenzucken.

»Okay. Okay …«

Abwehrend hebe ich die Hände, hoffe auf eine Chance, alles zu erklären. Vielleicht morgen, wenn der Sturm vorübergezogen ist und sich die Gemüter beruhigt haben. Jackson kommt mit einer Taschenlampe zu uns gerannt.

»Leute, der Sturm wird hässlich! Wir sollten zurück!«

»Nein. Ich will nach Hause. Allein.«

Bevor ich etwas sagen kann, geht Jen einfach davon. Der Regen durchnässt mein T-Shirt. Als Jackson die Taschenlampe auf mein Gesicht richtet, komme ich wieder zu mir.

»Wir müssen wieder rein! Los, komm schon!«

Dabei ist der Sturm, der hier draußen tobt, nichts im Vergleich zu dem, was in mir passiert. Nur zögernd folge ich ihm zurück zum Bootshaus und frage mich, wann genau das alles so schiefgelaufen ist. Wann wäre der richtige Moment gewesen, um Jen die ganze Wahrheit zu sagen? Und wer, zum Teufel, hat ihr von Monica erzählt? Außer Jackson, der die ganze Zeit bei mir war, habe ich niemandem von ihr oder von diesem Sommer erzählt. Mein Kopf fühlt sich mit einem Schlag leer an.

»Das wird schon wieder. Sie ist jetzt einfach wütend. Rede morgen mit ihr.«

Jackson, der unverbesserliche Optimist. Im Bootshaus wirft er mir ein Handtuch zu und schenkt mir ein aufmunterndes Lächeln.

»Ich habe es echt vermasselt, oder?«

»Du hättest einiges geschickter anstellen können, nehme ich an. Nutze einfach die zweite Chance!«

Die »zweite Chance«. Eine idealistische Vorstellung, das Leben würde uns wirklich eine zweite günstige Gelegenheit bieten. Als gäbe es eine Generalprobe, um etwas zu vermasseln – und dann, bei der Premiere, könnten wir die Fehler vermeiden. Ganz so einfach ist es leider nicht. Ohne Regieanweisung verpatzen wir oft die wichtigsten Szenen in unserem Leben.

Dabei weiß ich ganz genau, was ich Jen sagen würde: *Hi, ich bin Patrick Steel aus Green Bay, Wisconsin. Seit knapp zehn Jahren lebe ich meistens auf der Straße. Wie wäre es mit einem Kaffee?*

Jen

Das Boot schaukelt ziemlich heftig, und der Regen prasselt erbarmungslos auf die Kapuze meiner Windjacke. Die Tränen wollen nicht aufhören zu fließen, und meine Hände zittern, als ich das Seil löse und das Boot mit einem heftigen Tritt gegen den Steg aufs Wasser bewege. Mein Dad würde mir nicht zuhören. Wenn er wirklich von dieser Geschichte wusste, dann ist er kein Stück besser als Patrick und Jackson.

Obwohl es mir schwerfällt, das Segel unter Kontrolle zu bekommen, gibt es nur einen Ort, an dem ich wieder einen klaren Gedanken fassen kann: dort, wo ich meiner Mutter nah bin.

Ihre Mütter um Rat fragen – das tun Töchter doch, wenn sie an Herzschmerz leiden, oder? Mom fehlt mir mehr denn je. Wie gern würde ich mich in ihre Arme flüchten und ihr alles erzählen. Sie würde mir dann liebevoll durch die Haare fahren und verständnisvoll lächeln. Weil Mütter immer eine Antwort auf solche Fragen haben.

»Mom, ich wünschte mir so sehr, dass du jetzt hier wärst.«

Manche Menschen gehen auf den Friedhof, um mit Verstorbenen zu reden. Aber dort befindet sich ein kalter Stein, auf dem nur Daten zu lesen sind. Weder ihr Geburts- noch das Todesdatum haben meine Mutter ausgemacht. Hier, auf diesem Boot, hier hat sie sich am wohlsten gefühlt. Hier war sie am meisten die Person, die ich unendlich bewundert habe. Und genau hier fühle ich mich ihr noch sehr verbunden.

»Wieso hat er mir nicht einfach von Anfang an die Wahrheit gesagt?«

Eine Welle trifft das Boot besonders heftig. Ich halte das Ruder etwas fester umklammert und versuche angestrengt, auf Kurs zu bleiben. Obwohl ich nicht genau weiß, wohin ich bei diesem Sturm eigentlich will.

Nur weg!

Weg aus Oceanside!

Weg von Patrick!

»Ich habe mich wirklich in ihn verliebt, weißt du?«

Egal, wie laut ich schreie, meine Worte würden den Wind nicht übertönen. Und selbst wenn – könnte meine Mom mich dann hören?

Über meinem Kopf zuckt ein Blitz, gefolgt von einem lauten Donner. Kurz darauf trifft die nächste Welle das Boot …

Patrick

Eine schreckliche Unruhe macht sich in mir breit, als der Donner draußen an Lautstärke zunimmt und Buddy sich hinter Jackson versteckt. Ich wünschte, es wäre nur der Sturm, der alles durcheinanderbringt. Bevor ich nicht mit Jen gesprochen habe, werde ich sicherlich keine Ruhe finden.

»Stell dir vor, was passiert wäre, wenn ›Cynthia‹ uns voll erwischt hätte.«

Einmal mehr rechne ich es Jackson hoch an, dass er nicht aufgibt und einen weiteren Versuch startet, um mich abzulenken. Wäre mein Kopf nicht so voller Fragen und Zweifel, würde ich ihm mit einem Lächeln antworten. Meine Gedanken sind aber bei Jen, und dieser Aufruhr lässt mich nicht mehr los. Jackson zieht die Beine an den Körper und stützt sein Kinn auf seinen Knien ab.

»Warst du schon mal bei so einem Sturm draußen? Also draußen auf See, meine ich.«

Okay, andere Überlegungen müssen her, einen Versuch ist es wert. Nicht mehr an Jen denken …

»Einmal. Das ist schon ewig her.«

»Hattest du Schiss?«

»Klar! Ich dachte, jede Welle würde uns umwerfen. Das Wasser war richtig schwarz, es hat mir eine verdammte Angst gemacht. Wenn du da über Bord gehst, war's das.«

»Aber du bist nicht über Bord gegangen.«

»Zum Glück kam die Küstenwache. Ich habe wie ein Verrückter die Schiffsglocke geschlagen.«

»Schiffsglocke? Funktioniert das nicht über Funk oder GPS?«

»Mein Dad war am Funkgerät. Es hat mich irgendwie beruhigt. Ich dachte immer, wenn ich die Glocke nur laut genug schlage, dann werden sie uns finden.«

Jens Gesicht, als sie in dem Laden in Clearwater Bay die Glocke der *Gorch Fock* bestaunt hat, taucht vor meinem inneren Auge auf. Damals war ich der festen Überzeugung, auch mein Herz würde so laut schlagen wie eine Schiffsglocke. Sie würde es immer hören können. Damals hat mich dieses Gefühl umgehauen. Jetzt scheint es unendlich weit weg zu sein.

»Ich würde sterben, wenn ich bei dem Wetter auf einem Schiff wäre.«

Jackson ist nur bei den Partybooten mit dabei, die gemächlich die Küste entlangschippern. Für alles andere ist er nicht zu gebrauchen, das hat er schon früher klargemacht.

»Bei dem Wetter musst du ein Vollprofi sein.«

»So einer wie du?«

Langsam schüttle ich den Kopf. Für einen Sturm wie diesen braucht man einen verdammt guten Wingman. Einen, der ebenso viel vom Segeln versteht.

»Jen!«

»Bitte?«

»Jen ist ein Vollprofi. Sie weiß verdammt viel über Boote. Sie würde …«

Mein Herz bleibt fast stehen. Besorgnis fließt durch meinen Körper wie heißes Wachs.

»Pat? Alles okay?«

»Das Boot!«

Unvermittelt springe ich hoch und reiße hektisch die Tür auf, stolpere in den Wind und den heftigen Regen. Man kann kaum noch etwas erkennen, aber es genügt ein Blick, um die Lücke zwischen all den anderen Booten zu sehen.

»Jackson … ich brauche deine Hilfe!«

Jen

Meine Mom hat immer gesagt, man darf nie die Kontrolle verlieren. Ganz gleich, wann und wo etwas passiert. Nicht panisch werden. Auf das vertrauen, was man weiß und kennt. Die Angst nicht die Oberhand gewinnen lassen.

In der Theorie klang das immer recht einfach. Jetzt spüre ich die Panik, als das dunkle Wasser immer wieder gegen mein Boot schlägt und der Wind am Segel zerrt. Allein werde ich die Widerspenstige kaum zähmen können. Was habe ich mir dabei gedacht? *Gar nichts* habe ich gedacht! Meine Gedanken waren bei Patrick – und der Enttäuschung. Jetzt ist mir das egal. Ich würde alles dafür geben, wenn er bei mir wäre. Mit seiner Ruhe und Sicherheit würde er diese gefährliche Situation in den Griff kriegen.

Nein, ich werde hier nicht sterben. Das ist gar nicht meine größte Angst. Ich frage mich, was meine letzten Worte waren, die ich zu Patrick gesagt habe?

Das Boot rollt von einer Seite zur anderen, ich rutsche aus und halte mich panisch am Runder fest. Ich bin so dumm. So dumm! *Ich liebe dich.*

Er hätte es nicht gesagt, wenn es nicht so wäre. Kevin hat so lang Zweifel in meinen Kopf gepflanzt, bis ich nicht mehr so recht wusste, was wichtig ist. In meiner Verzweiflung greife ich nach der Kordel an der Schiffsglocke und schlage die Glocke, so laut ich nur kann. Meine Mutter hat immer gesagt, dass es nicht schaden kann, eine Schiffsglocke an Bord zu haben. Nicht nur, weil sie schön aussieht, sondern, weil man nie weiß, wann man in Seenot gerät. Das Funkgerät hat mein Vater ausbauen lassen. Ein Zeichen dafür, dass dieses Boot – und damit meine Mom – nie wieder in See stechen würde. Vor meinem inneren Auge tauchen alte Erinnerungen auf. Segelausflüge mit ihr, ganz früh morgens, um den Sonnenaufgang zu erleben. Spontane Törns die Küste entlang. Ihr Lächeln, die tanzenden Haare im Wind. Mein Dad und sie: Als Team haben die beiden blind funktioniert.

Tränen vermischen sich erneut mit dem Regen, der mir ins Gesicht peitscht. Ich habe mich mit diesem Boot immer sicher gefühlt, allerdings war ich auch noch nie in einem solchen Sturm unterwegs. Jetzt hat mich die Panik in einem festen Klammergriff. Ich will dieses Boot nicht verlieren! Statt mir Sorgen um mein Leben zu machen, kann ich nur daran denken, wie leer der Hafen ohne dieses Boot sein würde. Wie mein Dad morgens einen Blick zu den Anlegeplätzen werfen würde, und die große Lücke, die in seinem Brustkorb klafft, jetzt auch für alle anderen überdeutlich zu sehen wäre.

Es tut mir so leid, Mom.

Wieder und wieder schlage ich die Schiffsglocke, aber der Klang wird von dem starken Wind und dem Brüllen der Wellen verschluckt. Ich weiß nicht genau, wer diese Signale hören soll. Meine Mutter? Oder Patrick?

Patrick. Es tut mir so leid …

Patrick

Es kostet Kraft, das Boot unter Kontrolle zu halten. Jackson gibt sich in seiner Rettungsweste große Mühe, nicht zu nervös zu wirken – trotz seinem ängstlichen Gesichtsausdruck. Er befolgt meine Anweisungen so gut und schnell wie möglich, allerdings zittern seine Hände und verraten, wie sehr ihm diese Situation Furcht einflößt. Das Adrenalin in meinem Körper hält mich davon ab, seinem Beispiel zu folgen. So habe ich mir *Freedoms* Jungfernfahrt nicht vorgestellt, aber es gibt für viele Momente im Leben keinen idealen Zeitpunkt.

Bevor wir abgelegt haben, wurden noch Mr. Main und die Küstenwache von Jackson alarmiert. Herumsitzen und warten, hoffen und bangen … das liegt mir nicht. Es ist meine Schuld, dass Jen jetzt draußen ist, und auch noch wütend und unkonzentriert. Niemals könnte ich mir verzeihen, wenn ihr etwas passieren würde. Nicht wegen mir.

»Weißt du denn überhaupt, wo wir hinsegeln?«

Jackson versucht, seiner Frage den nötigen Galgenhumor zu verleihen, aber ich kann hören, wie brüchig seine Stimme klingt.

»Ich weiß genau, wo wir hinmüssen.«

Das ist eine dreiste Lüge, aber wenn Jackson jetzt eine Panikattacke erleidet, habe ich noch ein Problem. Außerdem verlasse ich mich auf meinen Instinkt und hoffe, dass ich mit dem Kompass in meiner Brust den Weg zu ihr finden werde.

Ein dumpfes Geräusch! Wieder eine Welle? Nein! Es klingt metallisch, schrill … es klingt wie eine Schiffsglocke!

Jen

Hier!«

Das Seil landet neben mir auf dem Boden. Schnell greife ich danach und versuche gleichzeitig, nicht schon wieder auszurutschen. Meine Finger fühlen sich völlig taub an. Trotzdem schaffe ich es, das Seil zu umklammern – und plötzlich spüre ich den heftigen Stoß, als Patricks Boot gegen meines prallt. Nur Sekunden später springt er neben mir aufs Deck und greift nach meinem Arm. Die nassen Haare hängen ihm wirr in die Stirn, der Pullover ist komplett durchnässt, sein Blick total besorgt.

»Bist du okay? Geht es dir gut?«

»Die Schiffsglocke! Ich habe sie immer und immer wieder geschlagen!«

Es macht keinen Sinn, aber ich muss es ihm sagen. Er wird es verstehen.

»Ich weiß, ich habe dich gehört!«

Als die nächste Welle das Boot trifft, wird Patrick gegen mich geschleudert, und sofort schlinge ich meine Arme um ihn. Er ist hier! Er hat mich gehört!

»Es tut mir so leid.«

»Schon okay. Alles wird gut.«

»Nein. Es tut mir leid. Alles. Ich muss es sagen. Du musst es hören.«

»Jen, komm schon, wir müssen hier weg!«

Wieder eine gefährliche Welle, diesmal schwappt eine große Welle über die Reling. Ich kann *Annie* nicht allein lassen. Dann verlieren wir das Boot. Dann verliere ich *sie* …

»Wir müssen von diesem Boot runter!«

»Nein!«

»Aber wir kriegen es schwer unter Kontrolle. Es ist zu groß!«

Er sieht mich an, während der Regen ihm ins Gesicht peitscht.

»Jen …«

»Nein, ich kann nicht! Es ist das Boot meiner Mutter!«

Erst als ich es ausgesprochen habe, wird mir bewusst, was ich von ihm verlange. Aber ich kann das Boot nicht verlassen. Als die nächste Welle uns fast über Bord reißt und Jackson dem Segel ausweichen muss, wird mir klar, dass es naives Wunschdenken ist. Ich werde das Boot meiner Mom verlieren. Aus purer, verzweifelter Dummheit.

»Jackson, komm schon! Ich brauche dich hier!«

Erschrocken sehe ich zu Patrick, der nickt und aufsteht. Er hilft auch mir schnell auf die Beine.

»Du übernimmst das Steuer, Jen!«

»Aber …«

»Jackson! Ich brauche dich hier am großen Segel!«

Noch bevor ich meinen Satz beenden kann, springt Jackson rüber auf die *Annie* – und Patrick wirft das Seil zurück auf die unbemannte *Freedom*.

»Nein! Patrick! Dein Boot!«

Einen kurzen Moment sieht er zu, wie sich seine Hoffnung auf Freiheit entfernt und die ganze Arbeit dieses Sommers zwischen den Wellen verschwindet. Dann wendet er sich an Jackson.

»Wir müssen wenden und versuchen, uns nicht von Bord spülen zu lassen! Schaffst du das?«

Jackson nickt, auch wenn jegliche Farbe aus seinem Gesicht gewichen ist.

»Patrick …«

Es bricht mir das Herz, weil ich weiß, was ich ihm angetan habe. Doch er lächelt mich nur sanft an.

»Bringen wir deine Mom nach Hause.«

Patrick

Die letzten Meter werden von den grellen Scheinwerfern der Küstenwache beleuchtet. Obwohl wir dem stärksten Bereich des Sturms entwischt sind, kostet es noch immer viel Kraft und Anstrengung, das Boot in den Hafen zu bringen. Nur mit Mühe und vereinten Kräften gelingt es uns, keine Boote zu rammen und nicht über Bord zu gehen. Schließlich erreichen wir den Steg, wo ein Krankenwagen und Mr. Main auf uns warten.

»Jen! Ist alles okay? Ist dir etwas passiert?«

Mr. Main wirkt älter als sonst. Er trägt Jeans und eine Fleecejacke, und sein Gesicht zeigt nur zu deutlich die Sorgen, die er sich die letzten Stunden um seine Tochter gemacht hat.

»Es geht mir gut, Dad.«

Dabei greift sie nach meiner Hand, und ich bemerke, wie kalt ihre Finger sind. Sofort will ich Jen umarmen und nie mehr loslassen.

»Patrick und Jackson waren unglaublich!«

Dabei sieht sie mich an, und ihr Blick zeigt die Dankbarkeit – und noch etwas anderes.

»Mr. Steel, Mr. Reed, ich kann gar nicht sagen, wie dankbar ich Ihnen bin. Sie haben meine beiden Mädchen heil nach Hause gebracht. Danke!«

Jackson wirft mir einen verständnislosen Blick zu, aber ich weiß genau, was er meint.

»Das war doch selbstverständlich. Das hätte jeder gemacht.«

»Patrick hat dabei sein Boot verloren, Dad.«

»Das ist jetzt nicht wichtig, Jen. Sie sollten sie ins Krankenhaus bringen, Mr. Main. Nur zur Sicherheit.«

Damit lasse ich schweren Herzens ihre Hand los und beobachte, wie Jens Vater sie über den Steg führt. Dort wird sie von Sanitätern umsorgt. James Main wendet sich wieder mir zu und schenkt mir ein dankbares Lächeln.

»Sie sind ein Held, Mr. Steel!«

Ein kurzes Nicken, dann folgt er den anderen zum Krankenwagen, wo Jen fachmännisch behandelt wird. Sie hat von einem der Stürze eine kleine Wunde an der Stirn davongetragen, aber sonst geht es ihr gut. Ich habe keine weiteren Verletzungen ausmachen können. In ein paar Tagen wird sie wieder fit sein. Zum Glück!

Jackson tritt neben mich und schüttelt müde den Kopf.

»Alter, ich sage dir, diesen Törn werde ich bestimmt nicht vergessen. ›*Oh, ich litt mit ihnen, die ich so leiden sah: Ein wackres Schiff, das sicher herrliche Geschöpfe trug, in Stücke ganz zerschmettert! Oh, der Schrei ging mir ans Herz!*‹ Das ist aus Shakespeares *Sturm*.«

Typisch Jackson! Sogar in dieser Situation bricht der Schauspieler in ihm durch. Vielleicht habe ich mich geirrt, und Freunde machen uns doch nicht schwächer. Ohne ihn hätte ich es da draußen wohl kaum geschafft.

»Tut mir leid, dass ich dich da mit reingezogen habe.«

»Für einen Freund war es das wert. ›*Fasse dich! Nichts mehr von Schreck! Sag deinem weichen Herzen: Kein Leid geschah.*‹

Prospero nach dem Sturm auf dem Meer. Erster Aufzug, zweite Szene.«

»Ist das dein Casting-Text?«

»So sieht es aus.«

»Damit müssen sie dich in New York aufnehmen!«

Ein kurzes, stolzes Lächeln. Jackson hat schon wieder etwas Farbe im Gesicht, auch wenn er noch nicht ganz der Alte ist.

»Komm mich da mal besuchen, hörst du? Und bring Jen mit.«

Wir schauen beide zum Krankenwagen, wo Jen verarztet wird. Dabei sieht sie unglücklich aus und gestikuliert in unsere Richtung. Bisher habe ich die volle Kontrolle über alles gehabt, jetzt spüre ich, dass meine Beine zittern und mein Herz viel zu schnell schlägt. Nur das pure Adrenalin verhindert, dass ich umkippe.

»Übrigens, hast du gehört? Du bist ein Held, Patrick!«

»Ich bin kein Held.«

»O doch! Schließlich hast *du* sie gerettet. Nach allem, was sie dir an den Kopf geworfen hat. Du hast dein Boot geopfert und dabei nicht die Nerven verloren. Für mich klingt das ziemlich heldenhaft.«

Aufmunternd klopft Jackson mir auf den Rücken, zieht die Rettungsweste aus und geht von Bord, wo auch er von Sanitätern in Empfang genommen wird. Ich werfe einen letzten Blick zurück auf das dunkle Meer – dort toben die Wellen noch immer wie verrückt. Irgendwo da draußen ist auch noch immer meine Freiheit ... Ein Sanitäter bittet mich, von Bord zu kommen und mich durchchecken zu lassen. Obwohl ich ihm versichere, dass es mir gutgeht, bleibt er hartnäckig; also nehme ich im Krankenwagen neben Jen Platz. Wie können sie mir das nur antun? Mich auf so engem Raum neben sie zu setzen! Ich will sie in den Arm nehmen, sie küssen und ihr sagen, wie leid mir das alles tut.

»Hi.«

»Hey.«

Mir wird eine rote Decke um die Schultern gelegt, als würde es mir dadurch bessergehen.

»Du hast mir einen ganz schönen Schrecken eingejagt.«

»Ich weiß. Das tut mir leid. Ich war nur so wütend und verwirrt.«

»Also dachtest du, es wäre eine tolle Idee, in den Sturm rauszusegeln?«

Sie weicht meinem Blick aus, sieht auf ihre Füße.

»Ich habe gar nicht nachgedacht. Und jetzt hast du dein Boot verloren.«

Ihre Stimme ist leise, ich muss mich anstrengen, um sie verstehen zu können. Langsam greife ich nach ihrem Kinn und zwinge sie sanft, mich anzusehen.

»Lieber mein Boot als dich.«

Sie sieht mich aus tränenverhangenen Augen an. Bevor sie etwas sagen kann, beuge ich mich zu ihr vor und küsse sie. Zuerst sanft und zärtlich, doch sobald sie den Kuss erwidert, wird er inniger. Ich greife nach ihrer Hand und ziehe sie näher an mich heran.

»Tu so was nie wieder, hörst du?«

»Okay.«

Ich lege den Arm um sie und bin froh, dass ich auf diese Nähe nicht mehr verzichten muss. Bevor wir so weitermachen können, als wäre das alles nie passiert, muss ich aber noch etwas loswerden.

»Und wenn du die nächsten Tage mal ein bisschen Zeit hast, würde ich dir gern einiges erzählen. Wenn das okay ist.«

»Wie wäre es mit jetzt? Ich habe gerade sehr viel Zeit. Ganz zufällig.«

Sie sieht mich an, zieht die Decke um uns beide und lächelt. Wie, um alles in der Welt, soll ich diese Frau jemals wieder loslassen?

»Okay. Dann jetzt. Hi, ich bin Patrick Steel aus Green Bay, Wisconsin. Seit knapp zehn Jahren lebe ich meistens auf der Straße. Wie wäre es mit einem Kaffee?«

»Hi, Patrick Steel. Ich bin Jennifer Main aus Oceanside, Massachusetts. Seit diesem Sommer segle ich gern in Stürme hinein. Das Angebot mit dem Kaffee nehme ich an.«

Der Anfang ist gemacht. Auch wenn wir noch einiges aufzuholen haben, ist der Grundstein gelegt. Sie weiß, wer ich bin, und liegt noch immer in meinen Armen. Vielleicht ist das ja doch die zweite Chance, von der alle so oft sprechen. Kein Zweifel, ich habe meinen Hafen gefunden.

James Main

Das letzte Mal, als ich dieses Krankenhaus verlassen habe, durfte ich meine Frau Annie mit nach Hause nehmen. Sie müsse nicht wieder in die sterilen Räume, müsse keine kräfteraubenden Tests mehr überstehen – hieß es. Und sie würde keine schlechten Nachrichten mehr erhalten. Nein, diesmal konnte ich sie für immer mit nach Hause nehmen. Für immer – das war in unserem Fall ziemlich kurz. Und das wussten wir alle. Annie hat trotzdem gelächelt, obwohl sie sich darüber im Klaren war, dass wir sie zum Sterben nach Hause brachten.

Damals habe ich mir geschworen, nie wieder jemanden, der mir wichtig ist, in die Klinik zu bringen. Trotzdem sitze ich in diesem langen und gnadenlos hellen Flur und warte auf Jen.

Hinter einem dieser Vorhänge wird meine Tochter gerade behandelt. Nur eine kleine Platzwunde, die dennoch genäht werden muss. Sie wollen eine Infektion verhindern. Noch kann ich nicht glauben, dass ich auch sie heute Nacht fast verloren hätte. Weil ich nicht für sie da war und nicht genau genug hingehört habe.

»Mr. Main, Sie können jetzt zu ihr, wenn Sie wollen.«

Was für eine Frage! Natürlich will ich! Meine Hände zittern, als ich den Vorhang zur Seite schiebe und Jen auf einer Liege sitzen sehe. Sie lächelt schon wieder tapfer, wirkt aber noch immer ziemlich mitgenommen. Bei diesem Anblick krampft sich mein Magen zusammen, schon spüre ich die Tränen. Sie sieht ihrer Mutter so ähnlich. Das gleiche warme Lächeln, die leuchtenden Augen und das lange, braune Haar. Wann immer ich sie ansehe, erkenne ich Annie in ihr. Die letzte lebendige Erinnerung an die Frau, die ich über alles geliebt habe. Und die ich immer lieben werde.

»Hi.«

»Du hast mir einen ziemlichen Schrecken eingejagt.«

Sie nickt müde. Inzwischen dürfte ihr bewusst geworden sein, wie idiotisch ihre Aktion gewesen ist. Ich setze mich neben sie und lege einen Arm um sie.

»Ich bin so froh, dass dir nichts passiert ist.«

»Patrick und Jackson …«

»Ich weiß. Zum Glück! Ich will mir gar nicht ausmalen … wie es sich anfühlen würde, dich auch noch zu verlieren.«

Sie kuschelt sich näher an mich, vergräbt ihr Gesicht an meiner Brust und kommt mir plötzlich gar nicht mehr wie die selbstbewusste Studentin vor. Sie wird wieder zu dem kleinen Mädchen, das sich bei mir immer sicher gefühlt hat.

»Dabei fühlt es sich so an, als hätte ich dich bereits verloren.«

Das tut es wirklich. Wir reden zwar noch miteinander, aber wir sprechen nicht das aus, was uns bedrückt, beschäftigt und Angst macht.

»Nur ein bisschen, Dad, nur ein bisschen.«

»Und was muss ich tun, um dich wiederzufinden?«

Sie schaut zu mir hoch, lächelt und bricht mir damit das Herz. Wenn sie wüsste, wie sehr mir ihre Mutter fehlt. Wie schwer mir der Gang an den Hafen Tag für Tag fällt. Wie einsam das Leben ist.

»Mir zuhören. Und mit mir reden.«

»Das kriege ich hin.«

Ihr Lächeln wird ein wenig trauriger.

»Sie fehlt mir.«

»Ich weiß, Kleines. Sie fehlt mir auch.«

Zum ersten Mal seit langer Zeit spreche ich wieder über Annie.

»Sie fehlt mir so sehr. An manchen Tagen habe ich Angst, nicht mehr atmen zu können.«

Jen greift nach meiner Hand und drückt sie. Ich bin mir sicher, sie kennt das Gefühl.

»Ich weiß, Dad.«

»Ich war kein besonders guter Vater, oder?«

»Du warst wunderbar. Wirklich. Ich denke nur, wir sollten beide mal wieder das tun, was Mom so gern getan hat.«

»Was meinst du?«

Dabei weiß ich nur zu genau, was sie meint. Annie fühlte sich auf dem Meer immer wohler als an Land. Sie hätte ihr ganzes Leben auf dem Boot verbringen können.

»Meinst du nicht, dass wir beide mal wieder *leben* sollten? So wie wir es eigentlich tun wollen?«

»Was möchtest du gern tun, Jen?«

»Ich möchte die Welt sehen. Ich möchte Fehler machen dürfen. Ich möchte sagen können, was ich denke, ohne mir Gedanken darüber machen zu müssen, was andere von mir halten oder ob du deswegen enttäuscht wärst.«

»Vollkommen egal, was du tust, niemals könntest du mich enttäuschen.«

Die Einsicht schmerzt, dass Jen so viel Zeit damit verbracht hat, mich nicht zu enttäuschen, anstatt das Leben zu führen, das sie sich gewünscht hat. Das Leben, das Annie auch geführt hätte. Ich drücke ihr einen Kuss auf die Wange und halte sie fest, als könnte ich dadurch die letzten Jahre aufholen.

»Dad? Hast du gewusst, dass Patrick obdachlos ist?«

»Ich habe es mir gedacht. Es gab ein paar Lücken in seiner Anmeldung. Kevin wollte ihn mir als Kriminellen verkaufen, aber das habe ich nicht geglaubt.«

»Also hast du recherchiert?«

»Ich hätte mir gewünscht, er wäre ehrlich gewesen.«

»Nicht viele Menschen hätten ihm eine faire Chance gegeben.«

»Ich habe mich in ihm getäuscht. Ich dachte, er wäre nicht gut genug für dich.«

»Weil er auf der Straße lebt?«

»Nein. Weil eigentlich niemand gut genug für dich ist. Aber ich habe mich getäuscht. Er hat alles, was ihm wichtig war, für dich aufgegeben und sein Leben riskiert. Dafür kann ich mich nicht ausreichend bedanken.«

Ohne Patrick Steel wäre Jen jetzt vielleicht nicht mehr hier. Allein die Vorstellung jagt mir einen Schauer über den Rücken und lähmt meine Organe.

»Hast du ihn gesehen? Ist er hier?«

»Er wird durchgecheckt.«

»Er kann das nicht bezahlen …«

»Das muss er auch nicht. Morgen werden wir uns um eine Krankenversicherung für ihn kümmern.«

Sie sieht wieder zu mir. Überraschung spiegelt sich in ihren Augen. Ich muss lächeln.

»Meine Tochter hat mal gesagt, jeder verdient eine faire Chance.«

Der Vorhang wird zur Seite geschoben, und eine Krankenschwester sagt lächelnd:

»Miss Main, hier ist noch jemand, der Sie gern sehen würde …«

Patrick taucht hinter ihrer Schulter auf und sieht unsicher zwischen uns beiden hin und her.

»Ich wollte nicht stören, ich kann auch …«

»Nichts da! Kommen Sie rein. Ich glaube, Jen wäre froh, wenn Sie sich ein bisschen unterhalten.«

Es heißt, man sollte wissen, wann man die Tochter loslassen muss. Bisher habe ich das immer gekonnt ignoriert. Wenn ich mir Patrick Steel jetzt so ansehe, habe ich das Gefühl, Jen hätte es viel schlechter erwischen können. Ich mochte ihn ja schon zu Beginn der Saison. Er hat gute Arbeit geleistet, hielt sich zurück, war nicht auf den Partys der Angestellten zu sehen und blieb eher für sich. Bis er sich in Jen verliebt hat.

Väterlich lege ich ihm eine Hand auf die Schulter und schiebe ihn etwas weiter in den Raum. Er versucht, meinem Blick standzuhalten, was ihm allerdings nicht besonders gut gelingt.

»Würden Sie mir einen Gefallen tun, Patrick?«

»Sicher.«

»Bringen Sie meine Tochter nachher nach Hause?«

»Immer.«

Jen

»Nicht schummeln, ja?«

Meine Hände liegen über Patricks Augen, und gemeinsam stolpern wir den Steg entlang. In den letzten Tagen hat sich Oceanside von den wenigen Blessuren erholt, die der Sturm »Cynthia« geschlagen hat. Der Strand wurde gereinigt, die umgekippten Blumentöpfe vor den Cafés und Restaurants wieder aufgerichtet, und der einzige umgeknickte Baum, der die Hauptstraße einige Stunden blockiert hat, wurde inzwischen zu Kleinholz verarbeitet. Nichts scheint mehr an den Sommersturm zu erinnern, und der Alltag hat schneller wieder Einzug gehalten, als ich gedacht habe. Außer der kleinen Schramme an meiner Stirn und einigen hektischen Stunden im Krankenhaus bleibt nichts mehr in Erinnerung. Zumindest bei den anderen. Ich werde diese Nacht, ja, diesen Sommer nicht vergessen. Patrick ist keine Minute von meiner Seite gewichen, hat Schwestern und Ärzte darum gebeten, sich anständig um mich zu kümmern, und sich selbst und seine Gesundheit hintangestellt. Die erste Nacht nach dem Sturm hat er bei uns zu Hause verbracht. Mit mir. In meinem Bett. Seitdem verbringen wir jede freie Minute zusammen. Wir haben viel geredet und den Plan für das Ende des Sommers besprochen, auch mit Dad. Er will mit *Annie* an einer Charity-Regatta teilnehmen, die er Mom zu Ehren ins Leben gerufen hat. Durch diese Veranstaltung soll Geld für die Sturmopfer in Sunset Creek gesammelt werden. Das ist eine edle Geste, die sehr zu meinem Dad passt. Vor allem aber freut es mich, weil er wieder segeln will. Mit dem Boot. Mit Moms Boot. Mit unserer *Annie*.

»Okay. Aufmachen!«

Mit einer schnellen Bewegung lasse ich die Hände sinken, so dass er verdutzt ins Sonnenlicht blinzelt.

»Überraschung!«

Dabei beobachte ich genau seinen Gesichtsausdruck, als er allmählich erkennt, was der Grund meiner Geheimnistuerei in den letzten Tagen war. Zuerst starrt er einfach nur auf das Boot, das vor ihm im Wasser liegt. Dann sieht er zu mir, sprachlos, verwirrt.

»Was …?«

»Wir haben es gefunden! Dad hat die halbe Küste absuchen lassen.«

Ein bisschen bin ich stolz darauf. Jackson, mein Dad und ich haben alles in Bewegung gesetzt, um Patricks Boot, sofern es nicht untergegangen ist, wiederzufinden.

»Aber wie …?«

»Einige Meilen nördlich von Clearwater Bay wurde es von einem Fischer gefunden. Etwas ramponiert und ziemlich verschrammt, aber es hat überlebt.«

Patrick sieht zwischen dem Boot und mir hin und her, als könne er nicht glauben, was hier gerade passiert.

»Das ist … verrückt!«

»Das dachten wir auch. Leider ist das Namensschild am Heck verlorengegangen. Tut mir leid. *Freedom* hat seinen Namen eingebüßt.«

»Das macht nichts. Es ist wieder da, und das ist einfach unglaublich. Danke!«

Er nimmt mich fest in den Arm und drückt mich an sich. Ich lehne mein Gesicht gegen seinen Hals, atme seinen Duft ein. Diese Mischung aus Aftershave und Meeresluft. Der Geruch von Freiheit und Zukunft.

»Es ist das mindeste. Nach allem, was du für mich getan hast. Und es ist noch nicht alles.«

»Noch mehr Überraschungen?«

»Eine noch!«

Ich löse mich aus der Umarmung und greife nach einer kleinen Papiertüte mit folgender Aufschrift: *Jenkins – Sailor Stuff*.

»Ta-dah!«

Patrick zieht eine glänzende Holztafel hervor, auf der in schlichten, aber schönen Buchstaben das Wort *Phoenix* steht. Mit den Fingern fährt er vorsichtig über das Holz, dabei lächelt er.

»Das ist … *Phoenix* … das ist wunderschön!«

»Wir dachten, das Boot bräuchte einen neuen Namen. Wer so einen Sturm übersteht …«

Patrick unterbricht mich mit einem sanften Kuss und einer Umarmung. Das Leuchten in seinen Augen, so wie damals in Clearwater Bay, ist endlich wieder da. Auch wenn er nicht darüber gesprochen hat – es hat ihn ziemlich mitgenommen, dass er sein Boot vermutlich im Sturm verloren hat.

»Danke, Jen.«

Er flüstert es gegen meine Lippen, als ich meine Arme um seinen Hals lege und mich an ihm festhalte, so wie ich es in der Nacht des Sturms auf dem Boot getan habe.

»Ich liebe dich.«

Wenn er bei mir ist, kann nichts passieren. Nie mehr …

♡

Der Wind lässt meine langen, braunen Haare tanzen.

Die Luft schmeckt nach Meer.

Die Sonne streichelt zart über meine gebräunte Haut, während die Wasseroberfläche um das Boot herum wie tausend Diamanten neben dem Boot funkelt.

Wenn es eine Jahreszeit gibt, die ich gern für immer festhalten will, dann ist es der Sommer. Weil im Sommer alles nicht so schlimm ist. Die Tage erscheinen uns länger, aber wir füllen sie mit wunderschönen Erinnerungen, die wir an den verregneten Herbsttagen wie eine Diashow durch unseren Kopf jagen. Und im Sommer schmerzen die hässlichen Erinnerungen weniger.

Dieser Sommer hat mir neue Erinnerungen geschenkt. Wunderschöne Andenken. Ein Blick über die Schulter genügt, um Patrick zu sehen, der mit geübten Handgriffen *Phoenix* auf Kurs bringt, während Buddy mit wehender Zunge neben ihm steht und freudig mit dem Schwanz wedelt. Patrick sieht in seinen Boardshorts, oben ohne, die Sonnenbrille auf der Nase, unverschämt gut aus. Er ist in diesem Sommer zu meinem Kompass geworden. Und vollkommen egal, wohin er uns bringt – ich vertraue ihm! Kurz vereint sich der Wind auf dem Meer mit der Stimme meiner Mutter: *Jen, eines Tages wird es dich wie ein Sommersturm erwischen. Dann klopft dein Herz bis zum Hals und du weißt: Dieser Junge ist es! Egal, was außen herum passiert. Make it count.*

Hier, auf dem Meer, könnte ich fast glauben, dass mein Leben perfekt ist.

Und in genau diesem Moment ist es das auch.

Danksagung

Ein weiterer Sommer in Oceanside geht zu Ende. Es wird Zeit, *Danke!* zu sagen. Wie immer gilt mein Dank meiner Familie und den Freunden, die mich während meines Aufenthalts an der Ostküste unterstützt und nicht vergessen haben.

Ein großer Dank geht an die wunderbare Ally Taylor aka Anne Freytag Sonntag, die stürmische Zeiten mit mir zusammen überstanden hat. Die bei jeder Welle, jeder Böe und bei jedem Richtungswechsel an meiner Seite stand. Sie war meine Rettungsweste auf hoher See. Was wären Oceanside und der Chat nur ohne dich?

Kora, *a true champion, once more*. Danke für deine Zeit, die Unterstützung und deine Gedanken.

Allen Lesern, die voller Begeisterung ihren Lesesommer mit uns am Strand von Oceanside verbringen: Danke, ihr seid wunderbar!

Meinem Kapitän auf hoher See: Stonewall. Du hörst meine Schiffsglocke immer dann, wenn ich in Seenot gerate. Danke, dass ich ein Teil deiner *first brigade* sein darf!

Last but never least: Danke an meinen *leading man*.